HÁ CONTROVÉRSIAS 1

1987-2003

Manuela Editorial Ltda. (Arte Paubrasil)
Rua Dr. Amâncio de Carvalho, 192/206 – Vila Mariana
São Paulo, SP – 04012-080
Telefone: (11) 5085-8080
livraria@artepaubrasil.com.br
www.artepaubrasil.com.br

Formatação: Ronaldo Werneck
Editor: Raimundo Gadelha
Coordenação Editorial: Mariana Cardoso
Revisão: Antônio Jaime Soares e Ravi Macario
Capa e projeto gráfico: Felipe Bonifácio
Editoração eletrônica: Felipe Bonifácio e Renan Glaser
Foto do autor: Patrícia Barbosa
Fotos do miolo: Acervos de Alberto Raipp Nogueira, Antônio de Pádua da Costa, João Alberto Machado, Paulo Sérgio Ferreira de Sousa, Pedro Agostinho Mendes.
Impressão: Corprint

Dados Internacionais de Catalogação na Publicação (CIP)
(Câmara Brasileira do Livro, SP, Brasil)

Werneck, Ronaldo
Há controvérsias 1 (1987-2003) / Ronaldo Werneck. – São Paulo: Arte Paubrasil, 2009.

ISBN 978-85-99629-25-3

1. Crônicas brasileiras 2. Jornal Cataguazes 3. Jornais – Seções, colunas etc. I. Título.

09-11589 CDD-070.44

Índices para catálogo sistemático:
1. Crônicas jornalísticas 070.44

Patrocínio:

energisa
LUZ, IMAGINAÇÃO, REALIZAÇÃO

Fundação Cultural Ormeio Junqueira Botelho

GOVERNO DE MINAS
Construindo um novo tempo

Impresso no Brasil
Printed in Brazil

Obra em conformidade com o Acordo Ortográfico da Língua Portuguesa ronaldo werneck

HÁ
CONTRO
VÉRSIAS
1

1987-2003

artepaubrasil

São Paulo, 2009

Sumário

Com Licença: Há Controvérsias

Ronaldo Werneck

A coluna *Há Controvérsias* nasceu em Cataguases na década de 1990, quando eu assinava crônicas para o Jornal do Marcos. No Jornal Cataguazes, ainda com "z" – e no princípio de minhas aventuras como cronista, início dos anos 60 –, eu mantinha uma coluna sob o óbvio pseudônimo de "Roneck". Tão óbvio como os textos nela publicados, delírios de juvenilidade pré-20 anos. Coisas assim como o fragmento que se segue, extraído da crônica inicial, publicada em 20 de maio de 1962.

"Se traçarmos uma linha de terra imaginária, veremos que ela é a única reta que não admite afastamento. Dona Cota eleva-se, vertical, entre todas as outras retas que se arrastam – horizontais e humildes – à sua volta. Amiga de todos e de tudo, principalmente da vida, que para ela já começa a tomar um arzinho de perenidade.". E tomava mesmo: Vovó Cota morreu alguns anos depois – e já centenária em sua verticalidade.

Os arquivos do "Cataguazes" são naturalmente implacáveis e "coisas" como essas lá se encontram para sempre. Vamos deixá-las onde estão, e que passem bem em sua "perenidade". Retomei a coluna um quarto de século depois, a convite de meu amigo Rosário François Fusco – e ainda no "Cataguases", o eterno "órgão oficial dos poderes municipais", já agora com o "s" definitivo. Seu título oscilou de *Bubbaloo* – final dos anos 1980, inicio dos 90 – ao *Há Controvérsias*, a partir de 1997.

Por um período, e por controversas imposições políticas, a coluna chamou-se *Com Licença*. Mas logo voltou a assumir o definitivo *Há Controvérsias*. E não há? Durante certo período, assinei também, e ainda em Cataguases, a coluna *Sob as Traves*, no jornal esportivo "Olé", dirigido por José Augusto Titoneli. Este livro reproduz boa parte de todas essas colunas, no período que vai de 1987 a 2003.

Bom frisar que tudo aqui é lance de dados, é *au-hasard* – tudo acaso, tudo controvérsias. Que as há, as há. Tudo palavra que chama toda palavra. Tudo palavra-parva, pateta. Tudo pós-patético. Tudo aqui é prosa, mesmo o que não é – o que aprouve, o que aprazia. O que me põe todo proesia.

Os textos da coluna *Há Controvérsias* que vão de 2004 em diante – e publicados nos jornais Cataguases e O Liberal, de Cabo Verde, e nos blogs Contra o Vento e Ronaldo Werneck/Há Controvérsias – sairão num próximo volume, *Há Controvérsias – 2.*

Há Controvérsias por e-mail

pros amigos

Rosane Nicolau & Carlos Alberto Mattos/Jan. 1998

Parto provisório – de partir, não de parir – pra Cataguases. Quer dizer, provisório quase pra sempre. Coisa de um ano ou dois anos. Mas "há controvérsias". Aliás, este é o título de uma coluna que estou assinando em um jornal de Cataguases. Vejam vocês, "a Paris da Zona da Mata" tem hoje nada menos que quatro jornais, exatamente como o Rio de Janeiro. Capital é capital.

É uma coisa totalmente sem compromisso, mas há controvérsias, como vocês bem o sabem. Palavra-puxa-palavra, prosa-puxa-prosa, causo-puxa-causo e, claro, saco-puxa-saco. Nunca sei aonde vou chegar a cada semana. Começo sempre falando de uma coisa e acabo em outra qualquer que não acaba nunca.

Uma loucura. Não minha, é claro, que eu me dou ao respeito. Mas dos leitores, que escrevem analisando as colunas e, até, tirando estapafúrdias conclusões.

É na verdade mais que uma escrita automática. *Há Controvérsias* é o que eu chamaria de "prosa pós-patética". Vai via internet – melhor, vão: controvérsias sempre as há ou as hão, ou não? – as duas últimas crônicas. Pura proeza de após/sentado, coisas do "Urbano da Mata".

Abraços do Ronaldo.

& dos amigos

Moacyr Scliar, abril de 2007

Ronaldo: só umas linhas para te cumprimentar pelos textos cada vez mais brilhantes. Deus, tua cultura é enciclopédica – e tuas análises são fantásticas! Abraços do Moacyr.

Zuenir Ventura, agosto de 2004

Ronaldo, meu querido: ia deixar pra responder depois, com calma, comentando cada texto, cada poema, cada surpresa – sim, porque você não se cansa de me surpreender com essa sua polissemia, polivalência, politalento.

Que excelente poeta você é, cara, e que cronista (mas isso o Alcione já falou). Como disse, ia deixar pra depois, mas aí vi que, se deixasse, ia acabar não respondendo, porque teria que escrever uma resposta pensada, inteligente, à altura do material que você me mandou. É claro que, gostando como eu não gosto de escrever, isso jamais sairia.

Então me decidi por essa resposta imperfeita, provisória, uma espécie de rascunho do que gostaria de te dizer. Viajei contigo por uma boa hora à Argélia (o link do Camus já é demais), bebi e bati infindáveis papos com o Rosário Fusco, e te invejei de morte disso (como eu quis conhecê-lo em Friburgo!), até voltar a Cataguases, que você me "aplicou", como se dizia naqueles nossos tempos. Com a dificuldade que tenho de resumir em dedicatória o que sinto quando sinto com intensidade, costumo ser atacado de uma paralisante burrice.

Quando você me passou o *Inveja* para eu autografar, me deu aquele branco e eu não consegui expressar o que foi aquele dia contigo. Eu queria dizer o quanto curti o privilégio de conhecer sua cidade com você, através de sua leitura amorosa, sensível e reveladora, o quanto mergulhei num passado glorioso que mal vislumbrava à distância. Queria sintetizar tudo numa frase como "você, amigo, foi uma das melhores coisas dessa adorável Cataguases que só precisei de um dia para aprender a amar" e não consegui, só saiu besteira.

Desculpe a incompetência e perdão pela pressa desse rascunho. Mas voltarei a você e a Cataguases, ah, voltarei, Zuenir.

Mary acompanhou cada passo do nosso passeio e também adorou. Um fraterno abraço pra você, Zu.

Uma prosa afiada/refinada

Ronaldo Cagiano

Atento aos movimentos estéticos que vêm caracterizando todas as linguagens artísticas, Ronaldo Werneck tem expressado, ao longo de sua trajetória literária e pessoal, uma visão sutil, poética e peculiar sobre os fenômenos culturais, sociais e políticos. E nas águas prolíficas, polissêmicas e polifônicas de sua produção intelectual, navegam seus olhares e sua posição-reflexão sobre diversos temas.

Da poesia ao cinema, da música ao teatro, da ficção às artes plásticas, da política ao futebol, os textos werneckianos – que também fazem uma ponte dialética entre a vanguarda e a tradição, transitando do erudito ao popular – permitem ao leitor viajar na companhia de uma mirada analítica e eclética, muitas vezes permeada de indulgente dose de humor. E, com isso, é possível reconhecer e compreender a nossa realidade a partir de uma arqueologia literária e histórica, buscando o que ela tem de essencial, profundo e humano. Nessas narrativas, cujas histórias são povoadas de ícones e referenciais que marcaram a vida da cidade, do país e do mundo, há um acento afetivo na maneira com que o autor percebe e discute as influências e mudanças que essas épocas desencadearam.

Não é de agora, venho acompanhando as incursões de Ronaldo nas páginas do nosso mais que centenário "Cataguases". A cada semana, era possível conferir, em sua coluna *Há controvérsias*, no hebdomadário municipal, seu espírito inquieto, prolífico, heteredoxo, com o qual manejava suas ideias, ora passeando pela crônica, ora saltando para o ensaio, ora exercitando as experimentações; às vezes utilizando os recursos metalinguísticos, outras, um percurso pelas linguagens e seus signos. Uma prosa afiada/refinada, flertando com a poesia e a ironia, mirando as várias instâncias criativas da arte em concreto, interpretando, com agudez hermenêutica, mas sem qualquer vezo retórico ou acadêmico, o que se passa no *mondo cane*, apontando sempre para aquela terceira margem rosiana onde realmente devem chegar nossos espíritos para melhor registrar, guardar e suportar toda a carga (real ou onírica) que as experiências vitais nos proporcionam.

Não é sem-tempo ou sem motivo que o autor reúne em livro toda essa vasta incursão. Sem isso, suas abordagens estariam dispersas nas páginas (ou nos arquivos) do jornal, impróprio para consumo. Ao coligir seus textos, não só contribui para o registro definitivo dessa fase de intensa e vulcânica criatividade, mas oferece material para consulta e pesquisa sobre seu trabalho e de outros autores, daqui, de alhures & algures.

Há controvérsias abriga diversas vertentes: crônica, ensaio, crítica, livre-pensar, reflexão existencial, *insights* filosóficos, eurekas, invenção e memória. Além disso, é também um diálogo com diversas tendências e instâncias nas quais se instaura um verdadeiro testemunho de geração, de quem viveu, participou, (re)agiu criticamente e decifrou os tempos, lugares, pessoas, autores e emoções que constituem o seu/nosso permanente desafio de escreviver nessa *selva selvaggia*.

Se mais não posso dizer, porque deixo ao leitor penetrar e desvelar esse universo e melhor garimpar as pérolas do autor, tomo emprestado de Nietzche para ratificar o meu sentimento sobre essa carpintaria: "Como tornar-se um pensador sem passar pelo menos um terço do dia sem paixões, pessoas e livros?". A intensidade com que RW mergulhou nesses três mundos, a(s)cende em nós a convicção de que não há controvérsias quando o que está em cena é a literatura de alta voltagem que ele produziu e, com certeza, vai continuar dando à luz, e privilegiar seus leitores de todas as faixas etárias com *textamentos* do mais alto quilate.

São Paulo, 2009

a
Rosário François Fusco
e Henrique de Morais,
caros amigos

HÁ
CONTRO
VÉRSIAS
1
1987-2003

A contradição está na raiz do próprio movimento.
Hegel, citado por Oswald de Andrade

ah! há controvérsias

mudo o mundo muda
na praça sem pressa:
sim: há controvérsias

um dito um não dito
novas tão funestas:
não: há controvérsias

nada mal: pressentes
fogo na floresta:
sim: há controvérsias

fado: fogo-fátuo:
minas é o que resta:
ah! há controvérsias

não às reticências:
chagas sem compressa:
não: há controvérsias

o preço da pressa
o fausto da festa:
ah! há controvérsias

cães na praça: restos
no caos que atravessas
sim: há controvérsias.

nada tal e qual
na vida adversa:
ah: há controvérsias

nem tangos nem tangas
só minas: homessa!
não: há controvérsias

o pó que perpassa
poalha sem pressa
sim: há controvérsias

em tudo uma fresta:
o azul é o que resta:
ah! há controvérsias?

e pronto: e basta:
chega de conversa:
ah! há controvérsias.

Sangue e areia

Passei cerca de 40 dias na Argélia em 1979. Representante da Cacex na Feira Internacional de Argel, às vezes respondia pelo stand do Brasil enquanto nosso presidente, o Secretário do Itamaraty Antonino Gonçalves, ia a Genebra ou a Paris para resolver alguma pendenga diplomática. Era um tempo de Leste-Oeste, esquerda-direita, quando a guerra Ocidente-Oriente ainda era fria. Não uma "fria" como agora. O mundo todo estava em Argel, os países exibindo em mega-stands suas últimas conquistas tecnológicas, industriais e até mesmo bélicas. Num daqueles dias em que presidia o stand – Antonino fora a Paris –, surgiu o representante da Nação Saharaoui. Eu já o conhecia de vista, pois seu stand ficara famoso na Feira por exibir filmes e equipamentos aprisionados ou recuperados durante a guerra que os saharaouis travavam naquele exato momento ao Sul do Marrocos, no Saara Espanhol.

Alguém disse pro saharaoui que eu era do Banco do Brasil e ele viera me consultar sobre possíveis financiamentos do BB às batalhas que seu povo travava no deserto. Tive que lançar mão de toda a (pouca) diplomacia aprendida naqueles dias ao lado do Antonino para "sair da enrascada". Não podia simplesmente dizer não, pois isso poderia gerar um quiproquó internacional: afinal naquela hora eu era o presidente do stand do Brasil. Dizer "sim", é claro, estava fora de cogitação. Então, deixei mineiramente o nosso saharaoui em banho-maria, enquanto aguardávamos "uma possível resposta de Brasília" – a quem eu afirmara estar consultando via fax. "Mas a resposta", dizia a ele, "seria demorada porque o pedido teria que ser avaliado pela diretoria do Banco".

Por conta disso, o saharaoui acabou "meu amigo" – e sempre vinha puxar conversa nas recepções que aconteciam quase todas as noites nos inúmeros stands da Feira. Não lembro mais seu nome. Só que perdera uma orelha na guerra – e isso era motivo de grande orgulho, exibido quase como "um troféu que faltava". Uma noite, durante um coquetel no stand da Áustria, eu estava dançando com Georgia, uma húngara de cem quilates de quem ficara amigo, quando o saharaoui me abordou. "Monsieur, amanhã Arafat chegará a Argel e daremos uma recepção em nosso stand. Faço questão de sua presença". Enquanto conversava com ele, começou uma dança folclórica argelina e vários árabes cercaram Georgia no compasso da dança. E literalmente "dancei", pois me tomaram a nobre dama magiar.

Georgia me acenava meio aflita, mas eu e o saharaoui nada pudemos fazer por ela, a não ser bater palmas ao compasso da música. "Amanhã Arafat chegará", repetia o saharaoui – e durante toda a noite só se falou nisso em toda a Feira e acredito que em toda "Alger la blanche", como é conhecida a bela capital argelina. Yasser Arafat, o líder da Autoridade Palestina, vinha para uma conferência em Argel e era aguardado com visível esperança por toda a nação árabe. Não o conheci, apenas o vislumbrei de passagem durante o "coquetel saharaoui" da noite seguinte. Meu amigo chegou a me presentear com um daqueles turbantes em preto-e-branco que marcam até hoje sua figura, infelizmente extraviado na volta ao Brasil.

Nunca mais vi Georgia. Nunca mais, também, me esqueci daquela noite-véspera de Arafat em Argel. O poema a seguir tem quase vinte e cinco anos, mas é inédito. Foi feito durante aqueles dias em Argel e o publico agora numa homenagem ao líder árabe, Nobel da Paz em 1994, exatamente no momento em que, parece, seu poder na Autoridade Palestina começa a perder força face às intensas pressões do governo Bush. Parece, porque na verdade Arafat ressurge ainda hoje com todo o seu carisma, mesmo nesses dias em que anda jurado de morte. O coronelismo nordestino assoma incólume e assume faceta internacional.

Arafat Chegará

lua
luar
despenca
sobre o
mediterrâneo

amanhã
arafat
chegará

manchas de morte marcas
martelam o marrocos
na branca argel o mar
– arafat chegará

– de la bière, messieurs!
há no stand austríaco
rotundo coquetel
– arafat chegará

teia teia de estrela
autrichienne stella
artois pão scotch
– arafat chegará

magia magiar
requebra in the night
georgia húngara star
– arafat chegará

sim é aussi agreste
frenchenglish georgia
seu ar de buda-peste
– arafat chegará

bleu-blue danubio broken
my heart mon coeur deserto
lua lua luar
– arafat chegará

luzes emprenham o ar
os cílios de georgia
exalam cabochard
– arafat chegará

dentro de la nuit
o tuaregue azul
azul ri sem parar
– arafat chegará

sob argelinos olhos
dança georgia dança
sans son aãdjar
– arafat chegará

árabes de mãos dadas
cerco georgia cerco
ar parado no ar
– arafat chegará

rien de tout sabemos
do front saharaoui
oui lá mes amis
– arafat chegará

a orelha não há
l´ami saharaoui
é mesmo de assustar
– arafat chegará

no deserto a orelha
cai no front sem lugar
areia luar
– arafat chegará

não ninguém ninguém mais
ninguém bebe riccard
nem georgia mais há
– arafat chegará

preto-branco perturba
a turba o turbante
instante de arar
– arafat chegará

do chão de casablanca
brotam les roses-au-sable
pedra pó estelar
– arafat chegará

luz de não acabar
sim aujourd´hui
manhã cheia de mar
oui – CHEgARAFAT!

Com Licença
Jornal Cataguases, 2003

Alcione, Arafat et moi

Acabo de receber e-mail de meu mais novo "amigo de infância", o dramaturgo Alcione Araújo, que fez recentemente palestra das mais porretas no Centro Cultural Humberto Mauro, dentro do ciclo "Tim-Estado de Minas – Grandes Escritores". Ele acaba de virar verbete do "Dicionário de Literatura da Língua Portuguesa", como leio na *Folha de São Paulo*. Publicado há mais de 100 anos em Portugal, a nova edição do dicionário destaca que "Nem mesmo todo Oceano, primeiro e até agora único romance de Alcione, é um livro de profunda seriedade, que não usa a tão típica carnavalização brasileira, não necessitando se tornar um divertimento".

Datada de 07.10.2003, a dedicatória que ele colocou em meu exemplar do romance diz assim: "Para o querido Ronaldo Werneck, amigo de infância que acabei de conhecer, meu abraço e minha admiração. Alcione Araújo". Mas seu email não trata do romance nem da merecida honra de ser verbete do Dicionário português. Acontece que meu amigo andou lendo aquela crônica que publiquei aqui sobre minha aventura argelina – "Sangue & Areia" – aquela onde fiquei à espera de Arafat e com direito a "não dançar" com Geórgia, a bela magiar de muitos quilates, lembram-se? A fábula é condição *"sine qua"* de um romance. Bom romancista que é, Alcione viajou mais que este poeta. Confiram.

"Caríssimo Ronaldo: Uau! Achei! Então era você a razão da minha busca! Sua crônica iluminou o mundo e me fez entender o quiproquó do Oriente Médio. Explico. Eu passeava de braço dado com o fantasma do Camus pelas ruas perfumadas de "Argel, la blanche" quando fui abordado por um homem desesperado. Era um Saharaoui desorelhado, que gritava: Cadê o Embaixador Werneck, brasileiro duma figa! Onde se meteu o seu compatriota que me fez de besta? Perdemos a guerra porque ele nos enrolou com o dinheiro brasileiro, que nunca veio. Cadê o homem, que traiu meu povo! Eu mato, esfolo, esgano!

Eu não sabia o que dizer. Camus acompanhava a cena com um silêncio distante, sugando ávido o cigarro. O homem me sacudia: "Brasileiro é traidor! Tem que morrer! Aquele patife ignorou o grande Arafat! Fez pouco de um prêmio Nobel! Até então, eu não conhecia o Embaixador – o que só veio a acontecer mais tarde, quando, por acaso, conheci Cataguases, a capital cultural do hinterland mineiro, da qual me tornei natural sem ter lá nascido, e vivi o impacto da revelação: o Embaixador Werneck era, nada mais, nada menos, que o Ronaldo, meu irmão de criação!

A exasperação do desorelhado tornou-se ameaçadora. Foi preciso o Camus intervir com a tripla autoridade, de argelino, de escritor e de morto. O homem afastou-se praguejando contra mim, e jurando exterminar o Embaixador que, segundo ele, iludira seu povo que acabou perdendo a guerra do deserto. Se os saharaouis perderam a guerra, o Embaixador Werneck perdeu muito mais. Perdeu o turbante de Arafat e as delícias de Geórgia, a húngara de cem quilates, que o deixou para entregar-se à sanha de uma alcatéia de árabes.

Eis a terrível conclusão: sua crônica desvelou o mistério. Você, meu caro Embaixador Werneck, você, meu caro amigo Ronaldo, dois seres que ocupam um mesmo e safenado corpo, você é o responsável pela tragédia do Oriente Médio! Seu desprezo pelos árabes abalou a auto-estima daquela gente de tal maneira, que eles não tiveram mais força interior para enfrentar os israelenses. Arafat não é mais o que foi. Os palestinos se curvam.

Dito isto, consolo-o com uma revelação: você, apesar de toda a sua culpa histórica, de todo o seu jornalismo e das suas bandalhas do passado, é um excelente cronista. Um cronista menos rebuscado do que o poeta que, aliás, merece ocupar a vaga deixada pelo Haroldo na Academia Irmãos Campos. Um grande abraço do Alcione Araújo".

Com Licença
Jornal Cataguases, 2003

Entubas um Bubalus?

Tempos atrás, o poeta Ferreira Gullar publicava aqui no *Pasquim* um comentário sobre "O Pequeno Dicionário Histórico e Elucidativo de Assuntos Pouco Vulgares", de autoria do Desembargador Alfredo de Castro Silveira. Segundo o poeta, o livro era o maior sucesso em Buenos Aires, devido ao completo nonsense de rigorosamente todos os verbetes.

Muito que bem. Saí de imediato pra livraria São José em busca de tão inusitada contribuição ao nosso vernáculo, que ainda por cima possuía um subtítulo dos mais supimpas: "Tudo nos Domínios da Literatura Abrangendo Todos os Ramos do Saber Humano". Ora, pois-pois, nem bem comecei a declinar o extenso nome da preciosidade e já o balconista gritava lá pros fundos da livraria: "Solta um dr. Silveira!". Pra meu espanto, o dr. Silveira estava/está solto e é um dos best-sellers da São José, já na 4ª edição.

Agora me chega às mãos outra raridade que nada fica a dever ao dr. Silveira. "Exaltação ao Búfalo" é, no mínimo, um dos livros mais malucos e engraçados que já li, uma hilariante sucessão de chavões & frases supostamente "poéticas", com toda a melosidade característica de um parnasiano de boa estirpe. Só que em lugar das veiazinhas azuis realçando o colo da mulher amada encontra-se o Bubalus (mas pode me chamar de Búfalo, viu?): "a tua presença nas pastagens verdes, pisoteando indiferente o macio tapete do relvado, forma contraste brusco e pouco agradável ao ambiente de harmonia colorida que caracteriza a natureza inteira".

Na verdade, o búfalo brasileiro é uma parada. Vindos da África, os bubalus acabaram dando com os costados (e que costados!) na ilha de Marajó onde se alastraram & cresceram de forma espantosa (são quase duas vezes maiores que o bisão americano: mais uma vez os gringos se curvam). Os caçadores que se aventuram a encarar o seu bubalus em Marajó levam armas com calibre idêntico ao utilizado para elefantes. Mas, quase sempre, a vez é da caça e nossos heróis acabam ganhando o bubalus que a Luzia perdeu na horta.

Quer dizer, no Brasil seria outra a história de Bufalo Bill. Rima à parte, nosso amigo estaria frito. Imaginem vocês que agora alguns criadores do Paraná estão querendo cruzar o bubalus com algumas vaquinhas da região.

Nossas amiguinhas, nem é pra menos, estão fazendo tudo pra esconder seus encantos. Mas o bubalus não perdoa: vai mandar sua brasa assim mesmo. E essa deverá ser realmente a primeira f(*) selvagem da história.

Bem, após essas brilhantes considerações, voltemos ao famigerado livro do dr. Walter da Fonseca (palmas para o autor!). Sob o alto patrocínio da Associação Brasileira de Criadores de Búfalos, servimos ao indistinto público algumas fatias da preciosa publicação. Regalem-se, que há gosto pra tudo:

"De manhã e de tarde Deus fez então o dia sexto. O dia em que nasceste... E como os sagrados livros não assinalam o lugar primeiro onde os teus pés pisaram a terra virgem, o homem foi encontrar depois as marcas de tua existência na velha e misteriosa Índia, pérola soberba engastada na península sul da Ásia. Ásia das lendas e dos cânticos sagrados, o teu berço maior...

"De BRAMA – então o deus supremo do universo e alma do mundo, que se comprazia em dividir os homens em castas privilegiadas, decrescentes de categorias, até reduzi-los à condição de párias, ou seres imundos, tu herdaste a imponência, a valentia e a força...

"De BUDA – o iluminado, o criador do estado de nirvana, recebeste os eflúvios da serenidade, a condição de vivência tranquila e a incondicional submissão ao homem, que te explora nos quatro cantos do mundo. Assim, BÚFALO, a tua origem está envolta no emaranhado de uma filosofia de princípios políticos-geográficos-religiosos, onde a ponta do fio desaparece no conteúdo de ideias e de crenças...

"É negra a tua pele: o teu mugido insinua um grito surdo de sofrimento que vai retumbar nas quebradas das montanhas, que adentra profundamente o verde emaranhado das florestas e que percorre ligeiro os vales dos rios, rumo ao infinito, em direção ao imponderável, buscando alguma coisa que o homem não sabe entender e que não procura decifrar... E tu caminhas lentamente, pesadamente, indiferente a tudo, seguindo ao encontro do nada!...

"Búfalo! Deus, é certo, deu-te o divino dom do raciocínio. Para e pensa! E pensando, volta os teus olhos tristes e lânguidos para a tua terra de origem... E no fim da vida aguardarás tranquilamente o dia em que a morte virá levar-te de volta até a origem das origens... Aí então – BÚFALO, a tua alma que deve ser branca, muito branca, exageradamente branca para contrastar com a negrura de tua pele, subirá pelos espaços sem fim, rumo ao imponderável...".

A partir daí, parece que nosso brilhante autor entrou devidamente em pirólise, imaginando a apoteótica subida aos céus do nosso bubalus, recebido pelos deuses do Olimpo e, como não podia deixar de ser, pelos babalaôs dessa & e de outras plagas:

"Percorrerás primeiro os caminhos multicoloridos do arco-íris. E passarás pela Via-Láctea, cuja faixa esbranquiçada estará inteiramente marchetada de estrelas aurifulgentes – os vagalumes dos espaços celestiais... De um lado, legiões de anjos e querubins, dedilhando harpas, entoarão o cântico das Aleluias. De outro, centenas e centenas de Orixás, de Oguns, de Oxalás e de Oxus, farão ouvir os ritmos vibrantes, ardentes e cadenciados, da envolvente música africana...

"E ao longo dos espaços siderais a tua alma poderá ver figuras da mitologia em aplausos à sua passagem. Lá estarão Clio, Euterpe, Thalia, Terpsychore, Plimnia, Urânia e Calíope, deusas da história, música, comédia, dança, poesia lírica, astronomia e eloquência. Vênus e Eros, os deuses do amor. E Themis, a imponente deusa da Justiça... Anjos, mitos e orixás! Um candomblé ecumênico no vazio do tempo... E muitos personagens bíblicos, saídos do Velho e do Novo Testamento, permanecerão postados em toda a extensão dos caminhos, sorrindo e admirando a silhueta tênue e vaporosa da tua alma, de contornos indefinidos.

"Até mesmo Judas – o traidor arrependido – estará formado ao lado deles. Estarrecido como todos eles! E tal como aconteceu no Vale do Aijalon quando Josué, sozinho, batalhou contra cinco reis, o Sol e a Lua pararão de novo, estupefatos à passagem de tua alma branca, exageradamente branca... Eolo, o deus do vento, estenderá a mão e aquietará a turbulência das tempestades e a violência dos furacões, deixando apenas em liberdade a brisa acariciante que refresca!

"E a tua alma volátil, etérea, indefinida como todas as almas, em absoluta e perfeita sublimação, prosseguirá indiferente, alheia a tudo, até alcançar o trono do paciente Buda, o deus de tua terra. Nesse exato momento, quando o silêncio for total e absoluto, um pássaro do Brasil – O Uirapuru, que o imortal Humberto de Campos chamou de Orpheu do Seringal Tranquilo, saudará a chegada de tua alma branca com seu cântico de ternura e de paz, místico de tradições folclóricas, de nostalgia intensa, anunciando a chegada do fim!...".

Daí pra frente, só restava ao nosso autor coroar o bubalus com a aura de defensor dos fracos o oprimidos, um Búfalo Bill às avessas. E ele o faz de modo irrepreensível, com toda a elegância de seu linguajar surrealista:

"E em estado de nirvana, lá longe, bem longe, nos incomensuráveis espaços siderais, tu dirás ao homem civilizado que te explora: Obrigado, homem! Obrigado por esses mesmos búfalos que continuarão pela vida afora dando tudo de si, em troca de nada! Apenas e tão-somente motivados pelo instinto de participar ativamente no sentido do bem-estar da humanidade inteira! Conta comigo, homem civilizado ou inculto! Estarei sempre pronto a dar de mim em benefício de pobres e ricos, de párias e de potentados, de reis e de plebeus, de crentes e de ateus, de negros e de amarelos e de brancos...

"E quando a violência impiedosa da marreta do magarefe abalar por inteiro a estrutura óssea do meu crânio, quando a choupa decepar a minha cabeça ou o estilete perfurar a minha medula, você – homem, ouvirá de novo e pela última vez, a melancolia do meu mugido...".

É isso aí: fora do búfalo não há salvação. Agora, venha cá, meu querido dr. Fonseca, diga só pra gente: *entubas um Bubalus?*

O Pasquim
Rio, 06 a 12/08 de 1976

VOZ ATIVA

1989

1º de abril na tropicália

Fui preso pela primeira vez na noite de 1º de abril de 1964. Salvador, Bahia. Havia passado a Semana Santa em Cataguases e chegara naquela manhã na terra de Gil & Caetano (que ainda não existiam como "entidades baianas" e a quem conheceria pessoalmente algum tempo depois). Estava trabalhando há apenas dois meses no Banco do Brasil e morava no Campo Grande, ali perto do Teatro Castro Alves, no imenso apartamento do meu amigo Alaor Bagno & família.

Na véspera, quando o ônibus passou por Governador Valadares, senti o prenúncio de alguma coisa não muito boa, que parecia acontecer na cidade, em Minas, quem sabe no país. Estampidos, correrias, boatos sobre a morte de um líder camponês: "Tão falando que balearam o Chico Julião". Não dormi durante o resto da viagem. Quando fui pra Cataguases, na antevéspera da Semana Santa, meu amigo Alberto Silva, já na época um dos melhores críticos de cinema da Bahia, levou-me à rodoviária para combinarmos a distribuição de uns versos que eu faria para serem divulgados entre as ligas camponesas – qualquer coisa no gênero dos poemas que Ferreira Gullar, Vinicius de Moraes, Affonso Romano de Sant'Anna, José Carlos Capinam & outros poetas estavam "cometendo" para a Civilização Brasileira, no Rio, dentro da série *Violão de Rua*.

Éramos jovens e acreditávamos piamente que a dialética & a poesia podiam virar o mundo em "festa, trabalho e pão" como diria mais tarde a letra de Capinam para a música de Gilberto Gil, feita para o filme Viramundo, de Geraldo Sarno. Essas coisas, vamos dizer, "saudáveis" que passam pela cabeça de qualquer poeta que se preze quando se tem vinte anos e se vive num mundo extremamente injusto. Pois é, parece coisa do passado, né?

Nem o Banco nem o Brasil abriram naquele primeiro de abril (vale a rima). Liguei pra redação do Jornal da Bahia, mas não encontrei o Alberto. Alaor, de ouvido no rádio, me diz que a situação está "feia" no sul do país. Feriado compulsório, sem nada a fazer, embora preocupado, desci para o Porto da Barra. Passei a tarde inteira e o início da noite na AABB, onde iria assumir uma das diretorias sociais e estava articulando a fundação de um cineclube. A tarde não era em Itapoã, mas tinha direito a piscina, sinuca & uísque com água de coco, pois "a burguesia também tem seus encantos", como já dizia o jovem filósofo baiano Emetério de Jacobina.

Lá pelas dez horas da noite, saímos do clube – eu e meu colega Manuel dos Santos, que não era o Mané Garrincha, mas um carioca do Méier, excelente jogador do time de futebol de salão da AABB, onde modestamente eu atuava como atento guardião de suas cores, aliás azul & branco, como as do meu "Operal, eterno campeão local". Pois é, eu também já fui goal-keeper, quer dizer, uma verdadeira "caixinha de surpresas". Não havia vivalma (eu disse "vivalma"? Meu Deus, que coisa mais antiga!). Subimos a pé a ladeira da Barra, eu levando uma garrafa de uísque debaixo do sovaco, pois na saída me lembrei que o precioso líquido estava em falta chez Alaor.

Quando estávamos adentrando a praça do Campo Grande, apenas a alguns metros do nosso edifício, ouvimos o ruído de um veículo vindo na contramão pela avenida Sete. Era uma ambulância que freou "adjunto" a nós, como dizem os baianos. Dela saltaram três rapazes fardados, metralhadoras à mão. Fomos jogados contra o muro: "Documentos! Mãos pra cima! Têm autorização?". Eu não tinha documentos nem autorização (que autorização?). Só então soube que o governador havia baixado uma ordem para toque de recolher a partir de nove da noite. Pra toda população.

Fomos lançados dentro da viatura, digo, da ambulância, junto com um dos soldados, sentado junto a nós, nervoso, cara de garoto servindo exército, arma na mão, devidamente engatilhada. Temíamos que o fuzil disparasse a cada solavanco que o veículo, perdão, a viatura, perdão, a ambulância (mamãe!) dava a cada buraco (nossa!), chispando no meio da noite por sobre as pedras ancestrais das ruelas soteropolitanas – como os baianos gostam de chamar a Bahia de Todos os Santos, inclusive meu São Salvador, por quem clamava & implorava veemente o poetinha. Mamãe nunca soube, muito menos o padre Solindo, como o jovem Ronaldo rezou naquela noite!

A ambulância zunia na noite, recolhendo tudo que encontrava: bêbados, putas, retardatários de várias estirpes, inclusive um executivo que voltava de um possível serão: no escritório, ou na casa da amante, nunca soubemos. Sua mulher, a própria, estava jogando a chave da casa, que ele esquecera, quando nosso improvisado camburão deu seu *stop* tradicional, com direito a ranger de freios, e nosso dileto soldadinho saltou, arma em punho, berrando o jargão de praxe: "Tem autorização? Ah, não? Então, entra, seu puto!".

Fomos jogados pra fora da ambulância na Praça da Sé, onde já se encontravam todos os noctâmbulos possíveis & imaginários: "Quem tem documentos, pra direita! Os outros, pra esquerda". Eu estava de bermuda, nada no bolso ou nas mãos, apenas com uma inacreditável garrafa de uísque equilibrando-se em meu sovaco (não sei por que cargas d'água não me tomaram, melhor: não "a tomaram"). Resolvi jogar com a sorte e optei pela direita, pela primeira e, acredito, última vez na vida. Manoel estava devidamente documentado, e eu não queria me separar dele. Na verdade, estava cagando de medo. Foi minha sorte: quem estava sem os documentos foi pro Dops e levou porrada a noite inteira (imaginem se nossos bravos soldados soubessem que o poetinha projetava fazer versos pras ligas camponesas!...).

Nós, "cidadãos de respeito, documentados", fomos conduzidos pro quartel de Barbados, mais exatamente pra capela do quartel, onde, vamos dizer, "pernoitamos". Grande hospitalidade, a do exército baiano: deixaram o poeta com seu uísque e ainda lhe deram a oportunidade de travar conhecimento com uma das "365 belíssimas igrejas da capital baiana", como mamãe dizia. Bebemos a noite inteira, inclusive nosso executivo que, entre uma & outra talagada, reclamava, reclamava, reclamava da grande sacanagem de ser preso exatamente na hora do "joga a chave, meu amor".

Fomos soltos na manhã seguinte. Estava de ressaca e extremamente humilhado. Nunca mais fui o mesmo. A partir dali, sucederam-se as barbaridades engendradas naquele primeiro de abril que os milicos insistiam em chamar de 31 de março (com medo da galhofa provocada pelo dia da mentira) e insistiam ainda em chamar de "revolução", quando no fundo não passava de um golpe de fundo de quintal, sujo & traiçoeiro, mais um golpezinho ao sul do Equador, de fazer inveja a qualquer republiqueta latino-americana. Só não esperávamos que durasse tanto. Nem que doesse tanto. Nem que nos envelhecesse & envilecesse tanto.

Hoje, neste quinze de novembro histórico – cem anos de República, vinte e nove anos após a última eleição direta, quando votei pela primeira vez para presidente (meu Deus, como o poetinha tá velho!) – é com espanto, temor e mesmo com certo nojo que vejo alguns segmentos do povo brasileiro carregando a bandeira televisiva dos fantoches embonecados produzidos pelos mesmo ditadores que massacraram o país ao longos dos últimos vinte e cinco anos. Acho que é tempo de refletirmos, de pensarmos sobre até que ponto este quinze de novembro pode se transformar num novo primeiro de abril. Pois é, como diria meu caro poeta T.S. Eliot: "April is the cruellest month". Isso aí.

Ah sim, a segunda prisão foi em janeiro de 1972, em pleno terror dos anos Médici. Eu, minha ex-mulher Adriana Montheiro (na época, grávida da Ulla), o roteirista e cineasta Tairone Feitosa e a hoje bem-sucedida empresária Ynez Mynssen fomos "convidados" a conhecer in loco os porões do DOI-Codi (como dói!) na Barão de Mesquita, no Rio, onde já se encontravam meus amigos Carlos Sérgio Bittencourt e a futura jornalista Dulce Caldeira. Fomos salvos graças a gestões de Rodrigo Farias Lima (hoje empresário teatral no Rio, e que na época morava conosco numa casa de vila na Rua Silveira Martins) e de Leila Diniz, a própria. Musa de Ipanema e – por essa & outras – eterna musa do coração do poetinha.

Voz Ativa nº. 1
Cataguases, nov. 1989

O Yaka'ré do Golbery

Este país está realmente muito llouco. *Vejam vocês que noite dessas baixou pessoalmente em meu escritório a figura impoluta do eterno geopolítico Golbery do Couto e Silva. Baixou e ditou. Escrevinhador compulsivo que sou, limitei-me a datilografar na velha Lettera 22 o impávido texto que o* viejo general *cometeu para servir, como Van Gogh, de "orelha" para a obra que um certo Capitão Rodriguez escrevera para ser editada pela não menos Escola Superior de Guerra. Altos papos, altas flutuações e levitações no Além do Arco-Íris da velha raposa. Psicografei tudo, até mesmo a capa, idealizada pelo além-capista Eduardo Teixeira, o grande Edu, também responsável pelo logotipo de* Voz Ativa.

Obra ímpar (mesmo porque constituída de um só e único exemplar), A flexibilidade da cauda do jacaré *será sem dúvida um dos próximos best-sellers da Biblioteca do Exército. Ah, ia me esquecendo: o único exemplar existente (aqui e no Além) foi doado ao nosso crítico de cinema Carlos Alberto Mattos, no exato instante em que Carlinhos assumia seu merecido lugar como responsável pela programação de cinema e vídeo do recém-fundado Centro Cultural Banco do Brasil. Para os não-iniciados, uma dica: as irmãs Gardenberg citadas no texto (Monique e Silvinha, criadoras do* Free-Jazz*) são também irmãs do "Charlitos". Agora, com vocês, para o prazer e gáudio do respeitável público, a orelha de Van Gogh, digo do Golbery by Ronaldo Werneck.*

Do Yaka'ré & seu caudal

Como os elefantes, os jacarés não esquecem. São inflexíveis em seus parâmetros, buscando sempre diluir com veemência a medrança que obstacula seus objetivos náuticos, amazônicos por excelência, como sói acontecer com a mediania.

Esta a grande lição dos aligatorídeos, que fica sobrenadando e paira atônita no contexto globalizante de *A flexibilidade da cauda do jacaré*, obra ímpar do emérito Professor Rodriguez. Um corte inflexivelmente epistemológico, digno da verve de quem outrora nos legara páginas indeléveis como as extraídas de seu best-seller anterior – "Os Búfalos Também Amam" –, onde nos mostrava sobejamente que o amor é contingência universal, processando-se tanto entre os elefantes brancos do continente africano como entre os búfalos marajoaras, que praticam o chamado coito com a ferocidade impactante de seus dessemelhantes de além-mar. Exatamente comme il faut.

Mas a obra rodriguiana vai além-mar. E, ao contrário do que pensam os incautos, não se insere no contexto de Jacquard, mesmo sendo, como é, ensaio elipsoidal sobre a caudalosa faina do jacaré, esse indômito dos pampas, digo, das rampas amazônicas. De Jacquard, o autor extrai apenas a técnica apurada para padronagem dos tecidos de seda, extrapolando-a eximiamente para os padrões jacaresísticos em termos de bolsas, sapatos, esmeraldas & quejandos.

Enfim, a obra do professor Rodriguez está onde sempre esteve, etérea, embora plantada no solo pátrio como um piptaledonia gonoacantha – essas formidáveis leguminosas de ramos elevados, também codinomimadas "jacarés-do-mato" de nossas sempre verdejantes florestas.

Saído dos quadros de nossa querida Escola Superior de Guerra, galardoadora exímia dos que, com ufania, se dizem seus propulsores, o professor Rodriguez demonstra nestas profícuas páginas o que tanto sabíamos nós, que o conhecíamos de priscas eras: o que já sabíamos de sua larva e, por extensão, de sua lavra flexível, como o são os rabos caudalosos dos répteis aligatorídeos que ele houve por bem escolher como paradigmas de seu sintagma eternamente cristalizado – os aligatorídeos como ícones aquáticos do pantanal, como totens desta eterna ópera-rock (embalados pela suave melopéia do *See You Later, Alligator* – o popularesco "até logo, jacaré"). Uma ópera-rock selvática: os belíssimos caimans crocodilus espadanado suas protuberâncias caudais em toda a sua maleável flexibilidades pantânica. Um espanto que, como o sol, se renova a cada dia.

Aqui, o jacaré é. Exatamente como os seres, que são como as criaturas. Através da inefável flexibilidade caudal, ele assume enfim a postura indelével de seu destino, de sua sina no mattogrosso universal – belissimamente captado em termos hodiernos pela dupla de cantadores nordestinos Glass & Thomas, sob a batuta caudal das sisters Gardenbelas.

Amparado pela dissonância do/decafona da baiópera mattogrossal, o texto rodriguiano é mais que atual – é atualíssimo, minimalísssimo, nosso melhor exemplo minianimal da flexibilidade caudalesca como signo não-verbal, embora inegavelmente polissêmico, metafórico, autêntico baluarte do ecossistema amazônico.

Golbery do Couto e Silva
(fragmento de sua nova obra, Geopolítica do Yaka'ré)
Psicografado por Ronaldo Werneck
Além do Arco-Íris/1989.

Voz Ativa, nº. 5
Cataguases, dez 1989

Bubbaloo

1987-1992

1987

Porto da memória

A primeira imagem é de carnaval. Em lugar de confete e lança-perfume, existe um pernil assado e seu cheiro, encantando as narinas e a gula do menino de 10 anos.

Porto de Santo Antônio, 1957. É carnaval e meu padrinho Geraldo Kneip morreu há poucos dias. Estamos todos na casa da Tia Tereza do Mariosa, procurando evitar a festa ao redor, compenetrados em nosso luto. Mas o clube é ao lado (ainda é?) e tome de batuque. Mas o cheiro do pernil é maravilhoso (ainda é, ainda agora). Mas tudo lembra a festa da vida que pulsa à nossa volta.

Astolfo Dutra City, que prefiro chamar de Porto de Santo Antônio – exatamente como numa fotografia gravada na memória do menino de 10 anos – sempre me lembrou festa e cigarro Pergaminho, dos Linhares, onde experimentei, acho que para sempre, as primeiras baforadas.

Início dos anos sessenta. I could have danced all night. Twist & My Fair Lady. Festa da Rainha do Fumo. Luís Sérgio e Maria do Carmo Nogueira, Geraldo Português, eu, Nikinha & demais atletas cataguasenses aportamos no Clube (o mesmo) para um bravíssimo show de requebrados & quejandos. Sucesso ou vexame, nós nunca soubemos. Havia muita cuba-libre e uma lambreta verde, de codinome Brucutu, em cima da qual eu e Português atravessávamos a ponte sobre o Pomba, debruçados na madrugada de álcool & Pergaminho, o cigarro produzido pelos Linhares do Porto. Claro, devidamente de cuecas, as famigeradas samba-canção. Performance de fazer babar o alucinado motoqueiro do Amarcord de Fellini, que, como nós, ia do nada para lugar nenhum.

Corta para início dos anos 80. Casamento de meu primo Dingo no Clube Caramonãs. Chope em família e com os irmãos Linhares, Geraldo e Luiz. Em plena crise hemorroidária. Lombo de porco, chope, o velho pernil da tia Tereza – ainda o mesmo gosto e cheiro: gosto, cheiro e banheiro. Não há bumbum que aguente. Um retorno estratégico (e inglório) a Cataguases, a festa em meio.

Porto de Santo Antônio, 1987. Um suco de abacaxi dos mais supimpas com meu amigo Luiz Linhares, exatamente ali, na pracinha da igreja. Coca-cola, café e sinuca com o irmão do prefeito (Luiz, como é mesmo o nome dele?). A torcida veemente do Veriano, o melhor motorista da praça, meu chofer predileto depois do grande Hisbelo, pai que me guia, fez com que o poeta derrotasse fragorosamente as hostes adversárias, apesar dos insistentes toques do Luiz ("olhaí, Ronaldo, não ganha não, que o homem é irmão do prefeito, que por sua vez colabora para a impressão do Jornal do Porto – quer dizer, vai pegar mal"). Jogador compulsivo, o poeta não ouviu seu "ator de cabeceira" e botou pra quebrar sob os verianos aplausos. Cataguases saiu incólume da batalha, briosamente ainda uma vez princesinha – se não da Mata, pelo menos do pano verde.

Corta para Cataguases, década de 50. A grande Dona Zeca diz pra seu pimpolho que ele já tem público cativo no Porto de Santo Antônio: pelo menos é o que lhe disse a Laurita do Gute, que (Dona Zeca levanta a voz, com uma ponta de orgulho) "não perde uma crônica do Roneck n'O Cataguazes". Sucesso ou vexame o poeta nunca soube, não sabemos, não saberemos jamais.

Corte brusco para Porto de Santo Antônio hoje, novembro de 1987. Alguma coisa bate no coração do poeta, alguma coisa soprada pelo vento que vem das margens do Pomba, alguma coisa como "Ronaldo Werneck, não declame, não dê vexame. Ronaldo Werneck, deixe de ser moleque!".

Mas exatamente agora, nesta tarde de 29 de novembro de 1987 em Porto de Astolfo Dutra, na mesma pracinha da igreja onde ele vê seu filho Pablo brincando entre as árvores da infância, alguma coisa bate mais, mais forte, qualquer coisa assim como "Roneck, cante um sambinha de breque,/ deixe, deixe o Ronaldo Werneck, / o Roneck de novo ser moleque".

Jornal do Porto
Bar do Augusto, Cataguases, 28.11.87 &
em pleno Porto de Santo Antônio, 29.11.87

De soslaio, uma charada

Enquanto, na foto, a bela Mariléa me (nos) olha de "soslaio" (obrigado, Geraldinho Barbosa) eu vou castigando as pretinhas aqui na redação do *Cataguases* (agora sem o Z da época do Roneck e do Botão). A máquina Olivetti Linea 88 é do François, razão pela qual as linhas estão devidamente mal-traçadas. Na oficina, o Mário continua compondo nossos textos inadimplentes, como sempre, como antigamente, *comme il faut*. O grande Homero continua catando latas velhas e todos os comunistas da praça, em cada esquina, por trás da calandra e das resmas de papel, que vão virar, eu espero, alguma coisa parecida com jornal.

Não sei bem onde nosso diagramador vai jogar este *Bubbaloo*, mas espero que cole, isto é, que o cole junto ao *Drops* do meu amigo Acir Vassalo (de quem?). Olhaí, Acir: todos os botequins de Cataguases estão indo à falência, da Jane ao Augusto, do SL ao Taramela, do bar da Ritinha Lee, na Rodoviária, ao Bote/Quinn. Após beber metade da água do rio Pomba e degustar o negro licor do Meia-Pataca, o poeta agora só vai de coca-cola, suco de laranja e gim distônico (claro, a tônica é sem gim!).

Ontem à noite, no Taramela, altos papos sobre espiritismo, tema onde Cataguases é imbatível. Rachel apareceu para o Zebrão, que o Geraldinho Barbosa insiste em chamar de Baleia. Neidinha se mostra entusiasmada e diz que falou com a Rachel há poucos dias, em sua cama (dela, Neidinha). Eu começo a não entender mais nada. Geraldinho puxa do bolso esquerdo da calça e de algum lugar perdido na memória uma citação das mais porretas de Santo Agostinho, pede um café, me fila um cigarro e diz entre baforadas inacreditáveis: "O Rosário Fusco tem aparecido constantemente lá no PLA (pode me chamar de Paz, Luz e Amor). Está muito bem, curtindo horrores no Além. Parou de beber em homenagem ao François. Que nem você, Ronaldo, que parou em homenagem ao Pablo".

Do outro canto da redação a Paulinha grita dizendo que o texto-legenda sobre a Mariléa tá ficando muito grande, o François reclama que eu estou muito mal-humorado, aproveita para filar um cigarro: o francesinho anda muito nervoso, bebendo muito café. Também, pudera. Com esta malfadada Olivetti como instrumento de trabalho não há redator que aguente.

Bem, fica assim. Termino de mastigar este *Bubbaloo* deixando para os meus três leitores de cabeceira, Zebrão, François e Kimura (olhaí, bicho, tem que estudar mais, que o teu violão ainda anda meio maroto, vê se pega uma aulinhas com a Andréa, lá no Baixo Leblon), enfim deixando para os três & até mesmo pra vocês, se é mesmo verdade que vocês existem e que até aqui chegaram, uma *piccola* charada em homenagem ao Chiquinho, meu único leitor em Teresópolis:

Cantor com trava na língua (*duas*).
O filho do Couto (*três*).
Não é ele, mas o outro.

Quem disse *Gago Coutinho* se deu mal: pode me chamar de *Sacadura Cabral.*

– Yyyeeesssssss! O outro.

Bubbaloo 1
Jornal Cataguases 06.12.87

1988

Mulher bebendo muito

Oitenta e oito abre com fogos esparsos acesos pelo Catito da Mônica e muita chuva, vinda possivelmente de Nova York. No *intermezzo* de uma entrevista com Maria Alcina, saio do Hotel Cataguases pra comprar pilha pro gravador do Rogério Torres, o mais jovem de nossos repórteres. São cinco da tarde, é pleno horário de verão, e a cidade está coberta por nuvens plúmbeas (palavra que, juro, não usarei mais em 88). Um cinza tão escuro que preciso acender os faróis enquanto o carro navega pela avenida Astolfo Dutra: um só córrego, um só Lava-Pés. O temporal roubou a claridade deste dia primeiro e levou consigo toda a energia da Força & Luz, inclusive a própria. Não acho as pilhas, mas encontro Carla Beatriz no Bar do Augusto. Perdida e devidamente ensopada.

A luz voltou. Voltamos pro hotel. Enquanto Sérgio Ribas fotografa a cena, eu e Alcina brincamos de fazer "pose pra *posterioridade*". Alcina está ótima, absolutamente descontraída com sua camisa do "Fio Maravilha", óculos de intelectual paulista e um chapéu de cantora de tango que eu trouxe do Rio. Ela me confessará mais tarde que ficou com receio quando soube que eu estaria na entrevista, com medo do troço ser intelectual demais pra sua cuca de eterna operária cataguasense. A entrevista termina em sua casa, onde comemos biscoito de polvilho (bem Cataguases da infância) com o café de Dona Arminda, bem mais saboroso que o *chafé* de Seu Hisbelo — que, aliás, está ótimo (não o café, mas o próprio, o grande papai). Fico de jantar com Alcina e sua família no People.

Mas não havia almoçado e acabo ali do lado, no Taramela, onde meu amigo Ricardo Braga conseguiu transar um surubim com camarão e banana que é uma delícia, aliás o nome do próprio prato. Servido então pelo Cuca, meu meio-de-campo predileto ("tira o Cuca! Deixa o Cuca aí!"), nem se fala, principalmente quando regado a um coquetel diabólico que acabei de inventar há exatamente 18 minutos e três segundos: limão em fatias, água tônica e guaraná à vontade (atenção, Ricardo: o guaraná tem que ser Antarctica, que é menos doce).

O Taramela é um *must*, um cult-bar, como diz a Andréa Bogossian, com seu solarium transado pelo Tunim Farage e seu piano exalando aquele cheiro de saudade: Marquinhos Peixoto, Aluísio & Beto Condé mais a voz de Celeste Quirino. Só falta mesmo meu *bloody-mary 88*: suco de tomate, muito tempero, gelo e água tônica. *Bloody-mary* sem vodka. Como dizia o velho Sterling Hayden in *dr. Strangelove*, "vodka é coisa de comunista!", quer dizer, do Homero – nosso tigre de papel da oficina do *Cataguases.*

Cataguases by night. Lembro que combinei com Alcina e acabo indo pro People com Carla Beatriz, Sérgio Ribas e a não menos Cat Couto, aliás Cathy Mahonny, aliás, Cat Ballou, aliás, Tia Cathy. Muito simpático Alcina jantar com toda a família mais o grande Bibinha e sua trupe. Mais fotografias enquanto o fulgurante Cota ataca de "Kid Cavaquinho" em homenagem à rua ("Maria Alcina") da Taquara Preta. Mas acabamos é dançando "La Bamba". Puro anos 60. Fim de noite. Quer dizer, fim da noite em Cataguases, porque eu e Carla ainda vamos prum baile em Mirahy City, onde acabamos mesmo é jogando sinuca no botequim do Dingo com os meninos da cidade até aí por volta das quatro da matina.

No domingo, após várias peripécias, o Bruno Menta, gentilíssimo, consegue projetar algumas sequências do meu filme (*Você não soube?).* Percebo que eu o filme estamos ficando irremediavelmente velhos quando Pablo e Ulla são enquadrados cantando em cima do portão da casa da rua dr. Sobral. Pablo ainda sem seu dente-de-leite. Mais ainda: quando alguém entra no quarto onde estamos projetando e pergunta pelo 'fio dental', pois o biquíni que a Eucy está usando na Praia do Pepino está mais do que ultrapassado, exatamente como a barba e a juba do Tomaz Pacheco. "Tomazmente" falando, o filme tá muito doido.

Meu Deus, quase meia-noite! Meto o carro na estrada. Enquanto Carla dorme no banco de trás, eu e meu querido baterista Afonsinho conversamos por toda a viagem. Ele me diz que seu gosto pela música veio de seu tio Vadinho, que tocava sax como ninguém, e gostava muito de jazz. Afonsinho se lembra de um festival de jazz, onde tocou com Miles Davis e Tony Scott, um dos ídolos de Billie Holiday, que, por sua vez, é uma das minhas *ídalas*": sua biografia (*Lady Sings the Blues)* é das melhores coisas que li ultimamente.

Conversamos sobre sua bateria, que ficou na Itália, e sobre bateristas, sobre Gene Kruppa (no cinema, Sal Mineo, no papel do próprio, estava mais canastrão do que nunca. Pelo menos no cinema do Nelo Machado, em que vimos o filme aí por volta dos anos 50), e sobre nosso amigo Juquinha, também baterista e primeiro parceiro de Tom Jobim, que está muito engraçado numa sequência do meu filme, com um bonezinho de jockey, abraçado com Thomaz "Mann" (senão os dois caíam), numa trôpega madrugada em frente ao Luna Bar, no Baixo Leblon.

Entramos em Teresópolis para um café com coca-cola. São quase três da manhã e o bar está cheio. Um cidadão que está tomando uísque volta-se pra mim e diz, solene: "Vi tua mulher ontem no Golf Club. Ela anda bebendo muito". Toma um trago e olha pro Afonsinho: "Não tava te conhecendo. Sabe que eu votei em você? Pois é, eu *também* sou PMDB". Afonsinho sorri e diz: "É incrível nossa capacidade pra atrair malucos".

Finalmente, back in Rio. Paramos ali no Bar Bico, perto da Galeria Alaska, para um chope regado a suco de manga, pra mim, e de melão, pra Carla Beatriz, que acordou porque quis, isto é, por um triz não ia pra Paris. Grande coincidência: damos de cara exatamente com Toninho, nosso garçom dos tempos do Luna Bar: "Pois é, o domingo acabou, o chope acabou, o Luna já fechou, e eu aqui tô que tô, tomando o penúltimo".

Agora são 6:30 da manhã de terça-feira. Não saiu foto alguma da entrevista com a Maria Alcina. O filme velou. Não faz mal: foi divertido. Falar em velou, lembro de Velô, quer dizer, do Caetano, que está cantando ainda agora Roberto Carlos, enquanto escrevo com minha caneta futura, tão antiga quanto antigamente: "Eu andei de mais/ Não olhei pra trás/ Não vou mudar/ Sou fera ferida/ No corpo/ Na alma/ No coração". Isso aí. Espero que o show de meus amigos Carlinhos Vergueiro e Andréa Bogossian, sexta-feira, no People, tenha o sucesso que Cataguases merece. Um *bubbaloo* de morango (diretamente do bar do Quinn) pra todos vocês.

Bubbaloo 2
Jornal Cataguases10.01.88

Mucho café, cigarro: no se preocupe

Estive esta semana na Abifumo (Associação Brasileira da Indústria do Fumo), selecionando umas fotos para a Revista *Cacex*, que terá como tema de capa de uma das próximas edições o comportamento da indústria do fumo na pauta das exportações brasileiras. Vejam só o que achei: a reprodução de um selo colombiano no qual o Señor Javier Pereira, do alto de seus 117 anos, nos dá a receita de longevidade: “No se preocupe. Tome mucho café. Fume un bueno cigarro”.

Pois é, seu Javier, estou levando seu conselho a sério. Estatísticas recentes indicam que o brasileiro fuma, em média, 1.672 cigarros/ano, i.e., 4,6 cigarros/dia. Como fumo cerca de três maços de Charm/dia (atenção, Souza Cruz: quero “o meu” do *merchandising*) estou prestes a entrar no *Guiness Book* do fumacê. Quer dizer, a “entrar bem”: estou consumindo, em média, 22.000 cigarros/ano. Pode? Pode.

Embora venha tentando, ainda não consegui fumar dormindo nem tomando banho, mas tenho me esforçado: várias vezes entrei de cigarro aceso no chuveiro. Ah, sim: nem em salas de projeção. Razão pela qual tenho ido pouquíssimo ao cinema, uma das coisas de que mais gosto (de ir, não de não ir – pô, essa língua portuguesa ainda me leva à loucura!).

About cinema. Federico Fellini acaba de ser eleito pela crítica, em Bruxelas, o melhor cineasta europeu dos últimos trinta anos; e *8 ½*, o melhor filme (viram só que charme o desse ponto e vírgula aí depois dos “trinta anos”?). Engraçado: *Otto e mezzo* é o filme de que mais gosto em toda a história do cinema. Já vi umas 50, 30, 20 vezes, por aí, e nunca escrevi sobre ele. A primeira vez foi na Bahia, em 1964. Lembro que eu e meu amigo Carlos Athayde – um cineasta baiano que estava rodando um filme (*Vida por vida)* sobre o corpo de bombeiros – vimos *8 ½* umas cinco vezes só naquela semana.

A gente saía do Cine Tupy, perto do Terreiro de Jesus, e descia pro botequim do Mundinho, na Ladeira do Pelourinho. Antes, uma parada estratégica na Cantina da Lua Cheia (onde, 15 anos mais tarde, fiz o lançamento baiano de meu livro *Selva selvaggia*). Ali, tecíamos “altíssimas” considerações sobre a interpretação de Mastroianni & Anouk Aimée, os enquadramentos de Gianni di Venanzo e a inesquecível trilha sonora de Nino Rota. No Mundinho, decupávamos a fita (era "bem" dizer *fita* na época) plano por plano, entre marginais, garrafas de cerveja, prostitutas, cachaça, guaraná dos "irmãos" Fratelli Vita e muito café, que o Athayde tinha parado de beber (olhaí o português de novo: não café, mas o álcool mesmo).

Nosso cineasta baiano, aliás, era uma peça. Só andava de terno preto, preto dos pés à cabeça, só faltando o chapéu idem para se identificar totalmente com o Guido Anselmi, o diretor de cinema que Marcello Mastroianni (também eleito o melhor ator dos últimos 30 anos) faz em 8 ½. Como diria mais tarde Jean-Luc Godard (se não me engano, em *Le petit soldat* – estou citando de memória: "le cinéma c'est la verité vingt-quatre fois par seconde").

Bom, pelo menos naquela época, era mesmo. Participei das tomadas de uma sequência de *Vida por vida* feita em pleno incêndio da Feira de Água de Meninos (celebrizado mais tarde através da bela música de Gilberto Gil). Guido Anselmi, aliás, Carlos Athayde, dirigia os bombeiros – que nem Fellini, todo de preto, megafone na mão — quando quase dá sua vida (e a do *cameraman*) pela vida de seu filme numa explosão de uma bodega repleta de cachaça – um pipocar ensurdecedor que repercutiu por toda a cidade da Bahia.

Não cheguei a ver *Vida por vida* pronto. Apenas alguns fragmentos do copião, projetado no Cine Guarany, ali na Praça Castro Alves, que na época ainda era "do povo, como o céu é do Condor". Foi numa escaldante manhã de domingo, e a meu lado estavam os críticos Carlos Pinto e Alberto Silva e o Telles, do Jornal da Bahia, que falou o tempo inteiro do *Tom Jones*, do Tony Richardson, que havia assistido na véspera. Na fila à nossa frente, Sônia dos Humildes e Lídio Silva (ambos chegando do sertão, onde haviam filmado o *Deus & o Diabo*, com Glauber Rocha), juntos com o nosso Fellini baiano. Athayde estava devidamente de preto, tenso, uma garrafa de café ao lado e muito Continental sem filtro, que tornavam seus dedos inacreditavelmente amarelados.

A lembrança dessa projeção me remete a uma *boutade* do Orson Welles, qualquer coisa como "eu não gosto de ver filmes; o que gosto mesmo é de *fazer* filmes". Muito lúdico, não? Muita coisa do menino que brincava com seu *Rosebud*, o trenozinho de *Citizen Kane*. Pois eu descubro que *ainda* gosto de ver filmes. Melhor, de rever. Ando doido pra rever *All that jazz*, *As aventuras de Tom Jones*, *A doce vida*, *Os eternos desconhecidos*, *Acossado* e o próprio *Kane*.

E mais uma vez revejo *Fellini Otto e mezzo,* junto com minhas amigas Sônia Regina, Andréia, a italiana (não *La* Bogossian, que é a Andréa sem o "i", a de "voz belíssima", como diz o Luiz Linhares no *Jornal do Porto*), Rosane e Carlos Alberto Mattos, meu crítico de cinema predileto. Ganho uma chaveiro de Sônia Regina, reproduzindo uma claquete, do último Festival de Cannes – um barato. Andrea, que foi assistente de produção de Bertolucci em *Tragédia de um homem ridículo* e que, como Fellini, nasceu em Rimini, me conta que quase todas as noites as músicas que Nino Rota fez pros filmes do *maestro Federico* são tocadas na *piazza* principal de sua cidade. Um *must*, não acham?

Mas revendo *8 ½* na sala de projeção da Cândido Mendes, em Ipanema, apesar de o operador não conseguir enquadrar o filme (cópia em 16 mm), apesar da dublagem em português, feita pra televisão, apesar do som péssimo, apesar do fortíssimo ar refrigerado, que faz com que Andrea me pedisse o casaco emprestado (eu vinha direto do trabalho), apesar de tudo isso, fica, entre tantas, a sequência onde Guido diz pro Cardeal que não é feliz. Sua Eminência rebate: "Mas quem disse que viemos ao mundo para ser felizes? *Civitas Dei.* Quem não pertence a *Civita Dei*, pertence a *Civitas Diavoli*".

Só que o Cardeal diz isso dentro de uma sauna, i.e., ao mesmo tempo em que fala do espírito, cuida do corpo. Fellini corta a cena para uma tomada de uma rua da moda, onde Anouk Aimée faz a ronda das butiques ao som de *Blue Moon*, executada por uma orquestra feminina. Entre a lei de Deus e a do Diabo, o personagem Guido Anselmi (o próprio Fellini) fica com o circo da vida: "è una festa la vita", Guido diz no final para uma patética Luísa, sua mulher (Anouk Aimée).

Bem, falar em festa: "No se preocupe. Tome mucho café. Fume un bueno cigarro". E não se esqueçam de mascar seu *bubbaloo.*

Até domingo de carnaval.

Bubbaloo 3
Jornal Cataguases 07.02.88

Embalos de Carnaval

Plástico, papel, pano e jornal
nas mãos dos artistas
enfeitam o nosso carnaval

O samba é da Portela, campeã do Carnaval de 1988 em Cataguases, escola que teve como destaque a belíssima Renata, filha de minha amiga Helena Guimarães Peixoto, e no comando da bateria o grande Florismar, que forma junto com Chicão, meu vereador de cabeceira, a eterna resistência carnavalesca de Cataguases. Grande vitória da Portela num dos melhores carnavais que a cidade já teve, um carnaval incrivelmente ensolarado apesar de todo o temporal da semana que passou.

Faço este *lead* – que o Fusco, como velho jornalista, gostava de chamar de "nariz-de-cera" – diretamente aqui da redação, enquanto o François me pede para não falar mal de sua máquina, pois ela é a única que trabalha na quarta-feira de cinzas. Ok, francês, você venceu. O *Bubbaloo* que vocês vão ler a seguir era para ter saído no domingo de carnaval. Mas, como previ em seu final (dos tempos?) as águas realmente rolaram. As estradas, idem, os Correios ibidem: o texto não chegou a tempo aqui na redação. Voltou a chover. Como diz o Ércio, que está aqui a meu lado, foi uma pausa matematicamente carnavalesca. Mas, é isso aí, o Carnaval. A nação cataguasense bem que merecia. Inté.

Bubbaloo pré-carnavalesco

Atenção, meninada da rua dr. Sobral: afinem suas palhetas, passem bastante cera, lustrem bem seus craques para que deslizem perfeitamente. Pablo está chegando aí em Cataguases pro Carnaval e está imbatível no jogo de botões. O artista está passando as férias comigo. Bem, "férias" é eufemismo. Na verdade, está me ajudando, e muito, no setor de apoio básico à redação da Revista *Cacex*, coisas como pegar café, apanhar revistas e jornais estrangeiros na Setor de Documentação, tirar xerox e, até, me ajudar a fazer as legendas.

Outro dia, Pablo conseguiu identificar, numa foto que recebi sobre a exposição aeroespacial de Hannover, vários Phantom, Alphajet, F-5, Dorinier, F-11,

Tunderbolt-II, Mirage e outras aeronaves menos votadas que se encontravam no pátio do aeroporto de Langenhagen, na RFA. No Banco do Brasil, o *office-boy* chama-se "menor estagiário". Pablo está conseguindo ser o "melhor estagiário". Pelo visto, estou passando da fase *Kramer x Kramer* para *Pai/Patrão*.

Mas *el señor Don Pablito* é também puro folclore. Almoçamos outro dia num restaurante japonês e ele me sai com essa: "Pai, você já reparou que japonês leva uma vida de palito? É palito pra comer, palito no cabelo, eles são o próprio paliteiro". Quer dizer, Pablo está saindo de uma fase perfunctória para um estágio altamente polissêmico, metafórico. Gostaram do "quinau semântico" que dei aí nessa frase? Isso aí, a gente "fazemos" tudo pra agradar à mediania.

Voltando do almoço no Tokyo. Depois de um sushi regado a lautas doses de guaraná com água cristal, Pablo pede a sobremesa e reclama do *marshmallow*. Não só reclama como emenda com uma receita de sua própria lavra: duas xícaras de água, uma xícara de Karo ("atenção, pai, é glicose de milho"), duas colheres de sopa de açúcar ("de açúcar, não de sopa"), duas claras em neve de Kilimandjaro. Pois é, Pablo também é cultura. Pelo menos, cultura culinária.

Fomos cortar o cabelo na Verinha, minha cabeleireira de fé, irmã camarada há mais de 15 anos. Pergunto por seu pai, que está mal, com cirrose. Verinha me diz que o velho morreu na semana passada, que estava entornando muito, que deixava a cachaça na geladeira (essa é "pura" novidade), que estava bebendo quase duas garrafas por dia.

Os porres do pai da Verinha eram quase sempre muito engraçados. Lembro de ela ter me contado que na missa de sétimo dia de sua avó, ele entrou na igreja cambaleando. Quando o padre disse qualquer coisa como "Glória a Deus nas alturas" ele rebateu de pronto: "Glória, não! Nair! O nome da minha mãe é Nair, pô!". Foi um custo pra Verinha tirar o artista do palco, quer dizer, do recinto: "Toma juízo, pai!". E nosso herói respondia com a voz pastosa: "Juízo, pô? Dessa eu nunca tomei!".

Falar em porre, fui ver *Under the volcano*, o filme de John Huston baseado no excelente romance do poeta galês Malcolm Lowry. Apesar de não possuir o brilho, a riqueza do texto de Lowry o filme tem uma grande interpretação de Albert Finney, ator que não via assim tão bem em cena desde o memorável *Tom Jones*. É, no mínimo, impressionante a quantidade de álcool consumida pelo personagem, um cônsul britânico perdido em Cuernavaca, na época um mero *pueblo* mexicano. O cônsul, o próprio Lowry (que também morou na localidade), demissionário da diplomacia e da vida, oscila entre tremedeiras etílicas ao largo de problemas existenciais e da realidade brutal de um tempo nublado pelo Popocatepelt, o vulcão de Cuernavaca (na verdade, uma metáfora do vulcão fascista – a ação se passa no final dos anos 30, não por acaso no Dia dos Mortos).

Como seu cônsul, Malcolm Lowry também acabou tragado pela tequila existencial e seus vulcões. Foi meu amigo, o poeta Jair Ferreira dos Santos, quem me apresentou à poesia de Lowry. Gostei tanto que acabei adaptando um de seus poemas, *The search*. Werneckmente falando, a coisa ficou assim: "Não em Shakespeare, não em Dante./ Não em meio ao pó da estante:/ jamais encontrarás em qualquer livro/ a agonia que te mata e mantém vivo".

Bem, já que a gente não encontra nos livros, vamos tentar no cinema. Indicado pela Ulla (meus filhos estão cada vez mais doidos – o pai, idem) fui ver *Rock horror show,* cercado de Andréas por todos os lados: à direita, La Bogossian; à esquerda, La Muncini. Entre a armênia (como Charles Aznavour) e a italiana ("quase" como Henry Mancini, pelo menos no sobrenome), meu coração balança. Aliás no *Bubbaloo* anterior o nome da italiana saiu truncado (é também Andréa, sem o *i*, exatamente como o da Bogossian. Perdão, leitores, o *Bubbaloo* erra na pronúncia, mas acerta na qualidade).

Sobre *Rock horror show*, para espanto de La Muncini ("mà cos'è questo, siete matte?"), a plateia participa efusivamente da projeção, tocando sinos, acendendo velas, jogando água, abrindo guarda-chuvas & os cambaus. Olhaí, Ulla, curti horrores. A platéia é que nem aquele gato que o papai achou na rua aqui em Copacabana (o *Educado*, você se lembra?). A atriz (é a Susan Sarandon, né?) está muito bem, o filme é ótimo, o diretor sacadíssimo. Bem, pelo menos essa foi minha impressão durante os cinco minutos em que consegui ficar acordado.

Mas já é quase Carnaval e encontro na Banda de Ipanema o polivalente Caldeira (um dia, jornalista; outro, cineasta; outro, como agora, sambista), que me convida pro ensaio do Bloco de Segunda, uns malucos que desfilam toda segunda-feira de Carnaval pelas ruas de Botafogo. Imperdível. Além de tudo, o ensaio era para escolher o samba-enredo para este Carnaval, tendo como tema "Os Intocáveis" (aqueles que nunca tocam no rádio).

Não deu outra. O Bloco de Segunda elegeu para enredo dos *Intocáveis* o samba do próprio Caldeira e de seus irmãos, os Calderetes. A coisa corre assim: "Vem da Índia/ Este exemplo de corrupção/ Como intocável/ Por favor não me confunda/ Eu sou da massa/ Sou do Bloco de Segunda". No ensaio, encontro Pedro Lessa, meu amigo dos bons tempos do Leme, que agora virou arquiteto, preocupadíssimo com a preservação do visual de sua/nossa cidade.

Pedrinho me diz que mandou uma crônica pra *Revista de Domingo do JB*, tendo como título nada menos que "Do Inalienável Direito do Cidadão Curtir a Noite". E me dá a dica: "Pô, Ronaldo, eles iluminaram o Pão-de-Açúcar! Veja que absurdo, não há mais espaço pra gente ver a lua, as estrelas. Não há mais direito ao escuro. Não há mais espaço para a noite". Pois é, Pedrinho, só nos resta mesmo cair no samba do Bloco de Segunda. A noite ficou pros marajás, pra corrupção que vem da Índia.

Mas hoje já é segunda-feira, uma semana antes do Bloco sair, onze e meia da noite. Eu e Pablo acabamos de chegar do cinema. *Blade Runner* é um filme fascinante, com belíssimas sequências enquadrando uma enfumaçada Los Angeles do século 21. Tudo lembra, e muito, as cidades góticas traçadas por Will Eisner na década de 30 para as aventuras de seu *Spirit* – o grande clássico das histórias em quadrinhos. Uma grande curtição, não fosse a falta de ar refrigerado no Cine Jóia.

Saímos literalmente empapados, direto prum bravíssimo sorvete no Cirandinha, que caiu muito bem. Passamos pelo Art-Palácio. Pablo dá uma das suas: "Não entendo por que *Palácio*. Aqui em Copacabana não tem nenhum palácio". Eu abro o quarto maço de Charm do dia, dou uma baforada, e rebato com uma frase pré-histórica: "Pô, Pablo, tá na cara, meu irmão. É porque o cinema é um palácio de ilusões, exatamente como *Blade Runner*".

Escrevo antes do Carnaval. A folia deste ano promete, pois as águas já começaram a rolar – pelo menos em Petrópolis: 120 mortos. Ontem, entre as matérias do *fait-divers* – praia, samba, biquinis, bandas, bumbuns, baticumbum –, o JB publicou impressionante entrevista com o *Bolado* (gíria da Rocinha pra quem anda sempre aborrecido), na qual o novo rei do tóxico ensina à polícia como combater o crime e promete que o bloco da Rocinha fará um imbatível desfile de violência neste Carnaval.

Mas, como digo num poema que cometi anos atrás, "Chove no Rio de Janeiro/ Mas faz sol/ Nos rios de meu coração". Espero que em todos eles, principalmente no Pomba. Senão, vamos ter que chegar a nado pra folia cataguasense.

Bubbaloo 4
Jornal Cataguases, 28.02.88

Tribalização: *Nascido para matar*

Leila Diniz, com sua cara de sapeca, me olha brincalhona de dentro deste cartaz que tenho aqui no quarto onde escrevo. Com sua trança de maria-chiquinha Leila está muito parecida com a coelhinha grávida, personagem assumido por minha filha Ulla no Baile do Havaí, aí na AABB. Ouvi muita gente dizendo: "nossa, com apenas 15 anos a Ulla já está grávida!". Calma, pessoal, foi apenas carnaval. Quer dizer, molecagem mesmo. Mas, garanto, curtimos adoidado. Principalmente quando confundiram Ulla com minha suposta namorada. Ora, ora, por quem sois... a gente não "merecemos" tanto...

Mas foi um bom Carnaval, com direito inclusive ao Cabedal e suas poções mágicas, que desfilou com o devido destaque num dos carros da Portela, lá das grimpas dos seus 103 anos, com o olhar absolutamente atônito para o casal de Adão-e-Eva tropicalista que rebolava frenético à sua frente. O carnaval de Cataguases é também tribo, tribalização de todos os instintos, inclusive do indistinto público. Um carnaval com Florismar na bateria da Portela, Chicão e seu bloco do "eu-sozinho" – e ainda por cima com o povo cheirando o rapé do Cabedal – tinha mesmo que abafar. Nunca vi a Avenida tão cheia. Não há dúvida, como a gente dizia nos bons tempos de 1957, "foi o terceiro melhor carnaval do Brasil". Os outros dois? Ah, deve ter sido Dona Eusébia, Astolfo Dutra, por aí.

Bem, o Carnaval acabou. Depois da tempestade, a tempestade. Após o furor momesco, a fúria de todos os outros deuses. O Rio está literalmente desabando. Muito triste. A Avenida Brasil está inundada, a Lagoa transbordou, um prédio acaba de desmoronar na Abolição. Um caos. Ou uma festa. Pelos menos, é como entendem os ladrões, que estão cobrando mil pratas de "pedágio" para os motoristas dos carros enguiçados debaixo do Viaduto das Forças Armadas, nas proximidades da Praça da Bandeira. Como dizia aquele fremente locutor durante a Copa do Mundo: Brassssssiiiiilllllllllllll!!!!!

Falar em Forças Armadas, nosso tripresidente chama de três patetas os integrantes da junta militar que entregou o poder a Médici em 69. É, por aí. Mas, talvez fosse melhor chamar de quatro patetas. Cala a boca, boca! Como diz Augusto Nunes em artigo publicado pelo *Jornal do Brasil* neste domingo, 21 de fevereiro, o assunto é muito sério, muito doloroso pra ser tratado na brincadeira. Ontem, na mesma seção de opiniões, página 11, o JB transcreve matéria de Jimmy Carter, publicada no *New York Times*, em que o ex-presidente dá sua receita sobre a melhor política para que a paz reine no Oriente Médio. Carter fala de cadeira. No final dos anos 70, ele articulou o encontro Sadat/Begin em Camp David, onde foi selada a paz entre Egito e Israel.

No caderno *Ideias*, de sábado, Zé Celso Martinez extrai do caos de sua criatividade uma sacada dionisíaca e promete uma montagem revolucionária para *As Bacantes*. Após o assassinato de seu irmão, Zé Celso propõe uma volta à vida, e cita o célebre poema feito por Maiakóvski após o suicídio de Iessiênin: "Morrer/ nesta vida/ é fácil./ O difícil/ é a vida/ e seu ofício".

Engraçado como o tropicalismo está de volta. Não bastasse Zé Celso, que deflagrou o movimento no teatro — com a montagem do *Rei da Vela*, como Glauber fez no cinema com *Terra em Transe* —, agora surge Norma Bengell filmando o mito *Pagu*, musa e mulher de Oswald de Andrade, que foi o inspirador do movimento. La Bengell foi entrevistada ontem pela TVE e reclamou muito da seleção para o Festival de Berlim (nenhum filme brasileiro entrou), principalmente de um alemão que declarou ser o nosso cinema muito caótico. "Ele precisava estudar mais a história de seu próprio país, pois foi através do caos que a Alemanha se recuperou no pós-guerra". Não é bem por aí, Norminha. Certo que a criatividade venha do caos. Mas é preciso ordenar o caos, qualquer coisa como outro tropicalista, o não menos Gilberto Gil, está tentando fazer para se eleger prefeito de Salvador.

Como ele diz hoje, em entrevista ao *BEspecial*,

> "sou burguês, e na verdade posso ser visto no máximo como um representante que quer ampliar essa ressonância para abranger a sonoridade de segmentos cada vez mais extensos da massa. Estou portanto numa posição tolerante, de viver esse processo, de entender a qualidade eticamente gelatinosa, pouco sólida, dessas relações, de entender num sentido zen que há uma moral de ocasião... A grande moral não interessa, e sim a pequena moral. Porque sei, como dizia Gandhi, que Deus é a mesma substância que move a mão do assassino e o bisturi do cirurgião". Com toda a sua ruibarbosidade, do alto de sua prolixa baianidade, Gil está tentando ordenar o caos, dar um discurso "lógico" (ou "zoo-ilógico", como naquela sua canção?) à sua campanha. Mas, com tudo isso, *et pour cause*, se baiano fosse, seria seu "eleitor-de-cabresto".

Saio pra ver *Nascido para matar*, o excelente filme de Stanley Kubrick sobre a Guerra do Vietnã. O filme é narrado por um *marine*, correspondente de guerra, e me lembrou uma jornalista que foi minha namorada e que teve um "causo" com um também correspondente de guerra. Na época, ela dizia pra me consolar: "Você entende, Ronaldo, o fulano tem muito mais experiência que você. Imagina, ele já esteve no Vietnã". Eu sofria terrivelmente por ser um mero redator de segundo caderno, falando sobre nada mais do que amenidades. Acabei me "vingando" fazendo um poema sobre o Vietnã. Meu Deus, como a gente é idiota quando ama.

Interessante que, embora rodado na América, o filme de Kubrick é quase todo passado na base de Da Nang, posto avançado dos *marines* no Delta do Mekong. E Da Nang era exatamente uma das bases de sustentação de meu poema. Lembro de um fragmento: "entre thunderchiefs/ lazy-dogs/ entre phantoms/ em da nang/ exclamo eu te amo/ entre bull-púbis/ buldozzers/ exclamo eu te amo/ da nang/ khe sahn/ no delta do mekong/ exclamo eu te amo/da nang/ quer sangue/ exclamo/ eu te amor-te".

Depois do cinema, janto sozinho no restaurante do meu velho amigo Nogueira na PJ (pode me chamar de Prado Júnior), em pleno *Baixo Copa*. Sozinho, mas rodeado por todos os músicos e bailarinas da noite. O Nogueira continua o mesmo, inclusive a excelente sopa de legumes. A chuva volta a castigar fortemente a cidade. Enquanto espero a sopa, me ocorre um poema de Mário Faustino, que cai como uma chuva, quer dizer, como uma luva: "Sinto que o mês presente me assassina/ O temporal ladrão rouba-me as fêmeas/ E o tempo na verdade tem domínio/ Sobre homens nus ao sul de luas curvas". Isso aí, os poetas, os verdadeiros poetas, têm esse *insight,* essa espécie de premonição. Mas é preciso voltar à vida, *back in life*, "celebrar a vida", como diz o Zé Celso. Qualquer coisa como o correspondente de guerra no final do filme de Kubrick: "Nasci num mundo de merda... Mas estou vivo". Já é uma grande coisa.

Bubbaloo 5
Jornal Cataguases 06.03.88

Com La Olivetti na cama

Este *Bubbaloo* sai direto da cama do François. Não me entendam mal, muito menos ao jovem francês. Bernardo, seu mais novo rebento, está dormindo no quarto lá dentro e o barulho desta inacreditável Olivetti 32 onde batuco este sambinha, quer dizer, desta coluna as linhas, iria acordar o mais *nouveau des enfants* da tribo dos Fuscos. Naturalmente, a Ângela iria ficar pau da vida comigo – mãe é mãe, apanhe ou não apanhe.

Muito bem. Domingo, 18 de setembro, 20:45. É quase primavera em Cataguases. Quer dizer, no mundo. Washington e Rogério Torres acabaram de sair, depois de terem executado um bravíssimo *Carinhoso*, um na flauta (doce?) outro no violão (no ouvido: algodão?). Cataguases é sempre um espanto, são inacreditáveis as surpresas. Vejam vocês que eu tinha que ir a Ubá ainda hoje pra resolver um "causo" com a Soninha, a minha mais nova namorada. Em todos os sentidos: há exatamente vinte e dois anos Soninha Vieira possui dois inebriantes *olhos que te quiero verdes*. É demais para o coração quase cinquentenário de um poeta provinciano e pouco imaginário.

Claro que não fui. Acabei comendo, eu, Soninha, Seu Hisbelo & o clã dos Fusco, o excelente churrasco do Rosário François Petitjean Fusco de Souza Guerra. Depois, passamos alguns vídeos que eu fiz (pois é, estou na fase cinematográfica, entre outras: o amor nos dá força, uma força estranha) e saí para procurar uma bateria para meu amigo Afonsinho tocar no sábado que vem no Taramela (quer dizer, como diz o grande Zé Maria, não no "sábado próximo vindouro", mas no "sábado próximo passado", quer dizer, ontem: esse negócio de jornalista escrever antes do acontecimento, como se a coisa já tivesse ocorrido, sempre me baratinou).

Liguei pro Carlinhos Vergueiro, no Rio, pra tratar de certas *kaisas*, liguei pra Ubá dizendo que vou chegar mais tarde (acho que vou direto pro Rio: tenho que estar na *Cacex* amanhã cedo e, por mais que a *Navilouca*, apelido que a *Monkinha* botou no meu Opala dourado – o *Golden Boy*, segundo a Soninha – esteja andando bem, são ainda 300 km até minha mansão da Inconstante Ramos, em Copacabana me engana, pois sei que sou (era) o superbacana, o super-das-canas, o supersacana. Fecho o parênteses que não abri pra vocês respirarem.

Agora sim, devidamente "respirados", digo o porquê desta foto que ilustra a coluna. Aí se vê o poeta que vos fala e o nobre atleta Carlinhos Vergueiro, em flagrante feito no sábado, 10, momentos antes de seu show "Um Cigano em Cataguases", no Colégio idem. Não entrei nesta partida de futebol, que não sou doido. Quer dizer, não sou "tão doido": três dias antes, aniversário da pátria e do município, eu havia jogado futebol no Clube Meca, naturalmente no gol, que eu sou goleiro veemente desde os tempos do velho Alfinete, do "Operal campeão local", que me treinou e, com licença da esnobada, treinou também o Pompeia, ele mesmo, aquele negão que foi trapezista e goleiro mais que altaneiro do América do Rio de Janeiro.

Pois é, pra quê! Ganhamos de 10 a 7, com dois brilhantes gols do Vergueirinho. Mas o poeta saiu de campo com as seguintes contusões: joelhos e cotovelos absolutamente depauperados, dedão do pé roxo, sangue pisado. Acabei fazendo punção no Hospital na madrugada de sexta-feira, logo após, vejam que charme, ter desmaiado nos braços do Carlinhos Vergueiro na antiga farmácia do Seu Jacy, em plena Praça Rui Barbosa.

Até aí, nada. O pior foi depois. Na segunda-feira, já no Rio, fui ver a Andréa Bogossian cantar, junto com o Kimura, a Ulla e a Soninha. Saí do La Maison, na Fonte da Saudade (vocês têm que ir correndo ver o show da Andréa, ela está cantando demais), diretamente para a Beneficência Portuguesa, com dores incríveis. Duas costelas quebradas, ainda resquícios da maldita partida no Meca.

Mas, ainda sobre "Um Cigano em Cataguases". Havia uma exibição de Corais no mesmo dia no Cine Edgard... e de graça. Quer dizer, atropelaram o Carlinhos Vergueiro. Tentei salvar a coisa, e com o consentimento da Lurdinha Paixão, minha secretária de cultura do coração, entrei em cena, quer dizer, no palco do cinema, logo após os corais, dizendo que o show do Carlinhos só começaria dali a 15 minutos e que eu estava ali só pra convidar o distinto público que tão atentamente vira/ouvira a "coralesca" exibição (ou coisa que o valha: fiquei emocionado ouvindo o Coral de Cataguases enfrentar a *Aquarela do Brasil*: ou estou na fase cívica ou estou devidamente apaixonado e me emociono com qualquer coisa).

Dali fui para o Restaurante Taramela e fiz o mesmo. Aproveitei e, com a devida licença de meu amigo Ricardo Braga, sequestrei o Juarez, meu garçom de priscas eras & bares, do Bar do Augusto ao famoso bar dos bandidos, ali na Rodoviária (pode me chamar de "Brisa Noturna").

Que coisa mais simpática, o Juarez é o maior fã do Carlinhos Vergueiro em Cataguases.

Bem, mudei de parágrafo porque o de cima tava muito grande. Além disso, a Olivetti está quase caindo da cama, apesar de escorada num livro da biblioteca de Rosário Fusco, pra ser mais preciso *La peinture en France - au temps des impressionistes* – ainda não vi, ou li, mas deve ser "o maior barato", como diz o Pablo, deve ser "porreta", como dizia a Maria Bethânia nos meus tempos de Bahia, deve ser "cotuba", com dizia o Oswald de Andrade e o próprio Fusco.

Muito bem, todo mundo devidamente convidado, o show devidamente anunciado, me mandei pro Colégio Cataguases, onde Carlinhos Vergueiro já mandava brasa, em show "dedicado a ao Seu Hisbelo", com seu carro-chefe, como diz o Zé Maria de Abreu e Castro, o indefectível. Pois é, Carlinhos, "nada pra beber/ nada pra fumar/ assim não dá". Ainda mais que o pessoal de Cataguases entendeu mal o que falei, e foi entrando assim como quem não quer nada – oh inacreditável amadorismo empresarial o meu! – e ninguém pagou o ingresso, apesar, acredito, da turma ter curtido adoidado as aventuras musicais do "Cigano em Cataguases".

Bubbaloo 6
Jornal Cataguases 25.09.88

Respiro pra te amar

Existem buracos e buracos. Esta é uma frase "pré-histórica", que não quer dizer absolutamente nada. Mas com tudo segundo os conformes – sujeito, predicado, complemento –, lógica e sintaticamente perfeita, como diria o Gradim, a quem devo o meu português e principalmente uma visita. Eu e toda Cataguases.

Pois foi exatamente deste buraco que vocês veem na foto que o vosso *Bubbaloo man* saltou de novo e mais uma vez para a vida. Pois é, "nóis semos imbatíveis". Um buraco é mais que uma rachadura, por maior que esteja. Maior mesmo que as maiores rachaduras. Tão grande como aquela mencionada por um dos nossos candidatos em recente comício, quando, referindo-se a uma fissura ("fissura" é demais, não acham?) provocada em uma casa operária (segundo ele, por "obras da prefeitura"), saiu o postulante à vereança com essa preciosidade: "a rachadura da velha era tão grande que cabia um capado inteiro". Coisa de gênio municipal.

Como dizia a grande Maysa Matarazzo, "não sei se me explico bem/ eu nada pedi/ nem a você/ nem a ninguém/ não fui quem caí". Pois é, pessoal, meu mundo quase caiu. Não fora uma piccola marretinha de um operário de obra e estaríamos – eu e mais um número incontável de colegas da *Cacex* – devidamente despachados desta para pior, se é que isso é possível.

Foi assim: Lílian, uma das redatoras da Revista *Cacex*, entrou na minha sala gritando: "vam'embora, Ronaldo, incêndio!". Descemos (a redação é no 7º andar) desesperados; eu, ela, Aurílio, Maria Helena. Nas escadas, já encontramos mais gente, cada vez mais. No 4º andar, a porta estava fechada. Lúcia Maldonado, que já lá estava, achara qualquer coisa, um pedaço de pau, uma vassoura, sei lá, e se esforçava pra arrombar a porta que dava pra uma possível salvação. Hoje é engraçado: como arrombar uma porta com uma vassoura?

Voltamos rapidamente até o 8º andar, já no escuro, semi-sufocados pela fumaça. Dali, era impossível subir mais. Entramos em uma das salas e ali ficamos em pânico durante cerca de duas horas, vendo a escada Magirus dos bombeiros chegar até nossa janela, subindo ainda mais, sem que nós a alcançássemos. Como dizia o Vinicius pro Tom Jobim, em carta famosa escrita em 64 no Porto do Havre, "é fogo, maestro!" Realmente, fogo era.

Mais que fogo, era "flórida, Miami" – ou seja: *dofa,* madame. Pois, bem o sabemos, neste jornal ainda não se fala palavrão.

O que nos salvou foi a marretinha que o operário da obra, aquele preso junto conosco, começou a bater na parede que dava para o prédio vizinho, do Banco Lowndes. Isso graças ao *insight* do Eduardo Teixeira, o jovem diagramador da Revista, que berrou, assim que chegamos na sala enfumaçada: "vamos furar, que do outro lado é aquele Banco". Era. O pessoal de lá ouviu, os bombeiros foram chamados, fura daqui, fura dali, a "rachadura da velha *Cacex*" acabou dando passagem para quase trinta pessoas em pânico, inclusive mulheres (duas grávidas) e crianças, ou "menores-estagiários" que nos servem cafezinhos no dia-a-dia, mas que naquele momento nos serviam esperança (Meu Deus, como eu pensava no meu filho Pablo, que acabara de almoçar comigo!).

Como diz a Soninha, "sei lá, entende?". Pois é, eu não entendi bulhufas. De repente, fomos surpreendidos por um bombeiro que pulou do Lowndes para a *Cacex.* Nunca eu, e todos nós daquela sala, tivemos tanta vontade de dar um tremendo beijo na nuca daquele simpaticíssimo negão que saltava da vida para a morte – para de novo nos conduzir da morte para a vida. Um parto belíssimo, simultâneo. A rachadura mais bela, um buraco negro de onde – mais uma vez – saltamos para a vida, essa coisa mais porreta, essa aventura recomeçada agora e a cada hora.

Ficou de tudo aquela música do Sérgio Ricardo, em que o *Turcão* dizia qualquer coisa como "o ar que eu respiro/ o ar que eu respiro/ respiro/ pra te amar". Pois é, Soninha, o ar que mais uma vez respiro pra te amar.

Bubbaloo 7
Jornal Cataguases 23.10.88

Profetam Habacuc e Daniel

Férias em Cataguases. Claro, nada a ver com descanso. Cataguases é *heavy metal*, é muito forte, é da pesada. Mal cheguei, soube da notícia de um vídeo preparado pelo IAB-Minas sobre a arquitetura da cidade. Local: Cabaret Mineiro, Belo Horizonte. Nunca tinha ido ao Cabaret; além disso, precisava encontrar o pessoal do *Suplemento Literário do Minas Gerais*, que eu não vejo há tempos.

Resultado: nos mandamos, eu e Rogério Torres, pra Belzonte, Belô, Beluz, BH ou Beagagá – como preferirem. Pois é, pra quê, como dizia aquela música do Sidney Miller. O vídeo até que é interessante, com alguns belos planos dos trilhos da Avenida em *semiplongée*, além dos depoimentos do Paulo Augusto Gomes sobre Mauro, do Chico Filho sobre a casa de seu pai e do Joaquim Branco, traçando um panorama artístico da cidade.

Mas não precisava ter ido a BH pra isso. A própria Lurdinha Paixão, minha secretária de cultura do coração, me disse em pleno Cabaret Mineiro que tinha o vídeo e podia me emprestar quando eu quisesse. A turma do Suplemento não pintou. Aliás, eles não pintam: escrevem. Havia um *jazz-band* formado pelo próprio pessoal do IAB, que me lembrou Carlitos, quer dizer, Laura do Carmo via Chiquinho Cabral, quer dizer, Luizinho Eça & Co. (leia-se Silvinha Telles e até o meu prezado amigo Afonsinho) no palco do Clube Social. E só. Neca de clima pra uma suposta matéria que faríamos sobre o chamado evento. Sequer pras fotos: o Cabaret é cabaret mesmo: penumbra sem preâmbulo.

Muito bem. Hoje de manhã (estou escrevendo na noite de quarta-feira, 30/11), ao voltarmos de mãos abanando, dei uma parada em Congonhas pra apresentar os profetas do Aleijadinho ao Rogério (claro, os profetas são meus amigos desde priscas eras). Começamos a fotografar, entrevistamos o diretor de Lazer e Cultura de Congonhas, e o Rogério acabou fazendo a matéria que deve estar em algum lugar do passado, ou do futuro, quer dizer: nesta edição, de repente até mesmo nesta página.

A foto que ilustra esta coluna foi tirada hoje de manhã e revelada pelo Ivanov, do Foto Lídice, no início da noite, assim que chegamos, só pra mostrar que realmente estivemos em Congonhas – e a trabalho. O poeta e o profeta. Gostaria que fosse Daniel, pra quem fiz um poema numa madrugada em que vinha de Brasília e parei prum café em Congonhas, um *break* com os profetas; um café da manhã com Daniel & sua turma: "os profetas/ profetam/ um café/ assombra/ o sono de Daniel/ espanto/ madrugada".

Mas este da foto não é Daniel. Trata-se de Habacuc, o oitavo dos profetas menores, que viveu num dos mais conturbados períodos da história de Israel. Como se lê (e vocês conseguem?) na escultura, Habacuc prevê a queda dos Caldeus, os novos opressores que irão invadir Jerusalém. Como se vê, o *Bubbaloo* também manja de profetas, pelo menos os de Congonhas: "Te Babylon/ Babylon te/ Chaldee Ty/ Arguo: te in/ Psalmis te Deus/ Alme cano". Habacuc/Cap. 1. Isto é: "Ó Babilônia, Babilônia/ eu te arguo, ó tirano da Caldeia/ mas a ti, ó Deus benigno/ canto em salmos". Habacuc, cap. 1. Eta nóis, hein?

Congonhas sempre me lembrou solidão. Isso pelos profetas. Essa fotografia – que toma as suas figuras assim de costas, voltadas para o infinito do horizonte recortado pelas Montanhas Gerais – dá bem ideia do que quero dizer. Engraçado que perguntei isso ao diretor de Turismo de Congonhas. "Não, disse ele, Congonhas é para mim tranquilidade, a paz das montanhas. É o nosso mar". Pergunto se os profetas seriam o "Cristo Redentor" de Congonhas, no sentido de identificação, de *post-card*. Sua resposta foi ótima: "Sim, eles são nosso Cristo Redentor – só que tombado pela Unesco, reconhecidos mundialmente como patrimônio histórico da humanidade".

E ele, que passou a infância em Congonhas, satisfez uma velha curiosidade minha: como os meninos da cidade viam os profetas, se eles fugiam à noite pra brincar de pique no adro da igreja, entre as figuras fantasmagóricas. Pra minha decepção, nosso amigo disse que não. Ele, como os demais meninos de Congonhas, sempre viu as estátuas com naturalidade, de tal modo já estavam integradas à paisagem. Via as esculturas como qualquer coisa que já compunha, de tão próxima, tão palpável, o universo de sua infância.

Nada de fascínio, fantasmas, descobertas. Apenas figuras de pedra-sabão, como tantas outras. Até mesmo Daniel, seu preferido entre os profetas, totalmente esculpido pelo Aleijadinho em um só bloco de pedra, sem emendas. "Então, é um *profeta inconsútil*", brinco com ele. Mas o diretor não entende. "Inconsútil como a túnica", tento explicar, "isto é, sem costura". Ao entender o jogo de palavras, ele se abre numa grande risada, abraçado a uma réplica de seu profeta predileto.

Minas More, como diz o poema do P.J. Ribeiro. O inesperado de Minas, como no poema onde Oswald de Andrade percebe que em Congonhas as palmeiras para as quais olham os profetas são, no fundo, cocares às avessas. Tropicalismo puro: "Os profetas do Aleijadinho/ Monumentalizam a paisagem/ As cúpulas brancas dos passos/ E os cocares revirados das palmeiras/ São degraus da arte do meu país".

Vou ficando por aqui: são quase quatro e meia da manhã de quinta, dia 1º de dezembro, e eu já estou batendo pino. Ciao. Depois a gente "se fala, se olha, se beija".

Bubbaloo 8
Jornal Cataguases 04.12.88

Vamos agilizar, Catita?

Chama-se Catita e é o maior barato. Uma jumenta pra menino nenhum botar defeito, como vocês veem aí na foto, batida pela Soninha exatamente na hora em que a Catita fazia seu cooper matinal pelas ruas de Cataguases. Uma jumenta moderna merece foto moderna. Vamos dizer assim, uma foto *auto-revers*. Sônia Vieira é, definitivamente, uma fotógrafa pós-moderna, pois a própria foto já "revela seu filme" como se lê no muro das lamentações municipais.

Acontece que o Dominguinhos, filho do Fogão (como diz minha amiga Zoraide, "votei no *Bujão*, pois esqueci o nome dele na Hora H", quer dizer, na Hora F, de Fogão & outros floreios menos amenos. Aliás, "menos a menos" é sempre mais – e fecho logo o parênteses: *zás-trás*!), pois é, filho do Fogão, eu dizia e repito, antes que este parênteses funda a cuca de vocês. Pois bem, acontece que o Dominguinhos que, como vocês já sabem, é filho do Fogão, pois o Dominguinhos, aquele, passeava com sua jumentinha Catita quando deparou com este poeta altaneiro, irmão de D. Pedro II (poeta moderno não rima jamais. Exemplo: "ó que governo fecundo/ o de D. Pedro I"). Iniciei imediatamente negociação com o Dominguinhos, vocês já sabem, aquele filho do Fogão. Pois acreditava que o Pablo, agora, sim, o Pablo, filho deste que vos fala, fosse adorar ser dono de uma jumentinha das mais galantes. Ou não?

Meu Deus, como estou entendendo mal de infância. Compro a Catita, levo a dita pra rodoviária de madrugada, esperando Pablo e Soninha chegarem do Rio. O ônibus se atrasa, resolvo levar Catita pra tomar um "drinque fino" no bar do meu amigo Quinn. Deixo nossa amiga amarrada na pracinha do coreto, o próprio charme dentro da madrugada. Volto pra rodoviária, apanho Pablo e Soninha. Retorno ao bar do Quinn pra armar a surpresa. Qual o quê. Pablo simplesmente esnobou a jumenta: "Pô, pai, eu queria mesmo um pônei, essa jumentinha é ridícula, vou ficar com vergonha de meus amigos".

Nada adiantou eu me encarapitar no lombo da Catita, o próprio John Wayne da madrugada, debaixo das risadas do Quinn, da Soninha, de dois ou três bêbados e até do Tuíte, meu artista plástico predileto entre os de Miraí, que dizia com sua fala mansa, tipo hippie década de 60: "o Ronaldo tem uma aura mística. De madrugada em cima da jumentinha ele tá parecendo São José". Pois é: acredite quem quiser.

No outro dia, Catita fugiu pro pasto do Tomé. Segundo Dominguinhos, é lá que seu namorado pasta. Ponto. "Seu namorado pasta" é uma frase ecológica, qualquer coisa como Washington Magalhães, que está aqui do meu lado na redação, fumando cachimbo dentro de uma camisa verde da Cantão. Depois do namoro, Catita voltou pra rua dr. Sobral onde foi descoberta por Ulla, esta sim, uma adolescente que sabe das coisas, pois achou o maior barato ser dona de uma jumentinha em plena Cataguases dos anos 80: "Papai, eu e Catita vamos arrasar em Cataguases, seremos irresistíveis pra qualquer namorado". Realmente, Ulla no lombo da Catita fica caindo de charme. Irresistível. Mas, vamos "agilizar", como diz a Ulla, que está na fase pós-infância, quando o mundo gira muito rápido e, às vezes, ao contrário.

Vamos agilizar que o Luiz Linhares está também aqui do meu lado, esperando carona pra Astolfo Dutra City, o Washington já pegou sua flauta transversa e Paulinha olha absorta pro tempo que nunca passa em Cataguases, enquanto o Marcos Spínola programa tudo gráfica e visualmente. François chega dizendo que já são onze e meia da manhã de 7 de dezembro de 1988, o *day after* do aniversário do Seu Hisbelo, que fez oitenta e um anos ainda ontem. Meu Deus, as pessoas em Cataguases, inclusive o papai, ainda passam dos oitenta anos. Não, não vamos agilizar droga nenhuma, Ulla. Vamos viver calma e pachorrentamente até o fim. Que nem a Catita.

Bubbaloo 9
Jornal Cataguases/ 11.12.88

Aquele cheiro de saudade

Visto assim em primeiro plano, quase em close dentro desta fotografia, mandando brasa numa valsa diabólica durante as bodas de ouro de sua sobrinha, a figura do grande Seu Hisbelo (oitenta e um anos neste dezembro) tem um quê de nostálgica, qualquer coisa como Arturo de Córdoba enlaçando Libertad Lamarque numa velha produção da Pelmex, possivelmente *Bodas de Oro*.

A foto, saída dos arquivos implacáveis da rua dr. Sobral, remete de imediato ao bailes da velha Cataguases, qualquer coisa perdida entre o Social e o Clube do Remo, de onde saí certa madrugada, após ter sido recusado na chamada "contradança" por uma antiga paquera, chutando tudo que encontrava pela frente, fulo de raiva. Lembro que ao atravessar a ponte prometi solenemente ao velho e amado rio Pomba jamais convidar alguém para dançar. Estava encerrada ali minha carreira de bailarino, para gáudio das meninas de Cataguases, que deram pulinhos de alegria, com seus delicados pezinhos finalmente livres das patas do poeta.

"Mas isso faz muito tempo/ sobre o pátio iluminado", como já dizia a Gal naquela canção de que eu gosto tanto, do Duda & Macalé. Não. Não faz muito tempo. Nem parece que foi ontem. Foi hoje mesmo. Imaginem vocês que sábado agora, "o próximo passado", dia 17, não sei como acabei dando com os costados no Clube Social, levado por meu amigo Zebrão. Baile de formatura da Fafic. Absolutamente imperdível.

Adentrando o salão, deparo com uma cena inacreditável: seu Tute & dona Lilia deslizavam, como se flutuassem ao som do jazz-band de Além Paraíba. Inspirados pelo casal, já bailavam seu filho Célio & Ana Maria, Moisés Moura Britto & Co e, pasmem!, até o Frade & Maria Helena já estavam de repente mandando sua brasa no salão, cena que absolutamente o Henrique não poderia ter perdido. O entusiasmo foi num crescendo tal que, de repente, quando a orquestra atacou de *New York, New York,* o Chico Filho não resistiu e rodopiou maravilhoso com Aninha pelo salão, o mesmo salão onde eu pisava os pés da Marina Lourenço há vinte e muitos anos atrás, não acertando nunca o passo com a melodia do Waldir Calmon. Ou seria com o Waldyr Ferreira & seu *Drink no Rio*?

Pois é, "é aquele cheiro de saudade/ que me traz você/ a cada instante". Inacreditável que o garçom era o mesmo, o velho Mosquito do Clube Social.

Quase pedi uma cuba-libre e saí dançando ao som de "tomo um banho de lua" que a orquestra atacava bravamente. Mas, promessa é promessa: resisti estoicamente. À cuba-libre e à dança. Mergulhei nos meus drinques finos (tônica, guaraná & gelo) e na fumaça não tanto de meus cigarros, sentindo-me meio bestificado, atônito, como se o tempo tivesse de repente saltado de dentro de uma fotografia em sépia, possivelmente batida pela Eva Comello, e devidamente retocada a cores, como só ela, a nossa atriz, a Eva Nil, sabia fazer. Acendo outro cigarro e lembro novamente de papai, pois seu Hisbelo adora aquela música, como é mesmo?, "fumando espero, aquela que mais quero". Pois é, fumando espero. O quê? Que o tempo volte? Mas eu não sou Proust e não me lembro de nenhuma *madeleine*. No máximo, o cheiro forte e delicioso do pão da padaria Cabral nas madrugadas pós-bailes em Cataguases. Não sobrou nada.

Nada, como diz Francisco Marcelo Cabral em seu *Inexílio*, ele sim, o Chiquinho Cabral, meu poeta de cabeceira. Imaginem vocês que não consegui sequer ser o melhor poeta de minha rua. Também, concorrer com o Chiquinho Cabral não é fácil. Vejam o que diz o melhor poeta da rua dr. Sobral, o nosso melhor poeta:

> "nada, nem as tuas noites de gelatina e gosma/ a me ordenhar da espontânea vazante/ nada, nem a esquecida artesania do pão,/ na padaria onde cresci ouvindo as correias que estalavam/ em ritmo de redondilha, transmitindo movimento/ dos motores para as máquinas/ e impondo um metro curto aos meus poemas".

Ainda ontem estive filmando com o Washington Magalhães e o Luiz Thadeu, um jovem ator de Juiz de Fora, alguns takes sobre Cataguases em cima do *Inexílio* do Chiquinho Cabral. Uma das sequências foi rodada no cemitério, entrecortada por planos gerais da cidade, numa homenagem aos rapazes da *Verde*. Ainda não vi o resultado, mas confio muito na trilha sonora que colocamos, do Nino Rota, e principalmente no texto primoroso do meu poeta, cujo fragmento transcrevo a seguir.

> "Nada, Cataguases, nem a tua indiferença ou desprezo/ pelos teus poetas e teus loucos, únicos/ que te conferem a glória de não seres/ como outra qualquer um simples mercado/ mas uma cidade, oh sim, uma cidade/ com valores conversíveis à moeda aguada/ que os ricos represam o que os corrompe/ enquanto os rapazes

da Verde não faziam versos/ e contavam poemas-piada de que ninguém ria/ (é deles que todos riam)/ soavam flautas em cavatinas nas salas endomingadas/ e o Fusco usava gravata plastrom,/ Francisco Inácio se apertava num fato de elegante talho carioca,/ Enrique suspirava seus símbolos, ancestrais,/ Guilhermino ensaiava o concreto em sua arte/ sutil pedra porosa de Antares/ e Ascânio morria de riqueza interior e tísica,/ bravos rapazes, de uma cidade que valsava/ ou ia ao cinema ver os movietones/ e eva nihil – rápida supernova e puro mito;/ Lina ainda não tinha nascido, nem eu, nem Celina/ e quando os descobrimos/ o rádio tocava alto e sabíamos/ bastante francês para ler e cantar/ e fazíamos de novo versos/ enquanto os domingos se enchiam de samba-canção/ e ninguém nos lia;/ quando a televisão chegou, visual, sincrônica, não conceitual/ Joaquim Branco acordou, Ronaldo, Plínio, Pedro, Aquiles acordaram/ Paulo Martins despertou, o Moura abriu o olho,/ tocaram rock nos festivais/ reinventaram Dada/ e cuidaram de montar o poema como um carro, um eletrodoméstico/ para ser consumito/ (enquanto a cidade viajava para fora a fazer turismo/ e pouco se importava, outra vez, com todos nós)".

É isso aí, como diz o Chiquinho, fechando o seu poema: "nada nada nada/ cada/ fala/ falo/ faro/ furo/ muro/ mudo/ tudo tudo tudo/ ...NADA/ CATAGUASES/ NADA ME FAZ/ TE AMAR/ AMAR MENOS".

Bubbaloo 10
Jornal Cataguases 25.12.88

1989

Em débito com o Mestre

Ele nos ensinou a amar Camões, apesar das temíveis análises sintáticas. A compreender a mecânica das violentas ordens inversas, a pinçar sujeitos, predicados e complementos perdidos muito além da Taprobana. Nos fez ver a grandeza do poeta por trás dos artifícios da linguagem. Através dele, descobrimos aos poucos que Camões era alguma coisa maior do que aquele cara chato que fizera *Os Lusíadas* só para reprovar os alunos de Português.

Camões ficou como um marco da presença do professor José da Silva Gradim em nossas vidas. Para muitos de seus alunos a literatura começou a bater forte a partir daqueles manhãs passadas no Colégio Cataguases. Camões, para não falar de Eça, e, claro, de Machado – Gradim sempre os tratou com intimidade, uma intimidade-quase-respeito. Com admiração, que é também sinônimo de amor.

Gradim sempre me lembrou a imagem daquele poema de Drummond (que ele gostava de chamar de "Carlos"): "Feroz a um breve contato/ à segunda vista, seco/ à terceira, lhano/ dir-se-ia que ele tem medo/ de ser, fatalmente, humano". Através do seu amor, ele nos fez fruir o prazer da leitura, nos fez amar os textos que merecem ser amados.

O semi-sorriso que quase sempre entrecortava sua fala às vezes passava um ar de ironia, quando na verdade significava profunda timidez. A suposta ironia tentava camuflar o perfeito domínio da língua e da linguagem. Navegava como poucos em meio ao temporal de silepses, sinédoques, anacolutos, elipses, metáforas, paronomásias. Todas as figuras de linguagem que temíamos com um pavor quase pânico nas vésperas de prova final, mas que por meio dele aprendemos a entender e, logo, por meio delas, a amar textos e poemas nunca dantes imaginados.

Gradim brilhou como poucos no corpo de professores que deram fama ao Colégio Cataguases, principalmente em seu período de efervescência, ali por volta dos anos 50 e meados da década de 60. A partir daí, o Colégio já não era o mesmo, mas Gradim resistiu praticamente solitário em sua trajetória, transmitindo seu conhecimento de rara qualidade.

Com a morte de Gradim, Cataguases ficou em eterno débito com seu mestre de gerações, exatamente como eu, que não tive coragem de vê-lo nos últimos tempos – o que nos deixa para sempre devedores no livro-diário de nossos afetos. Não tive coragem de vê-lo, um pouco como García Lorca no *Llanto por Ignacio Sanchez Mejías:* "Que no quiero verla!/ Dile a la luna que venga,/ que no quiero ver la sangre/ de Ignacio sobre la arena".

Prefiro vê-lo num rápido take de um antigo filme rodado nas ruas de Cataguases. Manhã de intensa luminosidade, nós nos abraçamos enquanto ele olha meio atônito para um dos atores, que está travestido de palhaço. Volta a olhar para mim e só então percebe a câmera, que o enquadra quase em primeiro plano, no momento exato em que esboça um sorriso tímido-irônico. Um sorriso – manhã-de-intensa-luminosidade – que lembra muito o professor Gradim que quero deixar registrado em nossa memória.

Bubbaloo 11
Jornal Cataguases 25.04.89

1992

Bubbaloo do Hisbelo-Belo

Só mesmo o velho Hisbelo pra me tirar do sério. Velho? Mas que nada, um garoto, o "garotinho" de 84 anos da rua dr. Sobral, com direito a manicure & carteirinha de sócio nº 1 da "Esquina do Pecado". Sagaz, a ele me atrelo – eterno rapaz entre Deus & o Diabo. Velhas histórias do Hisbelo, um saco de muitas surpresas tiradas do bonezinho xadrez. E soltas com o devido jaez que a vista já embaça ao passar o ralo café na madrugada de Minas & fumaça.

Um ser da alvorada em meio à sinfonia de perdas & pardais. O velho és belo irmão da "Ópera", como dizia ao se paramentar, empe-riquitado em sua opa, que é também folia & troça ("mas que bosta!"). Já-que-tão sozinho & tão lilás lá vai o intrépido rapaz juntar-se aos companheiros do Santíssimo. Dona Zeca não há mais: tudo agora é muito fugaz, escapando entre fiapos de vida. Esta é sua guerra: buscar o céu na terra, procissão de fantasmas acesos na noite de Santa Rita. Exatamente ali, onde o vi pela última vez, na capela mortuária, amare-lo em meio às opas dos irmãos, estendido entre duas velas. Opa! Essa não, Seu Hisbelo!

Houve um momento em que ficamos sós dentro da tarde. O tempo mudara de repente. O vento, essa serpente, deslizava pelos fícus, uivan-do entre as copas. "Chuvinha *fedaputa*", parecia me sussurrar sua opa dentro daquele espaço acanhado. Mas, como sempre, num sorriso largo & safado. Vidinha *fedaputa*, isso sim, Seu Hisbelo!

A morte do papai matou em mim a alegria de Cataguases. Nada de sorrisos amarelos: eu quero a alegria do Hisbelo. Quero em mim o meni-no, sua voz de troça que bate outroragora. Muito, muito mais forte que este sino. Por mais que não possa.

Vê-lo sempre assim, ouvindo tangos inacreditáveis entre gardéis, gon-zagas & seus gonçalves. Salva, Hisbelo! Salve! Salve-se! Vê-lo no velório é overdose entre velas vivas. Nada de madressilvas. Só sal, sinos, ciprestes. E, juntos, o que resta dos silvas & wernecks.

Só mesmo o Hisbelo pra me fazer cometer mais este *Bubbaloo* – babalu-balu-ba-ba-lu-u-u, uivando enquanto "fumando espero". O quê? Uma viagem para as festas da alegria, guiado pra sempre por papai: "segure firme o volante, Ronaldo, engate a prise e olhe. A imbaúba, a quaresmeira, o pasto, a paisagem: morrer, no fundo, é pura sacanagem".

Bubbaloo 12
Rio, 3ª feira santa madrugada
Jornal Cataguases Abril de 92

Sob as Traves
1997/99

"Ali está o *goal-keeper*, fazendo cinema."
Ary Barroso apud *Humberto Mauro*

Juvenil do Operário Futebol Clube: Cataguases, 1957
RW, Galério, Astolfo, Gute, Manuel das Neves, Dircinho, Zé do Ivo, Odorico, Paulete, Laédio (Pinga), Antônio Pretete, Jaques e Pedro Mendes (treinador)

1997

Pontes, pênaltis, piruetas

Era aí por volta do final dos anos 1950 e da minha adolescência. Eu já conseguira atingir o meu recorde de 1,65m acima do nível do mar de morros que cerca Cataguases – um verdadeiro gigante comparado à baixa estatura do *homo cataguasensis.* E *homo* aqui é de homem mesmo, pois Cataguases *ainda* tinha poucos e nem sempre gentis *adamados*, tão poucos que cabiam nos cinco dedos da mão – deles, naturalmente: o negro e retinto Eurides ("*Ói*, gente!") à frente, ou atrás, como preferir a distinta torcida.

O *Orides* que um dia porrou com garbo cinco malandrinhos que, lá pelos lados da pedreira, queriam forçá-lo a dar o que ele não queria. "Dou sim, mas pra quem quero!". E retorcia os adamados olhinhos enquanto a porrada comia. *Ói, Orides, Oi!* – cê era uma dama de ébano e pedraria.

Então era aí por essa época e acontece que se as traves de futebol fossem uns 20, 30 cm mais baixas, não tinha pra nenhum Taffarel – eu seria até hoje absoluto no gol da Seleção Brasileira. Não faço por menos. Goleiro "fui-o"; baixo, é bem verdade, mas de qualidades raras. Coisa que "fi-lo" naturalmente porque "qui-lo": um inexpugnável *goal-keeper,* como se dizia, bem longe dos frangos papados a quilo pelos demais arqueiros & confrades.

Nada vazava minha meta, brilhantemente defendida por este imbatível guardião que vos fala, quer dizer, escreve. Pontes, pênaltis, piruetas: um literalmente pequeno, e por que não?, endiabrado *goal-keeper*, como ainda eram conhecidos os goleiros naqueles tempos de meu São Gilmar fechando o nosso arco na Copa da Suécia. Cáspite! Já lá se vão 40 anos! Só mesmo um *cáspite* pra matar a saudade e renovar o espanto: caramba, carambolas!

Pois bem, para defender a cidadela do brioso esquadrão infanto-juvenil do meu *Operal campeão local* eu era treinado incessantemente pelas muitas e matreiras e simultâneas bolas lançadas sobre o gol pelas mãos experientes de *Alfinete,* o famoso técnico que viera para Cataguases diretamente do Bonsucesso do Rio e que fizera a fama de ninguém menos que Pompeia, meu ídolo Pompeia – com seus voos de trapezista, suas pontes espetaculares.

O Pompeia que fechava o gol do América e que por pouco-pouco não impediu a conquista do tricampeonato 1953-54-55 por meu glorioso Flamengo. Aquele Mengo muito demais, "muito *onze*", aquele Mengo invencível de Garcia, Tomires e Pavão; Jadir, Dequinha e Jordan; Joel, Rubens, Índio, Benitez e Esquerdinha. Ou Evaristo, Dida e Babá, se preferirem.

Isso aí, Mengo no Céu e Operário-Operal na Terra ia eu seguindo minha brilhante trajetória pelos gramados da Mata Mineira, apesar da altura descomunal das traves cataguasenses e das terríveis broncas de mamãe, que odiava só de pensar na possibilidade de seu belo rebento virar jogador de futebol.

Pois é, minha gente, faltou, vamos dizer, "visão macroeconômica" ou coisas que tais à dona Zeca, que não podia imaginar seu filho, de cabeça raspada, transformado, quase quarenta anos depois, num grande e diminuto atacante: 20 milhões de dólares de um só Ronaldinho. Não fossem as agruras com as traves altíssimas e as broncas de mamãe, hoje estaria famoso e cheio da grana – ou da grama, como queiram.

Estão ainda aí meus bravos companheiros do imbatível infanto-juvenil, eu disse infanto-juvenil, do *Operal* pra comprovar. É só perguntar ao Marinho do Sertório, Gute e Conrado; Paulete e Chico Louro; Flavinho do Sinval, Zé do Ivo, Antônio Pretete e Elias do Amaury. Isso pra não falar do Galério, o gigantesco Galério, possivelmente com inacreditáveis 1,75m, meu eterno reserva, embora até hoje diga que não. Há controvérsias.

Jornal "Olé" nº 4
1 a 15/09 de 1997

Rapimente: um tempo anterior

Então foi assim: estamos na Cataguases do final dos anos 1950, como escrevi na crônica anterior, e sempre no campo do Operário F.C. – ou melhor, sob as traves do gol do meu Operal, eterno campeão local. Eu falava em 40 anos atrás, mas assim por falar. Cáspite, mas foi mesmo há 40 anos! Prova disso é a foto que vai aí estampada, todos os jovens e faceiros atletas do Juvenil de 1957, com o Roneck defendendo a meta. Vocês estão vendo e, portanto é verdade, porque fotografia, e fotografia em preto e branco batida e revelada em Cataguases (por quem?), não nunca mente. Ou quase. Sempre há controvérsias.

Ora pois, então muito bem: antes de ser do interior, eu sou principalmente de um tempo anterior, muito anterior mesmo, antes ainda daquela tática do 4-2-4, aquela do paraguaio Freitas Solich, que deu o tricampeonato ao Mengão e que ficaria consagrada nos gramados suecos durante a Copa de 58. Modestamente, nosso esquema no Juvenil do Operal era meio sobre o 2-3-5, dois zagueiros, três apoiadores no meio-campo e cinco atacantes. Imaginem, vocês, antes ainda do WM, aquele dos dois zagueiros laterais, um zagueiro central, dois médios e um *center-half*, dois atacantes que desciam pro meio-de-campo e dois pontas e um *center-four*. Complicado? Claro, senão não tinha graça.

Mas, eu dizia, e se não dizia é porque não disse ainda, não sei se vocês repararam bem, mas em nenhuma dessas táticas aparece o solitário guardador da meta. Nem mesmo nesses esquemas moderninhos de agora, nesses aí, sem ponta, como o adotado pelo ranzinza do Zagallo – que na minha época era com um "l" só e não passava do medíocre ponta-esquerda que às vezes substituía Babá no Flamengo. Pois é, em nenhuma dessas táticas, em nenhuminha delas, aparece o goleiro, o guardião, o salva-meta, o salva-pátria, o *goal-keeper*. Goleiro não conta. Mas conto. E conto tudo, até onde me lembro, o que não é muito. Voltemos então ao Juvenil do Operal, à foto de 1957 e ao que interessa. Será que interessa mesmo?

De qualquer forma, vamos lá. Em pé, a partir da esquerda e para todo o sempre, vemos o técnico Wilson, o Marinho, o Roneck Wernaldo (este excelente guardião que vos fala), Gute, Paulete, Manga e Albertinho. Agachados, no melhor estilo anos 50, ainda a contar da esquerda e para a posteridade, Manoel Filho, Jaques, Antônio Preteti (ou Pretete? Existem sérias dúvidas ortográficas!), Reginaldo e João Alberto.

Aliás, foi o João Alberto quem me falou dessa foto, saída dos arquivos implacáveis do nosso *center-four* Antônio Preteti (ou Pretete? Pô, Antônio, vê se me salva dessa, pois é grande a controvérsia!). Pergunte ao João, pois foi isso que o João me disse, Doralice, e chega de bobice, pois amar é tolice, bobagem e *ilujoão*. Isso o João me disse, ao lado do imbatível Mauro Major, meu personagem inesquecível. Isso no fim-de-semana no Bar do Goiaba. À noite, encontro o Paulete, que também me fala da foto e do Castilho, pois é, aquele da feirinha de artesanato, aquele das antiguidades. Castilho, que não é o São Castilho da "leiteria tricolor"– aquele inexpugnável e *decupralua* guardião fluminense dos anos 50 – mas que me salva dessa e consegue uma reprodução da famigerada foto, esta, que a torcida operária agradece.

Mas onde andam esses inacreditáveis atletas? O Roneck está aqui, defendendo suas letrinhas. Wilson, o técnico, o grande Wilson, onde está? Vivo, ainda? ele que foi o mais vivo dos meias que conheci, o de mais classe, o Wilson das incríveis "matadas" no peito-do-pé, a perna retesada em ângulo reto, deixando o distinto público boquiaberto. Wilson que nos atiçava nos treinamentos com formidáveis e inesquecíveis "*rapimente, rapimente*! – o que nos levava a correr cada mais vez mais rapidamente. Um sábio, o Wilson. Isso pra não falar de quando eu fazia uma daquelas defesas inolvidáveis e ele soltava a sua máxima: "Gostei de *ti vi!*". Pois é, Wilson, como eu gostaria de *ti vi* agora!

Jornal Olé nº 5
16 a 30/09 de 1997

O mundo em marcha lenta

"Enquanto o mundo gira/ correm notícias na Vila". Com esse slogan, vamos dizer, *sideral*, o seu Clodomiro Ferreira, que não era de dizer besteira, anunciava as partidas que seriam disputadas pelo Palmeiras, o Palmeirinhas lá da *Sunday Lopes Village* (pode me chamar de Vila Domingos Lopes). Pois é, aquele mesmo Palmeiras que aparece aqui no *Olé,* citado por meu colega de coluna, portanto "colunável", Tarcísio Henriques, em suas "Reminiscências Esportivas". Acho que naquele tempo ainda não haviam azeitado direito o eixo do sol (evoé, Haroldo de Campos & Caetano!), se é que o sol tem alguma coisa a ver com isso. Na verdade, o sol estava dando defeito, e dos bravos, pois o mundo girava em marcha-lenta, que nem baiano.

Não chegavam nunca as famigeradas notícias da Vila naquele mundo mambembe, meio pomba, meio gira. A Vila era muito, muito longe da Rua do Pomba e do campo do Operário, muito, muito além daquelas palmeirinhas (daí o nome?) da Estação do trem. Tão longe que, quando o brioso Juvenil do Operal lá ia disputar algumas de suas pugnas antológicas, era que nem piquenique. A gente levava sempre sacolas com sanduíches, refrescos, daqueles de groselha, mais doce que doce de batata doce, e vermelho pra ver melhor, vermelho-fúcsia, cor da infância.

Ao contrário do que pensa o Ziraldo, a infância não é *flicts,* mas fúcsia. E muito menos a sua Caratinga: a infância sempre foi Cataguases. Caratinga, que eu saiba, era apenas o goleiro do Operário. E dos bons, o que não é novidade alguma tratando-se do Operal. Tirem os outros por mim: se baixo já era inexpugnável – como meu ídolo Ubirajara, aquele baixotinho que fechava o gol do Bangu, de início, e depois do meu Mengo pra todo o sempre –, o que dizer então dos outros guardiões da vala operária? Hein? O que dizer dos outros "caratingas", altos e portentosos e absolutamente imbatíveis? O que dizer de goleiros gloriosos como Fantini, Jaú, Amaury Mesquita, Luiz Careta (com pequenas passagens pelo Flamenguinho e pelo Manu-Mineira, é bem verdade: com ele, sempre houve controvérsias) e até mesmo do Coitão, lerdo e lampeiro? Ninguém jamais foi simultaneamente lerdo e lampeiro, mas ao mesmo tempo ninguém jamais foi assim tão Coitão.

Bom, nem bem acabo o terceiro parágrafo e já me perdi, como sempre. Onde estava mesmo? Acho que azeitando o eixo do sol, no tempo em que nosso astro andava dando defeito. Pois é, Palmeiras & Clodomiro Ferreira: se não caio da bananeira, ainda acabo no *scratch* ou chegando no Paulete, filho do seu Clodô e meio-de-campo, apoiador-mór do Juvenil do Operário, aquele da vez passada, o de 1957, e também deste aí da foto (a foto tá saindo, né Zé Augusto?), o campeoníssimo Juvenil de 1958. O Paulete lê *Olé,* olé-olá, e foi ele quem me conseguiu esta foto do timaço, que atuava sob a batuta do Pedro Mendes, nosso treinador azulão, cuja esquadra cantava direitinho que nem o passarinho do poeta Manuel Bandeira, "vai azulão, azulão, companheiro, vai...", pois "conosco num tinha pra ninguém mais não".

Fechei a coluna passada falando do Wilson, que treinava nosso time em 57. Ao contrário da meta, do gol – de quando estou eu impávido e (ex-)belo (como papai Hisbelo) sob as traves – a verdade é que coluna eu não fecho muito bem não. O segundo tempo acabou e com ele também o meu espaço e terminei, como sempre, não dizendo o que queria. Mas, como dizia o Chico Buarque, meu companheiro de pugnas e impávido centro-avante do Politheama Futebol Clube, "no fundo, gostas". Volto agora, sério e profundo, pra lembrar dos que ficaram de costas para a glória. Do Wilson não soube mais, já disse. Nem de quase todos os outros, meus gloriosos camaradas da invencível armada. Do time anterior, o infanto-juvenil de 1957, sei que partiram o Reginaldo e o Manuel Filho.

Reginaldo era um craque com passado, de estirpe, de sangue, um craque de família de muitos craques, não fora ele irmão de célebres apoiadores como Ruiter e Rui Carias. Frágil de esqueleto, mas valente e hábil, Reginaldo era cobra pra ninguém botar defeito. Ele não está aqui, nesta foto de agora. Estava machucado, não foi escalado? Não sei bem, talvez o Pedro se lembre. Mas, abrindo a linha do ataque, a linha dos agachados para a eternidade, vemos o Manuel Filho do Doutor Manuel das Neves, vascaíno, mas boa gente. Manuel olha tenso e fixo pro lado contrário de seus companheiros, inclusive eu. Pra onde, pra quem olha o Manuel? Nunca soubemos e não vamos saber jamais. Seu olhar era inesperado, como inesperadas eram suas arrancadas em ziguezague rumo ao gol, dribles curtos, secos, endiabrados. Que nem um outro Mané, o Garrincha, que começava a despontar para a glória naquele ano. Com seus dribles surpreendentes, Manuel Filho passou pelo Operário e por nossas vidas como um meteoro.

Meteoros me levam ao sol, aquele trem que está aí em cima (ainda está?) e que anda meio desazeitado – eta palavrinha difícil e desajeitada, sô! O sol que outrora brilhou na Rua do Pomba, sol operário que refulge no esplendor desta fotografia parada no tempo enquanto o mundo gira. Dou logo a escalação, antes que meu espaço mais uma vez acabe. Em pé, Pedro Mendes (nosso vitorioso treinador), Afonso (camisa escura, de reserva, nosso baterista Afonsinho ainda era muito menino e está irreconhecível, a não ser pelo topete), Manga, Astolfo, Paulete, Gute, Ronaldo (eu mesmo, o inexpugnável Roneck) e José do Carmo.

No rol dos agachados para a fama, aparece lá na ponta-esquerda o Manuel Filho (isso se a foto não estiver invertida, pois Manuel jogava de ponta-direita) e, a seguir, Tubarão, Jaques, Ivo, Zezé, Odorico e Conrado, o mais menino, de camisa escura e, portanto, também na reserva. Com o Conrado não tinha brinquedo: *half* esquerdo daqueles matreiros, ranzinza, guerreiro. Conrado, irmão de Odaléa. Dele falarei na próxima. Dele e dela e deles, os nossos topetes maravilhosos que se equilibravam sob a magia de muito gumex, aquele do dura lex sed lex. Naturalmente, se próxima houver. Como sempre, há controvérsias.

Jornal Olé nº 6
01 a 15/10 de 1997

Bambus babavam boquiabertos

Onde estava mesmo? Acho que na década de 1950, no Campo do Operário, onde nosso infanto-juvenil despontava impávido. Ah, sim, e também despontavam os nossos topetes, aquelas marquises maravilhosas que se equilibravam a custo de muito gumex, como se vê por esta foto que aí vai, clicada minutos antes da final da melhor de três que nós disputamos contra o Flamenguinho. No domingo anterior, havíamos vencido a primeira partida por 1 a 0, com um golaço do Manuel Filho. Se ganhássemos agora, seríamos os campeões.

Essa era uma tarde de domingo como tantas outras de 1959, depois da missa matinal do padre Solindo e da sagrada sinuca no porão do cinema do Seu Edgard. Uma tarde daqueles domingos morosos, produto da macarronada com frango, tutu e uns pasteizinhos, aquele ajantarado dominical, regado a fartas doses de guaraná – ou, às vezes, de "guará, guará, guará, melhor refrescante não há", pois "eu vou ali/ mas volto já/ eu vou tomar o meu/ guará, guará, guará!" & etc.

Sim, uma tarde de "guará & etc", quer dizer, uma entre tantas tardes para sempre levadas pelo tempo, roladas pelas águas do Pomba. Estaria perdida para sempre essa tarde de um domingo de 1959, não fosse essa foto saída dos arquivos implacáveis de nosso treinador Pedro Mendes, esta foto onde aparecemos majestáticos e imbatíveis de frente para a glória, perdão, para o público que se apinhava possivelmente tenso, equilibrando-se a custo nas tábuas mambembes da arquibancada do velho campo do Flamenguinho, por ali onde hoje é o Edifício Vogue.

Pois foi lá, e é ainda lá, que eu ouço cantar e ouso contar as glórias da minha sabiá, quer dizer, vou voltar pro meu lugar sob as traves do tempo onde, do tempo quando, do tempo como & porque para sempre vencemos, por implacáveis e incontestes 2 a 1, as hordas rubro-negras. Um tempo de feras juvenis, de eternas férias juvenis, um tempo imbatível de juventude que acreditávamos fosse para sempre. Todos nós, da briosa esquadra *azurra & bianca*, esses bravos heróis que aí estão perfilados, nomes imortalizados na calçada da fama, quer dizer, da grama.

Em pé, Pedro, o primeiro da esquerda para a direita, esse que olha na direção contrária de todos os outros, possivelmente atento às manobras do adversário, que já estava em campo batendo rubro-negras bolas. Coisas de técnico. Vamos deixar o nosso Pedro Mendes com suas preocupações e nomear os atletas a seguir: Astolfo, Paulete, Itamar, Gute, Ronaldo (ói eu aí de novo!), Dircinho e Miltinho Barbosa, pois é, o professor Miltinho, irmão do meu guru Geraldinho Barbosa, o Miltinho que depois seria da Mary e que nesse 1959, quem diria, era simplesmente nosso técnico substituto.

Agachados, e ainda a contar da esquerda, aparecem velozes e perigosíssimos atacantes: Mazzola, Zezé, Manuel Filho, Zé do Ivo, Elias do Amaury – meu Deus, quem eu vejo aqui nessa estranhíssima posição de cócoras à frente do Miltinho! – Aladim José Valverde, meu querido Juquinha, fazendo, ora vejam vocês, o inacreditável papel de massagista da equipe. Caros amigos, improváveis & tresloucados leitores, vitoriosos aficcionados do azul e branco: que partida!.

Meu Deus, que partida! Os bambus babavam boquiabertos pelo bolão batido por nossos bólidos. Não, não era Fórmula 1, coisa que ainda não existia, mas simplesmente nossos velocíssimos craques que zuniam zanzando por entre as pernas rubro-negras. Velozes, velozes, velozes como nós éramos zarpando contra o gol adversário. Os flamenguistas haviam aberto o placar num chute como sempre indefensável, pois – e acho que isso já ficou mais do que claro, já ficou até operário – eu só admitia que entrassem em minha cidadela as bolas absolutamente indefensáveis. Aquelas. Mas logo-logo, ora pois, nós nos recuperamos por meio de dois grandes gols assinalados por Zé do Ivo e Zezé, que não era do Ivo, mas tão craque quanto, ora pois.

Aí, foi um Deus nos acuda. Quer dizer, um Ronaldo nos acuda. Pois, meus amigos, pois meus conclaros operários, pois eu estava demais naquela tarde. E olha que após nosso segundo gol o ataque flamengal veio-que-veio pra cima de minhas traves. Eu pulava, espalmava o sol e o arco-íris, encaixava o horizonte sob meu peito, impávido colosso do alto de meu inacreditável metro e sessenta e cinco. Lembro perfeitamente de uma cena ainda agora, quase 40 anos *déjà*.

Era imensa a pressão, eu acabara de espalmar uma bola e ainda estava caído. À minha frente, a vista só alcançava uma floresta de meias rubro-negras, pressionando pouquíssimas tornozeleiras e pernas azuis. De repente, outro chute e a bola zune como um foguete, que na verdade não zune, mas que nessa partida zuniu, e zuniu feio, acreditem. Era uma bola zunindo que nem um sol ensandecido pra cima de mim, ai de mim, caído. O estádio parou, os bambus babaram ainda mais, bambos bambus boquiabertos, esbugalhados olhares, a bola só, a bola-sol, a bola agora como um foguete às avessas voltando pra cima de meu gol. Eu caído, eu quase batido, eu... bem, eu conto o fim da partida na próxima.

Jornal Olé nº 8
16 a 30/11 de 1997

Samba de sarrafos & topetes

Só para retomar o papo: estamos no campo do Flamenguinho numa tarde de domingo de 1959 e vamos vencendo por 2 a 1. O "nós" aí subtendido, é claro, refere-se ao imorredouro, imbatível e muito "*ina*", de inacreditável, Juvenil do Operário – muito mais Futebol do que propriamente Clube. A pressão flamenguista era maior do que a atmosférica e insuportável pressão que comprime Cataguases neste calorento novembro de 1997. Final dos tempos? Sim – e também daquela partida e da melhor de três que disputávamos com o *flamengal juvenil*. Disputávamos? Só mesmo um palavrão desses pra descrever aqueles momentos finais – samba de sarrafos, rondó de repentes, plêiade de petardos e fins de finalmentes.

Desde o último número do *Olé* eu estava caído na grama, como você bem se lembra – ó meu único e derradeiro leitor! –, após uma daquelas defesas fenomenais, daquelas de nunca-jamais. Caído, mas não batido. Pois jamaismente se abate nem jamais mente um bravo guarda-valas como eu fora e era, ou não era, minha quimera: Tarzan depois da gripe, mas Tarzan – e de nobre estirpe. Vagamente vislumbrava minha amiga, minha amante, minha bola-bandida, meu diamante.

Nem bem a espalmara e lá vinha ela que voltava chispando, coração traído, que corta e fere, sol ensandecido, bola-bola, bola-bala, projétil pulsando contra meu arco. Nada rasteiro: tudo tão rápido e veloz, corpo celeste, meteoro, coisa que cruza inexplicável os céus, minha-mão-meu-braço acima de minha cabeça caída. Minha mão, passe de mágica, espalmando pra escanteio o tirambaço flamengal. Pois é, né!, que coisa mais "*ina*", inacreditavelmente inacreditável.

O embate acabou logo-loguinho depois, tão rápido quanto o lance fenomenal narrado com raro brilho no parágrafo anterior. Aliás, como sempre. Falar em aliás-como-sempre, foi aliás-como-sempre que saímos saudados e suados, salgados soldados imbatíveis de mais aquela pugna, mera rotina em nossa trajetória de contumazes vencedores, mesmo sem o Thomaz: aliás, ás por ás, nunca *jamás* dependemos desse rapaz. "À Noite Sonhamos", como proclamava a tabuleta do cinema do seu Nelo Machado, que exibia o famigerado filme que trazia Merle Oberon como

Georges Sand e Cornel Wilde & seu fantástico topete como Chopin. Sim, à noite sonhávamos, todos prosas como nossos topetes glostorados no vaivém da praça Rui Barbosa.

Eu, particularmente, sonhava com a Odaléa, irmã do Conrado, o pequeno e tinhoso Conrado, mais tarde o melhor *half* esquerdo de nossa esquadra. Num *footing* interminável eu ia e vinha e sonhava com Odaléa. Mas, psiu!, ela não sabia, tão longe de mim distante que pisava em nós, seus astros, distraída. Numa das voltas, ali naquela dobra da praça em frente ao Grande Hotel, à rua do Comércio, perdão, ao Mulambo, ao Calçadão, ia eu a esmo – tropeçando em sua imagem e em mim mesmo – quando ouço a "*ina*-creditável", a muito *ina*-pelável e *ine*-narrável, nada cristalina voz de nosso imbatível locutor Celso Motta. Aquela voz, aquela que vem vindo de um alto-falante não por acaso no alto daquele fícus, aquele ali que ali está ainda agora muito, muito *ina*-creditavelmente forte e firme e fundo, fundo, fundo, fincado no profundo chão: tronco, folhas, folhagens, coração.

A *celsomottal* figura comentava na voz imortal a batalha indômita daquela "tarde *Operal*", a nova conquista do campeão local. E nomeava alto e bom som o melhor atleta em campo, naturalmente este *goal-keeper* que vos fala, ou escreve, como queiram. Pois é, seu Zé, foi uma noite de herói, que me tornava estupendo e magnífico, pronto pra conquistar as odaléas & outras léas dessa e de outras praças. Não durou sequer uma volta a minha glória, que ficou pra trás e para sempre – estúpida mas também magnífica. Já ali pelas bandas do Cine Edgard, quase na curva da casa da tia Iracema, dou de cara com ela, minha bela, leia-se alheia, Odaléa. Neca de pitibiribas. Pois é, nem te ligo, nem me ligas. Simplesmente não olhou. Também, pudera, minha glória sumira nas ondas do ar, do alto do fícus para o espaço, pavão e marmota, mera glória que se esvai na onda do rádio, pra sempre sumida junto à voz de Celso Motta.

Mas nada alquebra um coração enamorado, mesmo quando não sabe de sua existência o ser amado. Já no outro domingo, "alto" e magnífico, como podem ver, este insuperável guarda-valas postava-se nesta pose presa de posteridade, momentos antes de mais uma extraordinária façanha do Juvenil, agora contra uma briosa e esforçada equipe de dona Euzébia. Vistos agora, são firmes e confiantes esses semblantes, o meu e o de meus companheiros, os mesmo da vitória contra o Flamenguinho no domingo anterior.

Vamos nomeá-los de novo, que eles merecem: no alto, o treinador Pedro Mendes e logo a seguir o Paulete, que na foto investe altaneiro e dá passagem para outros brasileiros: Itamar, Astolfo, Gute, eu mesmo e Dircinho – eta sexteto bonitinho!

Já depois, e ainda agora agachados, as topetais figuras de ataque, prontas pra investir e arrasar, aqui, ali, em Miraí: Mazzola, Zé do Ivo, Zezé, Manuel Filho e Elias do Amaury. A grande aventura dessa partida fica pra próxima.

Jornal Olé nº 9
01 a 15/11 de 1997

Pede demissão, meu filho!

Estávamos então novamente a postos, eu defendendo como sempre a cidadela do juvenil do Operário, tendo à frente meus bravos, preclaros e eternamente jovens companheiros. De frente para a vitória, plenos de confiança, talento e velocidade contra o esquálido esquadrão de dona Eusébia. Nem o famigerado escrete húngaro de 54, aquele do Puskas, Ghento e do Hidegutti, poderia nos deter. Não mais.

Isto posto, e bem posto, malandra "mardita", a bola-bandida já rola há muito e muito bem: já estamos ganhando de um a zero e o jogo corre chocho que nem ele mesmo. O pessoal do time de dona Eusébia não chuta, não telefona, não manda notícia. Um goleiro, qualquer goleiro, só existe enquanto existe o ataque adversário. Tem hora que a gente reza pra que chutem, chutem muito, chutem sempre. É a única chance de assinar o seu ponto o infeliz que apesar de todos os entraves busca resguardar o sacrossanto espaço entre as traves. Mas dona Eusébia, o time, parecia dona Eusébia, a própria: gordo, lerdo, paradão que nem ela. E não tava nem aí, de qualquer maneira, oitava na peneira. Aliás, continua ali, lépida e batuta naquela curva antes de Astolfo Dutra. Mas chutar que é bom, neca. Atenção, bonecas, só tinha macho em campo!

Em campo, porque lá bem no alto das arquibancadas, ali bem em cima do gol onde me encontro – sou surpreendido por três inesperadas figuras, tão raras quanto amadas e queridas e distantes como agora. Os fundos da casa do seu Benjamim, pai da Odaléa, primeira e única, dava pro campo do Operário, exatamente como uma perpendicular que descesse sobre as traves onde me encontrava sob. Às vezes durante os treinos, e quase sempre em todos os jogos, minha amada lá se postava encarapitada na amurada. Nem precisa dizer que eu tinha um olho no campo e outro acima da arquibancada. Acho mesmo que devo debitar na conta desses olhares os únicos e pouquíssimos gols que sofri em minha exemplar carreira. Bem, na verdade, não foi muito uma carreira, porque jogava parado, embora em constante movimento, coisa de goleiro, não sei se me entendem.

Quem não me entendia era eu mesmo naquele jogo, esse que vemos agora, no qual sequer vem uma mísera bola. Nada chega à minha cidadela, fora os olhares ansiosos lá de cima. De quem? Sim, da Odaléa, claro, mas também, e pela primeira vez vendo a atuação deste herói, de minha tia Carmem, a Cacai, que me acolchoava os calções, costurava as joelheiras e as meias, a Cacai que me dava amor e a maior força em minhas arremetidas nos gols desta vida. Estava lá Cacai, que guardava e acho que guarda ainda agora os voos impossíveis deste inacreditável goleiro que com amor buscava agarrar seus sonhos. Os meus e os dela. A terceira criatura era de todas a mais improvável, a mais impossível de ali estar.

Dona Maria José Werneck Silva, dona Zeca, *la mamma*, mamãe. Lá estava quem eu menos esperava, a mamãe que odiava só de pensar no seu rebento transformado num "desses vagabundos que viviam de bicho e bola". Bola, era bola mesmo, futebol. Bicho, aquele mimo, aquele dinheirinho passado pelos dirigentes após as vitórias. Séria, atenta entre Odaléa e Cacai, lá estava ela, a dona Zeca: quem diria, quem eu mais temia. E o atleta aqui suava frio e sem graça, mesmo porque a bola, essa danada, não vinha nem por nada. O time de dona Eusébia, por quem, aliás, eu suspeitava, mamãe estava torcendo – não só para derrubar minha carreira, mas porque ela fora professora naqueles cafundós – em que, aliás, voltaria anos mais tarde para proferir um emocionado discurso quando recebeu o cobiçado título de cidadã honorária "donaeuzebense", será isso mesmo? Pois é, vamos deixar de lenga-lenga e chegar ao que interessa: o time de dona Eusébia não havia dado sequer um mísero chute a gol.

Eu parado, eu nervoso, eu inútil. Eu, Tarzan; você, Jane, Odaléa. Onde anda meu cipó, como fugir dessa grama, como escapar dessas traves, como sair dessa *selva selvaggia*? Eis que de repente, e não mais, o Paulete calçou aquele rapaz. É, aquele mesmo, lá da defesa deles, aquele que bate agora a falta. Lá de tão longe, de mim distante, lá dos confins do campo adversário, ele chuta a grama e a bola vem vindo murcha e chocha, enquanto toda a minha defesa vira as costas, esperando que eu pegue a dita cuja e distribua pro ataque, num desses lances corriqueiros, desses que até o Taffarel sabe fazer. Bom, pelo menos eu acho, mas há controvérsias.

Pois lá vinha ela, aquela bolinha safada, a meio-pano, a meia-altura, murcha, baixa, chocha, chocha. Eta bolinha, agora é minha vez, sô! Dei uma última olhada com o rabo do olho lá pra cima, para aquelas que acreditava minhas fãs forever, e me preparei para "a defesa". Na verdade, não precisava de defesa alguma, a bolinha vinha boba e mansa, como se saísse dos pés de um moleque, rumo ao meio do gol, onde eu estava. Quer dizer, era só ali ficar, encaixar cômoda e tranquilamente no peito e distribuir pra frente. Não seria nem contra-ataque, já que não havia ataque, pois aquele chutinho suburbano não representava perigo. Ledo engano.

Não imaginavam os companheiros, não imaginavam os adversários, não imaginava a nobre torcida nem o trio de fãs o que arquitetava este nobre atleta. Aos poucos, meio de banda, fui dando uns passos pra fora do centro e do gol. Assim, quando a danada chegasse, e chegou, era só fingir um mergulho que era um mergulho mesmo, pois agora eu estava fora do centro, de mim, do campo, do gol e do mundo.

Foi um voo daqueles antológicos, uma ponte belíssima, daquelas "quero palmas", onde agarrei a menina-bola como se agarra e se domina o mundo quando jovem. Só que o impulso de meu salto foi demasiado e incontrolável. Fomos parar, eu e minha amada, no fundo das redes. Santa palhaçada! É quando, ainda no chão, preso à rede e ao vexame, ouço o grito inesquecível de mamãe:

– PEDE DEMISSÃO, MEU FILHO!

Jornal Olé nº 10
16 a 31/12 de 1997

1998

Solta um Mineirim!

Onde estava? Num domingo dos anos 50 e sob as traves, é claro. E logo após sofrer aquele gol esquisito, sofrer mesmo e muito, o voo às avessas pra dentro das redes, aquele vexame – no momento exato do tonitruante grito de mamãe: "PEDE DEMISSÃO, MEU FILHO!". Mas não encerrei ali minha carreira, embora até hoje sua voz repercuta lá pelas bandas do campo do Operário e ecoe em meus ouvidos, acho que pra sempre. "Sempre" lembra tempo, coisa que às vezes voa pra trás, como eu naquele gol, vocês bem sabem. Essas crônicas são, pelo menos até agora, um somatório de voos às avessas no tempo, 40 anos atrás, coisa de nunca de núncaras, de nunca mais.

Vamos agora um pouco à frente – o tempo às vezes vai, sabiam? Só um pouco, coisa de uns cinco anos. "Vim te ver/ meus vinte anos/ vim" – como diria seis anos depois desses cinco, 1969, meu amigo Marcus Vinicius em sua canção "E se for cum dez pés lá vai". Chego à cidade da Bahia, como Salvador era chamada na época e acredito que até hoje pelos verdadeiros soteropolitanos. Soteropolitanos? Pois é, coisa de baiano mesmo, de quem nasce em Salvador. Janeiro de 1964, posse no Banco do Brasil, o que também significava frequentar a AABB na praia do Farol da Barra. Ali acabei diretor cultural, campeão de vários torneios de sinuca e, claro, goleiro titular do time de futebol de salão. O futsal de hoje era novidade, sequer engatinhava. E não engatinhava mesmo, que a gente jogava era de pé, ô xente! Ou de mãos, como eu, eternamente sob as traves. Regras? Ninguém sabia.

A primeira coisa que vi foram as traves. Quase do jeito que este bravo e imbatível *goal-keeper* sempre gostou: pequena abertura, uma extensão horizontal vamos dizer razoável para que meus braços abertos obstaculassem, repito obs-ta-cu-las-sem, a entrada da bola baiana – menor e perigosamente mais rápida. A altura, um pouco maior que a do campo do Operal. Mas não importa: eu devia ter crescido uns bons três centímetros nos últimos tempos e estava bem próximo de meu recorde histórico de 1,65 m. Quer dizer, como já disse – e num disse, ô xente? – um verdadeiro gigante para os padrões do cataguasense anos 60. "Mole pra nóis", que não passamos a régua sem avisar – nem vazamos, ou somos vazados, sem a régua passar.

Bastaram dois treinos e uma basqueteira e já era o titular absoluto. Basqueteira? Pois é, acreditem, era assim que os baianos chamavam seus tênis. Aquele velho modelo, sabem? Aqueles pretos com cano semilongo, logo após o tornozelo, na subida da canela, pois é, aqueles tênis que faziam a glória do Napoleão. Não o herói de Marengo, mas o Napoleão, ponta-de-lança de outras batalhas mais árduas, como as do Flamengo, o Flamenguinho do Robertão de Cataguases. O Napoleão, hoje "senhor" Maria do Carmo Novarino, ex-Afonsinho, o Napa que brilhava também no basquete da Granjaria, cestinha da equipe do Lysis Brandão lá pelas bandas do Colégio Cataguases. Pois é, basqueteira em punho, quer dizer, basqueteira no pé, lá fomos nós, eu e minha invejável colocação sob as traves, desafiar equipes várias, de pouca banca, mas bancárias.

Traves um pouco menos largas – e vamos por enquanto esquecer a altura – sinalizavam menor possibilidade de colocação da bola pelos cantos. Elementar, não? Logo-logo tornei-me o bambambã pra defender pênaltis. No torneio início do campeonato bancário baiano daquele ano – valendo todas as rimas aqui cometidas — fui imbatível, "ora pois, pá!", como diria o Costa Pereira, aquele goleiro português que, como vocês sabem, jogava de costas. E plantava bananeira. Paro aqui, exatamente quando aquele temível atacante do Banco da Bahia corre pra bater o pênalti, na finalíssima do torneio início de 1964. Sob as traves, o altíssimo *goal-keeper* que vos transmite mais esta emoção. Que naturalmente continua na próxima. Pausa pro Celso Motta, meu *speaker* de cabeceira, que faz um comercial no intervalo: "Guaraná Antarctica, o melhor, o mais calmante, o mais refrescante". Pequena pausa e o inacreditável Celso, microfone ainda aberto, grita prum pequeno vendedor que passa ao lado da cabine: "Solta um Mineirim aí, ô meninim!".

Jornal Olé nº 14
01 a 15/03 de 1998

O goleiro atônito

"O mundo/ em suas mãos/ gira/ em torno do sol/ solta-se/ além/ dos pontas e dos pés/ e volta/ num só revés/ gol/ dolo/ tento/ súbito e violento". Durante a Copa do Mundo de 1978, aquela da Argentina, fiz este poema que gira em torno da aflição do goleiro no exato momento que antecede o chute a gol: qualquer chute, contra qualquer gol. Não por acaso, o nome do poema é "O goleiro atônito". Tem tudo a ver com o que eu e milhões de espectadores da aldeia global (vi)víamos pela TV, via satélite. Dentro de casa, a Copa intensificava a angústia.

"Via satélite", aliás, era o nome de outra versão do poema, abandonada por mencionar vários jogadores que sumiram nos gramados vãos da vida. Eu mesmo, confesso, tenho certa dificuldade em situá-los no tempo e principalmente no espaço: "O mundo em suas mãos/*fillol & quiroga & leão*/gira em torno do sol/*ardilles & neskens & dirceu*/solta-se além dos pontas e dos pés/*kempes & rossi & resenbrik*/e volta súbito e violento:/gol & dolo & tento".

De onde surgiram esses nomes, a que países eles pertencem, a quem pertence este poema? Fui eu mesmo a nomear tantos e estranhos atletas? Leão era o nosso goleiro, acho que qualquer menino ainda sabe: hoje ele é técnico do nosso Cruzeiro. Ou do Atlético? É ou foi? Técnico? Cruzeiro? Nosso? Isso é real? Dirceu era meio-de-campo. Ou ponta recuado? Há controvérsias, diria eu, se fosse outro o jornal. Fillol era o goleiro da Argentina. Desse eu lembro: era muito bom, como sempre muito bons são os goleiros argentinos. Quiroga... Quiroga? Que droga! Quiroga... outro goleiro, tudo indica, e também latino-americano. Peruano? Escreva-me quem se lembrar.

Já Kempes era argentino; Ardilles, também. Rossi, italiano (aquele mesmo, o safadinho que nos faria três gols na Copa de 82 e nos mandaria de volta pra casa); Resenbrik e Neskens, holandeses, astros da famosa "laranja mecânica", a seleção daquela Holanda de mestre Cruijf (pronuncia-se "Croife" e acho que a grafia é essa mesmo. Será?) e de todos aqueles louros desbotados e diabólicos que nos deram um verdadeiro passeio – e olha que nós estávamos com Zico no auge & tudo o mais. Bem, a Copa da Argentina ficou, é claro, com a Argentina. Pra mim, dela ficou o poema do "goleiro atônito": feito, naturalmente, via satélite.

Não, não pensem vocês que me esqueci onde estava da última vez. Se vocês não se lembram, é outro papo: o *goal-keeper* aqui, além de inexpugnável, também toma "memoriol", ou coisa que o valha. Era 1964, dez anos antes da Copa da Argentina, e eu estava sob as traves do campo da quadra de futebol de salão da AABB de Salvador. Na Bahia, sim senhor, "terra da felicidade", de acarajé, vatapá & Caymmi & de todos os velhos & novos baianos, inclusive os que não o são, como o Ary Barroso, que era de Ubá (Ubá! Ubá! Ubá!, como diria o Benjor, na época simplesmente Ben, pois é, o Jorge, gente), mas que acabou encontrando um dia o melhor de seu samba na Baixa do Sapateiro, pois é, na Bahia.

Quem? O Ary, gente! Prestem atenção na frase, que é tão grande como grande sempre foi a arte de Ary Barroso. Quer dizer, entendam se quiserem, mas é pura homenagem: a frase, no fundo, é bem menor que o talento do Ary. Que, além de tudo, era Flamengo. Doente & folclórico. Pois é, pois era 64, Bahia, AABB, eu sob as traves, quadra de futebol de salão, eu sob as traves, final do Torneio Início Bancário, eu sob as traves, disputa por pênaltis, eu sob as traves, exatamente quando o artilheiro do Banco da Bahia corre pra bater, eu sob as traves, contra mim a bola pequena, pesada, voando veloz, veloz vindo, eu sob as traves. Não saiam daí, prezados leitores: sob as traves, cá estou eu pronto para o voo – e volto logo-logo.

Jornal Olé, nº 15
16 a 31/03 de 1998

À espera da fatalidade

Pois é, pois era 64. AABB, Bahia. Quadra de basquete maquiada pra futebol de salão. Eu sob as traves. Final de Torneio Início. Eu sob as traves, diante do pênalti. Sob as traves à espera da fatalidade. Do tirambaço certeiro do atacante do Banco da Bahia, potente artilheiro. Existe um filme da década de 1980, do novo cinema alemão, talvez do Wim Wenders, ou do Volker Schlöndorff, não lembro bem o diretor – estou citando de cabeça, embora digitando com todos os dez dedos – um filme chamado *A angústia do goleiro na hora do pênalti*. Que título! Sempre quis ver esse filme, mas sempre acontecia alguma coisa e eu o perdia. Não vi até hoje. Mas acho que nem é preciso. Com um título desses, não há sequer necessidade de filme. Ele já fala por si só.

Pequena e pesada, a bola de futebol de salão – quando impulsionada por atletas com "pés mais potentes que o ar" – alcança velocidades impressionantes, pouquíssima coisa menor que a de um projétil bélico, desses que os americanos querem encestar no Iraque. Qualquer coisa entre a terça parte do logaritmo de 4.328 somada à décima potência de IIr2, vezes a raiz quadrada de 20.571 ao cubo, ou ao hexágono, como melhor o entenderdes vós, preclaros/escuros leitores, já diria aquele matemágico sem emprego e portanto em permanente plantão cívico, como de resto todo o país no momento.

Era essa a bola que zunia contra mim naquela tarde de domingo na Praia da Barra, na AABB da Bahia de Todos os Santos, todos mesmo, inclusive minha Santa Rita que não me deixa mentir com aquele "olhar Djanira", azulejado por uma severidade patética, quase parva. Mas não havia reza pra Santa Ritinha nenhuma que a detivesse, aquela bolinha velozmente safada que lá vinha que vinha, varando a tarde. Uma fração de segundos e ela explodiria contra minhas traves, onde, atento, apreensivo, eu estava sob, como sempre. De segundos ou de séculos, depende do ponto de vista, ou da teoria da relatividade daquele linguarudo do Einstein.

Na hora do pênalti, só restam ao goleiro duas opções. Naturalmente, é claro, ambas optativas — como, aliás, sempre acontece com todas as opções às quais se optam. A bola vem vindo e é nisso que eu penso. Duas opções: ou escolho um canto e me jogo e jogo no jogo da sorte e me dou meu bem meu mal; ou acompanho a trajetória esfero-balística da pelota e vou ou voo na certa, naturalmente à mesma velocidade. Não consigo gritar Shazam! Muito menos tirar minha camisa "Clark Kent" de goleiro do Metropolis Foot-ball Club, deixando aflorar sob minhas vestes o Super-Homem que em mim sempre existiu. A bola não era verde, mas cheirava a kriptonita. Que sinuca!

Uma ova que o tempo não para! Aquele foi na verdade "O dia em que a Terra parou", como naquele velho e emocionante filme de ficção científica do Robert Wise que eu vi, meninos, eu vi, no nosso Nelascópio, aquele cinema do seu Nelo, aí da praça Rui Barbosa, aquele que concorria com o Edgard'scope, o Cine-Teatro Edgard que está aí até hoje, mesmo sem passar filmes. Até quando? O tempo parou um segundo, exatamente o que eu precisava para calcular, naturalmente por logaritmo, o canto pra onde se dirigia aquele petardo baiano, o canto pra onde voo/vou. Vou e voo e fui. A bola, não. Não é que a safada cismou de ir pro outro canto? Sorte que eu ainda tinha meus pés, que além de andar também defendem pênaltis. Ninguém, baiano nenhum entendeu aquela do mineirinho que defendia pênalti com os pés. Mas qual o mistério? Afinal, o jogo não se chama foot-ball? Vencemos e teve início minha glória baiana, de curta duração.

Jornal Olé nº 16
01 a 15/04 de 1998

Nunca mais 20 anos na Bahia

Terrível é saber que nunca mais terei vinte anos nem o corpo intacto como na Bahia de 64. Vinte anos, eu pleno e pronto para todos os prazeres, tabálcoois & tabarizes. Leia-se cigarro, cerveja & Tabariz: a diabólica boate daquela ladeira por trás do Cine Guarany, aquela ali que o Jorge Amado vai retomar mais tarde — o "Novo Tabariz" de seus futuros romances. Tabariz era sinônimo de "vadiar", como fazia o Vadinho da Dona Flor. Vão-se as virtudes vem a vida, varal de vícios. A Bahia, pelo menos a "minha" Bahia, cheirava a acarajé & sexo, exatamente como Maria Bethânia diria certa vez da lambreta, aquele marisco que a gente entornava com a cerveja da madrugada na Ladeira do Pelourinho: "dá um tesão dos diabos!". Difícil conciliar futebol e farra. E, antes de qualquer coisa, em 64, como ainda hoje, a Bahia já era uma farra só, imensa e permanente.

"Temos que dormir pelo menos umas quatro horas por noite, Ronaldo. É preciso conservar o corpo pras mulheres". Sábias essas palavras de Antônio, da jovem turma do cinema baiano dos anos 60, o pessoal com quem eu andava na época. O Antônio que nós chamávamos de "Antônio das Mortes", brincando com o filme do Glauber. O nosso Antônio das Mortes disse sua histórica frase no exato momento em que o crítico Alberto Silva adentrava a Cantina da Lua Cheia, a cara idem, em plena madrugada do Terreiro de Jesus. Há três noites/dias sem dormir, Alberto parecia um zumbi, com uns bons cinco quilos a menos que seu normal, que já não era muito, ele que até hoje conserva sua magreza baiana e bastante.

Nosso crítico predileto encostou-se solene ao balcão do botequim, pediu a clássica batida de limão, e disse que vinha de um aniversário de criança, onde subira numa cadeira e fizera um veemente discurso contra os milicos que tomaram o poder depois da quartelada de abril. Um espanto, o Alberto. Sóbrio, sempre foi cordato e simpaticíssimo. Bêbado, um revolucionário romântico e, por isso mesmo, eterno. Lembro de uma outra madrugada baiana, logo no início daquele abril de 64, dia 2, talvez dia 3, nós dois voltando pra casa: eu e Alberto trôpegos ali pela rua Chile, vizinhanças do Elevador Lacerda. No centro da Bahia, o sol já ensolarando todas as cores dia adentro – vermelho-amarelo-azul-verde-azul – lá pelas bandas do mar, por trás do forte de São Marcelo.

Vício de jornalistas, mesmo bêbados compramos nosso jornal. Continuamos a andar, quer dizer, a tropegar, quando Alberto começa a gritar as manchetes do jornal que lia: "Milicos não duram muito!". "Jango resiste no Sul!". "Brizolla pronto para derrubar a quartelada!". Os baianos que iam pro trabalho àquela hora, quer dizer, uns dois ou três, os baianos, aqueles entes manemolentes, voltavam-se estarrecidos, não acreditando, mas querendo acreditar, nas manchetes inventadas pelo Alberto. Tomamos nosso ônibus rindo muito, a alma lavada. Que maravilha! Melhor, que coisa mais porreta, como dizem os bons baianos. Realmente, Antônio das Mortes tinha razão: a gente precisa dormir pelo menos umas boas quatro horas (aliás, nem carece de quatro horas: dormir com as "boas" já basta) antes de se aventurar em qualquer aniversário de criança.

Pois é, como podem perceber, era preciso dormir bem mais do que isso pra se ficar sob as traves, à espera dos intermináveis tirambaços dos baianos de todas as estirpes e que tentavam me estirpar a qualquer custo da posição de guarda-valas, onde aliás, estava eu perenemente metido – nas invioláveis valas da noite em vão. Era muita noite pra pouco dia: não havia tempo pro futebol na Bahia. Mesmo assim, o time da AABB, comigo sob as traves, ganhou a grande maioria das partidas do início do campeonato e estávamos inclusive seriamente cotados para ir a São Paulo representar a Bahia na disputa do Torneio de Futebol de Salão Bancário. Mas pode um jovem goleiro resistir aos acenos da noite? Depois eu conto.

Jornal Olé nº 17
16 a 31/04 de 1998

Desbragadamente

Como pode, como pode um jovem goleiro resistir? Logo nos primeiros meses de Bahia, logo após ter defendido aquele pênalti histórico, aquele salvo pelos pés, quando literalmente meti os pés pelas mãos, larguei de lado pés & mãos e passei a meter, simples & indiscriminadamente. Quer dizer, a meter e a não mais me ter. Desbragadamente álcool, desbragadamente cigarro, desbragadamente baianas & outras pertinentes sacanas. Desbragadamente eu começara a levar a vida, sob o signo da mesma palavra que mamãe diria muitos, muitos anos mais tarde, ao me ver encostar o carro na porta de sua casa na rua dr. Sobral, meus óculos escuros já refletindo o dia claro: Cigarro na boca, lata de cerveja na mão. "Como desbragadamente, mamãe? Sou Werneck, pô! Braga é o Ricardo".

Que, é claro, nada tinha a ver com os porres "werneckais", muito menos com o seu batalhão de "ronaldetes", como Luiz Linhares as chamaria – ah, as *malheres*! – mais tarde, irritadíssimo porque elas não apareciam pro ensaio de uma peça que planejávamos fazer: o ator na direção, texto baseado nos poemas-vida do poeta, este aqui, músicas cantadas pela Andréa Dutra, ex-Bogossian, aquela lá, que continua no Rio, minha namorada da época. Aliás, a ideia nasceu num almoço no velho *Taramela* do Ricardo Braga. Não deu em nada. Quer dizer, ficou a experiência de alguns ensaios no palco do Colégio Cataguases e a amizade com o Luiz – que cresceu muito e para sempre. Mas era desbragadamente mesmo que levava a vida o menino, esse, não mais sob as ordens de mamãe, que nem o Oswald de Andrade. Este mesmo (presti)digitador de um outro abril, o de agora, da mesma casa cataguasense da rua dr. Sobral, este menino matreiro que não deixa de se espantar com o mundo baiano-mineiro. E, por isso, enche a cara de coca. *Diet, of course.*

Como pode, repito, como pode um jovem goleiro etc etc etcétera. Não pode. Como me disse certa vez o Caetano, sabem? – aquele irmão da Bethânia: "a Bahia é muito forte'. E, portanto, imbatível, rebato eu. "Amor, que vence os tigres, por empresa/ tomou logo render-me; ele declara/ contra o meu coração guerra tão rara/ que não me foi bastante a fortaleza", cantou séculos antes de minha aventura baiana o inconfidente-poeta Cláudio Manuel da Costa. Como vencer os tigres/tigresas do amor? Resistir, quem há-de? Aliás, quem queria resistir a baianas tantas e tão porretas?

Era muita Bahia pra pouca trave onde, pelo menos de início, eu me encontrava sob. Não durou muito, nem podia. Queria voar, sim – mas não exatamente atrás das bolas baianas: de preferência para "adjunto" das boas baianas. Pros baianos, "junto" sempre foi "adjunto": que coisa mais porreta! É bem por isso que até hoje trago a Bahia adjunto de meu coração. Há muito trocara Minas pela Bahia, a noite no lugar do dia. Sob o império da vadiagem eu vivia, quase um Vadinho antes do próprio, pleno de poesia. Salvo algumas horas de batente à tarde, no BB da Cidade Baixa, onde tinha sob minha guarda os títulos para redesconto. E não me perguntem o que é isso: na verdade, nunca soube – e além disso estou pra sempre aposentado, pelo menos das "lides bancárias", como dizia o pessoal do BB dos bons tempos.

Quer dizer, na seção de redescontos da agência centro do BB eu tinha os títulos perigosamente sob minha guarda. Muito perigosamente: um dia abri o cofre fumando e, virge!, meu Minister caiu aceso no meio de milhões & milhões de cruzeiros em títulos descontados pelos bancos todos da Bahia de Todos os Santos que, devidamente invocados, salvaram o poeta de um incêndio pra mim muito maior que esse que anda por aí, ardendo pelas Roraimas dessa vida. Achei o cigarro antes que o fogo começasse. Percebi que ou bem trabalhava no redesconto, ou bem fumava. Optei pela segunda opção, pois opções, ao que saiba, não são lá muito democráticas: ou a gente é rápido e por uma delas opta, ou acabamos sendo por elas cooptados. Mudei de setor, não de cigarro: ainda fumaria Minister pelos próximos 15 anos. Mas fiquei longe do redesconto e dos títulos sob minha guarda. Sob a guarda, não a posse. Possuir, só possuía mesmo a noite, que sempre me bastou. E, sob por sob, sempre preferi estar sob as traves — vocês bem o sabem. Ah, o campeonato baiano de futebol de salão? Depois eu conto.

Jornal Olé nº 18
01 a 15/05 de 1998

Na Bahia, só by night

Não, não pode. Um jovem goleiro não pode jamais resistir aos apelos da noite baiana. Principalmente um jovem goleiro como eu, que tinha mil atividades naquela Bahia de 1964 e de Todos os Santos & Tabálcoois & Tabarizes & etc como aqui já foi Tom & Dito & Mardito. Principalmente: traves & poesia concreta não combinam de jeito nenhum, nem na forma nem no fundo, inclusive o das redes. Isso apesar de o poema concreto ser em sua forma espacial um tipo de poema "travado", contido, sem firulas, totalmente despojado. Mas, pelo menos ao que eu saiba, não se fazem poemas concretos sob as traves.

Quando muito, o goleiro-poeta arrisca uns voos atrás da bola da imaginação, uns volteios às vezes *barrococós*, outras vezes surrealistas, quase sempre e inevitavelmente românticos. O esporte, qualquer esporte, é romântico por excelência. Do futebol então, nem se fala: o "meu time", o "teu time", o "nosso time" é sempre o melhor de todos, né? Nada justifica a sua derrota, mesmo porque, nós todos sabemos, "aquele juiz é um ladrão descarado" – é ou não é? Há controvérsias? A gente simplesmente se apaixona e pronto: sai da frente. Nada a ver com a concisão, a secura, o "toma-lá-dá-cá", o jogo preciso de palavras do concretismo.

Traves & poesia concreta. Pois é, não podia mesmo dar certo. O Campeonato Baiano de Futebol de Salão de 1964 corria na medida em que é possível qualquer coisa baiana correr. Vamos dizer que "corria-em-marcha-lenta". Enfim, caminhava, minha gente: aquela ginga de quem sobe ladeiras, lenta e permanentemente, ô maninha! – esse seu olhar, esse seu andar manemolente. Pois é, iam assim meio distraídos "os dois atletas": prum lado, o Campeonato Baiano; pro outro, o goleiro-poeta. Na época, eu era Diretor Cultural da AABB-Salvador, e uma de minhas primeiras atividades foi a de organizar uma exposição de – claro! – poesia concreta, o tipo de poema que eu andava fazendo naqueles tempos. Passei praticamente um mês elaborando os painéis, montando/grafando com letraset os poemas visuais dos fundadores do movimento, os concretistas de São Paulo, redigindo textos explicativos sobre o concretismo etc etc. Exatamente no mês em que o Campeonato de Futebol de Salão estava pegando fogo.

Ainda assim, mesmo cansado e com o pensamento inteiramente disperso por painéis & poemas concretos, mesmo assim conseguiu o goleiro vencer o poeta, ou pelo menos empatar. Lembro de ter feito boas partidas, defendendo na medida do possível a meta baiana: o time da AABB venceu memoráveis pugnas (ainda se diz pugna, não?) naquele ano. Estávamos cotadíssimos para representar a Bahia no Sul-Maravilha, como diria mais tarde meu amigo Henfil, aquele irmão do Betinho, vocês se lembram? Faltava somente uma peleja (ainda se fala peleja?), exatamente aquela contra o esquadrão do Banco da Bahia, que já havíamos derrotado numa primeira disputa. Disputa ainda se diz, não diz?

A final estava marcada para uma quarta-feira by night. Exatamente uma quarta-feira depois de uma terça. Friso os dias da semana porque a Bahia é terra do inesperado e nem sempre a quarta vem depois da terça: depende muito dos babalorixás & outros babados. Mas aquela quarta vinha; e na terça que por milagre a antecedia eu marcara a estreia do Cineclube que acabara de fundar na Ah-Ah-BeBer-Bahia. Após um vasto & devastador coquetel – onde fiquei de papo com a mulher do produtor Rex Schindler, que tentava me "vender" o azul do mar da Bahia, "aquele que jamais veria em lugar nenhum do mundo" (ela estava certa, mas na época eu ainda não sabia de outros azuis e pensei que fosse porre da bela & Schindler baiana, qual era mesmo o nome dela?) –, após outros papos-porre & porre-papos, devidamente empapuçados, fomos assistir ao filme de abertura.

Era *O grito da Terra*, dirigido por meu mais recente amigo baiano, Olney São Paulo – a bem da verdade de Feira de Santana onde, aliás, eu estivera há duas semanas, quando da estreia nacional do *Grito*, com direito a Helena Ignez, a um discurso do cineasta Orlando Senna e a um porre "fundamental" com o crítico Alberto Silva, o cineasta Vladimir Carvalho e o ator Lídio Silva, que acabara de fazer o deus negro de Glauber Rocha em *Deus & o Diabo na terra do Sol*. Quer dizer, a ressaca já vinha vindo, solerte, e sendo rebatida com as batidas de cada dia, até surgir aquele dia, a noite daquele dia de quarta-feira na Bahia. Já disse, e confirmo: a final era contra o Banco da Bahia e estava marcada para uma quarta-feira by night no Estádio da Fonte Nova, o belo Estádio do Bahia F.C., onde até aquele momento eu jamais pusera as mãos; quer dizer, os pés. Perdão pelas mãos: vício de goleiro. O by night aí de cima é também mais que sintomático. Na Bahia, sobra só a noite. Na Bahia, só by night. Mais Bahia by night – servida de bandeja junto com os inacreditáveis acontecimentos daquela empolgante peleja noturna no Estádio da Fonte Nova – vocês verão na próxima. Se vivos forem, formos.

Jornal Olé nº 19
16 a 31/05 de 1998

Muderno e porreta

Foi assim, a lâmpada apagou... Não-não! Essa música eu já cantei. Agora é outra a história, ora-ora. Sim-sim: foi assim, entre trancos e barrancos, longe do bar e dos arrancos vastos, vários e avariados. Foi assim que rumava eu naquela noite, aquela malfadada noite de uma quarta-feira entre tantas, baianas tantas, e eu rumando às avessas, desarrumando a noite de promessas em troca de uma qualquer partida de futebol de salão. Quer dizer, qualquer não; tinha lá sua importância. Mas, enfim, era quando muito uma disputa.

Rumávamos então eu e meu amigo Manoel, carioquíssimo, cheio das gingas, ex-meio de campo do juvenil do Madureira – isso sim é status, sô! –, portelense de coração, grande figura, brilhante dentro da rapidez exigida pelo futsal, a grande revelação do time da AABB. Rapaz "*muderno* e porreta", como diziam os baianos daquele tempo (ainda dizem?). Quer dizer, "jovem e gente boa". Por mim, prefiro a gíria antiga, da época, aquela. Enfim, íamos eu e Manoel pela noite soteropolitana afora, mas pra dentro, pra dentro do Estádio da Fonte Nova. Decisão do Campeonato Baiano de Futebol de Salão Bancário: setembro de 1964.

O adversário, como já disse – e se não disse fica agora escrito, que é o que vale, como diz a sabedoria ímpar de nossos pares da sorte zoológica – era o time do Banco da Bahia. O quê? O nosso adversário na partida. O escrito ficou confuso, mas vale, como já disse: o Banco da Bahia era nosso contendor (e essa, juro, tirei do bolso de trás daquele calça de pano de vela de barco que eu usava na Bahia), o velho time do Banco da Bahia, nosso conhecido, a quem já havíamos derrotado no Torneio Início e em uma das últimas partidas do Primeiro Turno.

Pra quem desembarcou agora nesta crônica, sem sequer ter lido o *Olé* anterior, informo que estamos falando e escrevendo sobre o empolgante Campeonato Baiano de Futebol de Salão Bancário de 1964. E pra quem não crê em deuses e baianos, dou os mais sinceros parabéns pelo descrença quanto à veracidade desse papo soteropolitano, caindo de acarajés & controvérsias. Confesso que também eu, às vezes, duvido da existência do famigerado campeonato. Mas que houve, houve. Embora por mim preferisse esquecer aquela noite decisiva, decisória, derrisória. A negra noite da saraivada de petardos contra nossa meta, entendendo-se "nossa" como aquela trave ali, nesta quarta-feira de 1964 no Estádio da Fonte Nova, na Bahia. Aquela trave ali, onde estava eu sob. Mas não sabia, como também da bola não vi nem soube. Mas não sabia e, juro por todos os babalorixás, preferia ali não estar.

Nunca tinha entrado na Fonte Nova, nunca tinha entrado em campo num estádio tão grande. Pra começar, o vestiário tinha até túnel e a gente já adentrava direto o gramado, perdão, a quadra, e dava de cara com uns bons duzentos baianos na arquibancada. Perdão, maus baianos e nem tantos assim, mas todos torcendo contra. Quer dizer, contra nós, pois eram totalmente favoráveis ao Banco da Bahia, o "time da casa". Podem vocês, agora sim, imaginar "a angústia do goleiro na hora do pênalti", que nem naquele filme alemão, dirigido pelo Wim Wenders – obrigado François, por confirmar o nome do Wim. Então, eu vim... vim nada!

Já estava lá, já estávamos nós em campo e eu olhando aquelas luzes, aquela multidão, aquela quadra demarcada que me parecia a maior que já vira. E era. Acho que o tamanho do estádio fazia com que também crescesse o tamanho da quadra. Qualquer psicólogo de plantão, quer dizer, aqueles mais eficazes, os de botequim, pode confirmar: não há nenhum mistério nisso. Mistério mesmo era o medo que sentia, esse que estou sentindo ainda agora, quando pressinto o time baiano velozmente vindo contra minha cidadela.

O Banco estava enxertado com gente do Bahia. Se não entenderam, corro a explicar antes que eles chutem de novo e mais uma vez com sucesso. Nosso adversário entrou em campo com jogadores profissionais do Bahia Futebol Clube. Haja Deus, Jesus e Nossa Senhora, quer dizer, toda a linha-média baiana, Yansã, Yemanjá & Menininha do Gantois! Gente, a potência daqueles chutes! Cruzes! E ninguém cruzava, pois ninguém de nosso time na bola pegava. Todo mundo, mesmo o "muderno e porreta" Manoel, massacrado pelas basqueteiras baianas.

Foi um arraso só. E precisava mais? Houve momentos em que sequer a bola vi. E tinha como? Com aquela velocidade? Perdemos a partida, o campeonato e, claro, a viagem pra São Paulo, como representantes baianos no Campeonato Brasileiro de Futebol de Salão. O resultado da malfadada pugna não digo, mesmo se me levarem à força prum terreiro de candomblé. Mesmo porque não me lembro mais, nem quero: passei pra sempre a borracha. O que lembro, e muito vagamente, é que quase contratei um gandula só para tirar as bolas do fundo de minhas redes. Nunca mais Bahia, nem velha Fonte Nova. Voei de volta. Pro Rio e pra vida de todos os janeiros. *Muderna* a cada dia: renovada a poder de acarajé, coragem & rebeldia.

Jornal Olé nº 20
01 a 15/06 de 1998

O homem dentro do atleta

Chico Buarque está em Paris cobrindo a Copa pro Globo. Além de samba-enredo da Mangueira, Chico é principalmente o meu *center-forward* predileto, e foi ao seu lado que disputei minha derradeira partida de futebol, defendendo as cores gloriosas do Polytheama Futebol Clube. Chico naturalmente aparecerá mais tarde aqui no *Sob as Traves*, como um de seus indeléveis personagens. Mas não agora, pois ainda estamos no final de 1964, como vocês bem se lembram, e eu estou voltando da Bahia pro Rio. Pois é, acontece que o Chico, Paris, a Copa, enfim: vamos fazer uma breve interrupção na brilhante trajetória deste *goal-keeper* que vos digita e fala, pois um valor mais alto se alevanta. Não a poder de Viagra, mas de viagens, muitas viagens de volta aos tempos em que a gente dava no couro.

Pois é, a Copa. Que coisa, hein? O que será? O que será que me dá, que me bole por dentro, que me aperta o peito, me faz confessar. O que não tem medida, nem nunca terá. O que não tem remédio, nem nunca terá. Que será, o que será? Uma aflição medonha me faz suplicar, o que não tem vergonha nem nunca terá. O que dá dentro da gente, que não devia. Nem todos os unguentos vão aliviar, nem todos os santos. O que me perturba o sono, será que me dá, o que não tem governo nem nunca terá, o que não tem juízo. Que será, que será? E não vamos perder tempo com o Romário, que lá não está. Nem com o Ronaldinho, que não sabe o que fará. Será que vai dar? E vamos ficando por aqui, antes da bola rolar.

O poeta Fernando Pessoa dizia que "o mito é o nada que é tudo". E como nada somos, como bem o sabeis, fiquemos com nossos mitos do gramado e com o que de humano cada um deles traz dentro de si. O que só faz solidificar sua aura mítica. Mitos como Pelé, sobre quem eu pensava não haver mais nada a ser dito. Mas o Chico Buarque conseguiu uma novidade: "a impulsão com que Pelé celebrava o gol chegava a superar aquela, já extraordinária, com que subira para cabecear. Era como se, na celebração do gol, o homem saltasse de dentro do atleta". O homem que salta de dentro do atleta: que imagem mais perfeita do futebol-alegria, do futebol-arte do Brasil de outras Copas, mesmo as que não ganhamos, como a de 82!

Ou a de 50. Meu Deus, a Copa de 50! O Máspoli (que goleiro!), o Obdulio Varela, o Uruguai parando na marra o nosso Escrete, como a gente chamava a Seleção naqueles tempos, e todo o Brasil. Recém-inaugurado, o Maracanã chorou como nunca mais naquele 16 de julho. Ninguém podia acreditar em Zizinho, Ademir, Danilo, Bigode, Barbosa, nossos ídolos perdendo uma partida ganha, uma partida em que vencíamos por um a zero – dá-lhe Friaça! – e precisávamos somente do empate para levantar a taça.

O Chico diz que era menino em São Paulo e ouvia o jogo pelo rádio. Ele desligou no gol de Gighia, botando a culpa de nossa derrota no Maracanã. Pois é, pro menino Chico o culpado foi o estádio. Que viagem, hein Seu Buarque! Eu também ouvia pelo rádio, aqui em Cataguases. Estarrecido, o menino Ronaldo via seus ídolos ruírem, os bravos heróis do seu Vasco da Gama, que eram a base do Escrete de 50. Pois é, chorei por nossos craques, como todo o mundo, mas principalmente pelo Vasco. Chorei por Ademir Menezes, o grande ídolo de minha infância.

Mas como, dirão os mais atentos de meus leitores, ele não é Flamengo? Há controvérsias. Modestamente, também já fui Vasco. Pois é, vira-casaca, mas assumido. E ser Vasco na virada dos anos 50 era ser Ademir Menezes, o Queixada, o grande artilheiro da Cruz de Malta. Ademir, o goleador do Escrete, onde Zizinho era o gênio, mas quem marcava era ele, o Queixada. Eu tinha até um álbum com fotos de meu ídolo. Só virei Flamenguista por pressão dos meninos da rua dr. Sobral, todos rubro-negros doentes. Desculpa esfarrapada de vira-casaca, eu sei, mas confesso que a derrota do Escrete em 50, leia-se do Vasco, pesou muito na minha decisão.

Mesmo Flamengo, vibrava com os gols do Queixada, pelo menos até o tricampeonato rubronegro, aquele do Garcia, Tomires e Pavão; Jadir, Dequinha e Jordan; Joel, Rubens, Índio, Benitez e Esquerdinha, o glorioso Mengo de 53-54-55. Aí já não dava mais. Mais que o tri, o Mengo conquistara em definitivo o meu coração. Pra quem não mais se lembra, até ele tava lá, naquele verdadeiro escrete rubronegro. Benitez e Esquerdinha. Depois, Dida e Babá. Depois, Dida e Zagallo. Pois é, o próprio, ainda como só "ele": morrinha & medíocre que nem ele agora, com toda a empáfia de seus dois "elles".

Já no Rio, anos 70 – como sempre escutando o que mamãe dizia, com muitas, muitas saudades da Bahia – almocei várias vezes ao lado do Queixada no velho Oxalá da Cinelândia. Mas não tinha coragem de falar com meu ídolo no meio daquele mundo de carurus & vatapás. Uma tarde, já nos anos 80, fui levar meu texto na redação do Pasquim, que na época funcionava na ladeira Saint Roman, em Copacabana. Na volta, resolvi tomar um chope na avenida Atlântica, no Alcazar, aonde não ia há tempos. A varanda do restaurante estava vazia àquela hora. Só eu e outro freguês. Adivinhem quem.

Depois do terceiro chope e dos correspondentes *steinhaggers,* tomei coragem e abordei o Ademir. Que nem um uruguaio dos anos 50. Mas, o Queixada não me driblou. Pelo contrário, foi simpaticíssimo e nós conversamos até o anoitecer. A chopada valeu até um depoimento inédito sobre o gol de Gighia em 50, e que o *Olé* publica agora, em absoluta primeira mão, devidamente datado e assinado por meu velho ídolo.

Pô, Juvenal, então foi você o culpado? Todos achávamos que fora o Barbosa, o inexpugnável *goal-keeper* do meu Vasco, que na verdade não foi naquela bola meio marota, vindo assim meio chocha da linha de fundo, como quem não quer nada, aquele chutinho furreca do Gighia que botou o Brasil em prantos. Vamos dizer, então, como o Chico Buarque, que o culpado foi o Maracanã. Mesmo que o Ademir lance certas controvérsias sobre o pobre do Juvenal, coitado, "que esqueceu da cobertura". É menos doloroso. Pois é, estamos com o Maracanã entalado até hoje na garganta, por mais que cantemos as *Toradas en Madrid.*

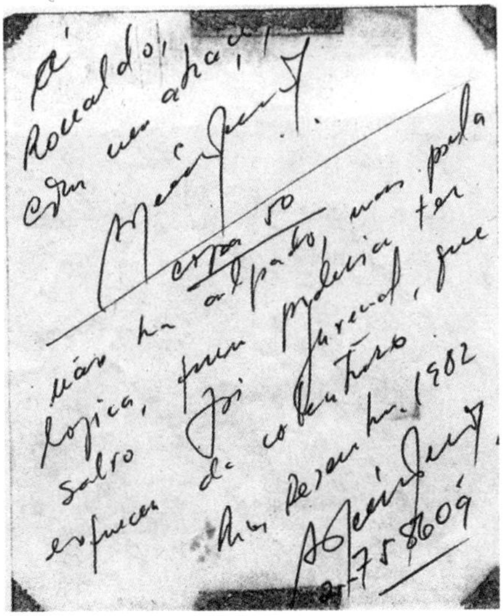

"Ao Ronaldo, com um abraço, Ademir Menezes.
Copa de 50: não há culpado, mas pela lógica,
quem poderia ter salvo foi Juvenal, que esqueceu da cobertura.
Rio de Janeiro, Dezembro de 1982".
Ademir Menezes

Jornal Olé nº 21
16 a 30/06 de 1998

Ronardo, meu xarazinho

Hoje é domingo, 28 de junho, e a Dinamarca acaba de golear a Nigéria. Sexta-feira, 3 (não 13: atenção, Zagallo!) de julho nós pegamos os dinamarqueses. Ou eles nos pegam, depende do enfoque. Quando vocês estiverem me lendo, se é que isso vai acontecer, Brasil ou Dinamarca já estarão fora da Copa da França. Quer dizer, eu estou aqui fazendo o papel de adivinho, mágico, astrólogo, essas coisas imponderáveis, como cultos ocultos e outros nem tanto que fazem com que tanta gente ganhe tanto dinheiro de tanta gente. A gente aqui, que não "somos" besta, não arriscamos previsões, é claro. Quem, em sã consciência – uma coisa à qual, aliás, nunca fomos muito chegados – daria um placar de 4 a 1 para a Dinamarca quando a Nigéria é que vinha brilhando com o futebol alegre e inesperado – quase digo "brasileiro" – de Okocha, West, Ikpeba, Kanu, Babangida et caterva?

Pois é, mas de novo a surpresa saltou de dentro de sua caixinha mágica. E não era para menos: afinal, Copa do Mundo nada mais é do que uma sucessão de partidas de futebol, quer dizer, uma cacetada de "caixinhas de surpresa", ou não? Os dinamarqueses já tinham decidido a partida logo nos primeiros doze minutos. É bem verdade que ajudados pelo festival de dribles inconsequentes, pela alegre ingenuidade do time nigeriano. Dribles ainda mais preocupantes quando se percebia a inexperiência de seu goleiro. Oh tangas! Oh mangas! Oh crioléu! Rufai vossos tambores, mandai aos céus vossas fumaças: rifai Rufai que ensandeceu ao se ver atropelado pela sucessão de *insights* de Michael Laudrup, que colocava os companheiros, inclusive seu irmão Brian, em excepcionais condições de finalizar. Aquele passe de voleio para o terceiro gol dinamarquês foi uma coisa muito séria, uma jogada que poderíamos tranquilamente denominar de "passe de placa".

Dada a habilidade de seus craques, várias foram as vezes em que a Nigéria infernizou a área adversária. Mas nas muitas vezes em que ela conseguiu situações de gol, sempre encontrou uma barreira inexpugnável na real figura de Schmeichel, o diabo louro, o impoluto príncipe de marfim dinamarquês – inegavelmente o melhor goleiro da Copa, cuíca do Mundo. Ou, pelo menos, o melhor entre os goleiros que ficaram, pois Chilavert é um caso à parte. Pena que o Paraguai tenha se despedido dos campos de França. A batalha que nós vimos hoje de manhã, quer dizer, na manhã do domingo passado, aquela derradeira batalha contra as hostes napoleônicas foi de fazer chorar os lírios do campo, ou de fenecer o verde do gramado, como diriam os idiotas da objetividade!

Mesmo sem a presença do imperador Zidane, aquela foi uma derrota honrosa, que iria deixar o próprio Solano López orgulhoso e de cabeça permanentemente erguida. Exatamente como ele deve estar agora e certamente estão até hoje todos os guaranis, inclusive heróis do porte de Gamarra, Arce, Encino e de Chilavert, o muro que tomba mas não cai nunca, se é que me entendem, porque na verdade eu mesmo, como agora, às vezes não me entendo. Mas isso não importa. A Copa é cruel e bota na mesa as tramoias urdidas em sua cozinha. Até mesmo contra mim e minhas infames frasezinhas. *Touché!*

Mon Dieu, que viagem! Nelson Rodrigues deve estar babando com essas metáforas metaforicamente ensandecidas: napoleão/solano lópez/muro que tomba mas não cai/príncipe de marfim/diabo louro dinamarquês: quanta insensatez! Mas futebol é isso: fez/não fez. Não fez? Fizeram os que tinham vez, quer dizer, e por enquanto: Itália, Brasil, França e, claro, o não menos demônio dinamarquês. Que, espero, tenha sido nosso freguês no último dia três. Eternamente soterrado sob suas traves, torço/tusso/berro/espero que o diabo louro Schmeichel, o azedo principezinho dinamarquês, tenha sido fuzilado pelos tresloucados petardos de “Ronardo”, meu xarazinho.

Jornal Olé nº 22

01 a 15/07 de 1998

Alonsanfan que eu tô tantã

É como se música fosse, ou perfume. Copa do Mundo a gente não esquece nunca. Ela nos remete a momentos que ficaram pra sempre, sem que soubéssemos. Quer dizer, a Copa nos laça, nos lança de volta, pra dentro do tempo. E zás! De repente é aquela corrente pra trás. E até a marchinha do Miguel Gustavo nos pega assim meio de banda e, confesso, nos põe comovidos, apesar de todo o medo pânico daqueles tempos de pra frente Brasil e mil caras de pau e pau-de-arara na gente. Pois é, nós acabamos associando, né? Afinal, não é *foot-ball association?*

Tempos do Médici, a gente tendo de aguentar aquele gorila que nunca fora aos estádios, agora travestido de torcedor, com seu ridículo radinho de pilha e, sacrilégio!, opinando até na escalação do escrete! Mas, mesmo assim, não dava pra torcer contra. Com aquele time de 70 não dava: de repente era o Tostão, era o Rivelino, era o Jair, meu Deus, o Gérson, o Caju, o Clodoaldo. Não, não dava. Era até maldade um time desses ainda ter o Pelé mais Pelé que nunca, fazendo de cada pugna uma espelunca. Com Pelé interpretando Pelé, como só ele sabia, adversário não havia. Era briga de boteco, o negão solto. Não dava, não tinha: nunca, nunquinha.

Um pouco antes e era 62, pois 66 foi um ano que não existiu, né mesmo? Então era 62 e Didi. A elegância de Didi, aquele andar soberbo, absoluto no meio-de-campo. Uma árvore imponente e matreira. Uma árvore plena de malícia e folhas secas. E Garrincha. As pernas atônitas de seu Mané, duas inexplicáveis interrogações jantando johns & joões, as pernas garrinchas, com suas fintas garrinchais, de leve, de neve, de espanto. Antes, era Garrincha plantando gols pelos Andes, ou antes: entortando os gringos com seus dribles secos e voleios e arrancos muito mais brancos que os brancos atônitos à sua frente. Quer dizer, não mais: já ficaram pra trás.

Antes ainda era 58 e Nilton Santos e Djalma, e Zito e Didi. E Didi, já clássico e para sempre. Era 58 e Pelé, criador e criatura, instaurando seu reino de costura insólita, coroa de couro, na plenitude de seus gomos e gnomos. Pelé, primeiro e único, súditos de quem sempre fomos e somos, e Mané e Mané, pois é. Mané fingia que ia e ia mesmo: era o que estarrecia. Quando se via, a bola já tava lá, na cabeça de Vavá, e o gringo cá, bunda na grama e sem cueca, pra alegria de damas e suecas.

Antes não vou mais, pois a tanto não me arrisco: de 50 fujo correndo, como do fogo e do corisco. Agora me digam, 74 o que foi? Chuteira por sapato. Fomos passear e nos passearam. E 78, cara? Invictos e malditos. Setenta e oito não vale um biscoito. Ou sequer um mísero e único coito, fraco ou afoito, ou rima que o valha – pô, não atrapalha! Chega mais perto, moça bonita. Topas? E só, e sozinha: deixa ver tua copa, tua cozinha. Está ainda aqui, na palma da mão: 94 foi o sim que podia ser não. Não vencemos: ganharam pra gente. Foi tudo o que herdamos, o que se herda: um timeco de merda. Exatamente o contrário de 82, um *timão* contra *timins*: o não que devia ser sim.

E agora, de novo plugados na grama e na poltrona, estamos lá & aqui, nós e meu xarazinho: Oropa, França e mais valia. E tudo o mais que valia. Ou não? Ou Rivaldo não valia? Ou Denilson? Ou Tara & Fel, quer dizer, o Taffarel? Ou Tofu, quer dizer, o Cafu? Ou o Cuca? Cuca, não: deixa o *Cucaí*. Ou Dunga? Dunga, não: deixa o Dunga lá. Dunga é apenas um europeu, um gringo infiltrado entre nós. Só sarrafeiro e só. Uma hecatombe de catimbas & impropérios. Bronqueador, boquirroto & bronco. Tem o futebol-arte e o futebol-desastre. O primeiro time e o segundo. Deixa o Dunga lá, num só segundo: no segundão de bundão que posa de machão. Acho que esse não vale o *esse* de um torresmo. E estamos aqui a cismar a esmo, comigo & comigo mesmo. É domingo e noite adentro. Cinco dias de junho e ontem já zarparam os bierhoffs, os batistutas e todo aquele orgulho besta & branquelo, platinos pés-de-chinelo.

A Itália tropeçou na sexta: *l'étandard sanglant est levé!* Uma sexta daquelas que ninguém aguenta, que deu aziaga também – que nem pereba, ou peba na pimenta –, e gracias, e deo gracias, e azeda muito azeda para o reino dos laudrups, das dinas e de todas as marcas. Terça vem a Holanda, ó Dona Yolanda! *Mardi-gras,* terça-feira gorda. Pelo menos, é o que esperamos tenha sido, já que vocês estão me lendo num domingo outro e mais terrível, porque final. Estamos nós aí, nesta final de hoje? Terá a França e seus pobres *citoyens* "minuetado" a Croácia, *noblesse oblige? Alonsanfan,* que eu já tô tantã!

Jornal Olé nº 23
16 a 31/07 de 1998

Incorreto e sem rumo

A ideia era dar a Copa por encerrada, já que o *Olé* andou atrasando e nós estamos entrando em agosto, mês por si só já terrível, mas que este ano não nos poderá dar tanto desgosto quanto o julho que se finda. Faltam exatos cinco minutos para a meia-noite do dia 29 e espero não ver *jamais de la vie* um julho como este. Vai, ô cara, e me traga logo este agosto. Sua entrada em cena daqui a dois dias é sinal irrefutável de que tudo vai recomeçar. Afinal, faltam apenas quatro. Sim, apenas quatro anos para o Penta.

Mas parece que a Copa não acabou naquele fatídico 12 de julho. Até hoje aquela *verde-amarelada* do meu xarazinho parece render frutos na mídia, até mesmo em publicações que jamais dariam tanto destaque para a *suíte* da Copa: aquele ramerrão de matérias que vêm depois do acontecimento e acabam fatalmente "chovendo no molhado", não trazendo qualquer informação nova. *Veja* deu capa, *IstoÉ* deu capa, os principais jornais do país deram manchetes sucessivas por vários dias e até hoje o "caso Ronaldinho" rende chamadas de destaque nas primeiras páginas. Uma verdadeira "convulsão" de opiniões as mais desencontradas.

Até aí, nada. Porque nada de novo aconteceu até hoje sobre o assunto, o mais sigiloso da história recente deste país. Nem a doença de Tancredo Neves foi assim tão nebulosa. Mas, até aí, morreu Neves. Mesmo. Meu maior espanto nisso tudo foi ver a aparentemente "sisuda" revista *Time* dar duas de suas capas para a Copa, logo os norte-americanos que não levavam a mínima fé em seu time, mesmo porque na América o futebol ainda é um esporte semi-desprezado. Mas as forças econômicas por trás da realização da Copa falaram mais alto.

A primeira capa que *Time* dedicou ao assunto foi logo no início, na edição de 15 de junho, com uma foto gloriosa de Ronaldinho em pleno drible, ao lado do título quase óbvio: "Com o começo da Copa do Mundo de 98, Ronaldo busca o quinto campeonato para o Brasil". No sumário, uma foto menor de Rivaldo em plena atividade, amortecendo a bola no peito do pé, com a legenda: "O brasileiro Rivaldo mostra a forma de seu time campeão". Sob o título "O Grande Jogo", a matéria sobre a Copa começa na página 36 de *Time* e se estende por inacreditáveis 17 páginas, com direito a foto de abertura em página dupla, com dois meninos brasileiros trocando seus passes "cabeça" em pleno Morro da Babilônia. Ao fundo, o Pão de Açúcar e a Baía de Guanabara: um *post-card* tão conhecido que a foto nem precisou de legenda. A *Time* trazia ainda um balanço das principais equipes que estavam na França e até mesmo a tabela dos jogos. Enfim, uma matéria mais que completa.

Mas o destaque estava nas páginas centrais da revista, nas quais a esperada performance do time brasileiro brilhava sob o título de "Os Campeões". Para exemplificar a "febre" produzida pelo futebol no Brasil, *Time* abria a matéria com uma foto de quase meia página em que se viam cinco religiosos brasileiros "batendo sua bolinha" na maior calma. Legenda: "Pelé, o maior jogador de futebol de todos os tempos, e agora Ministro dos Esportes no Brasil, denomina o futebol *o mais belo dos jogos*. No Brasil, ele jogam no ritmo do samba. E parece que ninguém é imune...". Na página ao lado, num grande box a cores, um perfil de Ronaldinho, com direito a uma bela foto de uma daquelas de suas arrancadas características. Título: "Como é sentir-se no topo do mundo?".

Pois é, como é sentir-se no topo do mundo... e no outro dia, no limbo. Vamos continuar seguindo a Copa via *Time*, pois pelo menos os americanos, já devidamente desclassificados, estavam isentos de qualquer *parti-pris*. Em 20 de julho, a *Time* dava nova e derradeira capa para a Copa. Um sorridente Zidane segura a Taça – que, para meu espanto, tem um pedestal em verde-amarelo, vocês sabiam? – com a manchete logo abaixo: "No topo do Mundo". Exatamente como deveria Ronaldinho se sentir se... pois é...

Dessa vez, é menor a matéria de *Time*, apenas seis páginas, sob o título "Bravo, La France", assim mesmo, em francês, estampado sobre a foto da multidão *bleu-blanc-rouge* nos *Champs-Elysées*, o Arco do Triunfo ao fundo, totalmente tomado pela projeção da imensa foto do *roi Zidane*. A matéria traz também um ótimo artigo, "Como foi para você?", ilustrado por um desenho de Taffarel defendendo o pênalti famoso, aquele. Assinada pelo excelente crítico e escritor inglês Julian Barnes – autor do hilário *O papagaio de Flaubert* – a matéria trata de forma super bem-humorada as agruras de grande parte dos telespectadores de todo o mundo, obrigados a conviver durante um mês com jogos de futebol, futebol, futebol.

Recebo hoje a *Time* desta semana, datada de 27 de julho. A capa é dedicada ao início da temporada norte-americana de beisebol. Pois é, parece que o mundo voltou ao normal, pelo menos pros *yankees*. A fome no Sudão come cinco páginas de *Time*, ilustradas com as pungentes fotos de Paul Lowe, da Magnum. Aliás, as mesmíssimas imagens já estampadas pela *Veja* desta semana... o mundo globalizado é a mesma e redondíssima mesmice, que se repete *ad nauseam*, exatamente como na pergunta com que *Time* intitula sua matéria. "Sudão: por que isso acontece de novo?". Pois é, por quê? Que pergunta mais safadinha, quando a gente sabe perfeitamente o porquê desse esquecimento. Ontem, era Biafra-Nordeste. Hoje, Nordeste-Sudão. Nada de novo sob o sol que esturrica e renega a vida. Fora o Nordeste, que é imbatível nessa Copa dos desfavorecidos.

Ah, sim: na página 50, um Ronaldinho derrotado – mão na testa, cabeça baixa, olhar fixo sobre a grama – ilustra a matéria final sobre a batalha da França, a batalha das grandes marcas, segundo *Time*. Subtítulo: "O colapso de Ronaldo horas antes da final da Copa reflete as novas pressões comerciais sobre os jogadores de futebol". Segundo *Time,* a *Adidas* foi a grande vencedora da Copa de 98. E agora, Zagallo, faltam ainda quantas *marcas*? Ontem, dia 28, o jornal *O Dia* (que, aliás, melhorou consideravelmente, trazendo colaborações de cobras como Jaguar, Millôr, Aldir Blanc e muitos outros, inclusive minha querida Joyce, de volta ao jornalismo sem abandonar sua exemplar carreira de compositora), pois é, *O Dia* dava o Zagallo na capa, já destituído, a cores e sorridente. Titulo: "Tá rindo de quê?".

Encartado na mesma edição d'*O Dia*, o suplemento *Ataque* estampava uma foto completamente diversa: um Zagallo com a cara fechada, a mão no queixo, o olhar distante. A legenda era formada por várias ofertas, como aquelas dos classificados:

> Oferece-se: Técnico, Coordenador técnico, Médico. CBF oferece vagas para preparador físico, auxiliar de preparação física, supervisor, treinador de goleiro, fisioterapeuta, roupeiro, massagista, administrador, cozinheiro, espião e psicólogo.

Na página 7, sob o título "Final óbvio para o festival de besteiras", o jornal dava uma declaração do presidente da CBF, Ricardo Teixeira, ele mesmo, o rei da besteira, dizendo que as demissões significavam apenas "correção de rumo". Nunca vi nada tão incorreto e sem rumo.

Jornal Olé nº 24
01 a 15/08 de 1998

Bola, que bola?

Muito bem: passada a "recreação francesa" da Copa, vamos trabalhar. Quer dizer, após um intervalo de quase dois meses – entre artigos sobre a Copa e períodos em que o *Olé* deu um "olé" em todo o mundo e simplesmente não circulou – vamos retomar a bola a sério. Copa é coisa de madames e amadores, como bem o sabeis. Vamos voltar a ser profissionais e ao que realmente interessa: o relato da atribulada trajetória deste *goal-keeper* que vos digita no rumo contrário da fama. Um inglório mergulho pra dentro das traves do esquecimento. Uma história que já chega a meados dos anos 60 e está bem próxima do fim, pois outros começavam a ser os rumos do goleiro-poeta, outras as suas metas.

"Nunca mais Bahia, nem velha Fonte Nova. Voei de volta. Pro Rio e pra vida de todos os janeiros. *Muderna* a cada dia: renovada a poder de acarajé, coragem & rebeldia. Assim terminava eu a última crônica antes de me meter a opinar sobre a Copa da França. Era 1965 e o Rio um só verão de todos os janeiros, de todos os rios de janeiros como nunca jamais. "Vim te ver/meus vinte anos/vim", como diria alguns anos mais tarde meu amigo Marcus Vinicius, grande compositor paraibano, responsável pelos arranjos dos primeiros discos de gente como Alceu Valença e do Belchior, parceiro também de Paulinho da Viola, o meu querido Marquinho que sumiu pelaí na São-São Paulo adotada por seu amigo Tom Zé, o Marquinho que não vejo desde que "vim te ver/meus vinte anos/vim", i.e., final dos anos 70. Era 1965 e eu tinha vinte e pouquíssimos anos plenos de vida e verão no Rio de todos os janeiros.

O futebol ficou assim meio que pra trás. Era muito mar e Rio, muito *marlherio*, para tão poucos janeiros. E depois, a poesia. Poesia, pois é poesia. O Rio não é a Bahia. Isso aprendi logo – e fui fazer filosofia. Pura? Sim e não: às vezes, com limão. A Faculdade Nacional era na Urca, eu trabalhava no centro da cidade e morava em Botafogo, embora continuasse Flamengo pra todo o sempre. Quer dizer, pouco o tempo para tão "idem" a vida. O futebol foi ficando por aí, ou por lá, no Maracanã, aonde aliás ia cada vez mais raramente. Só mesmo quando o Pelé jogava, e olhe lá. Foi só por uma dessas inacreditáveis coincidências que eu e Afonsinho, meu baterista do coração, estávamos atrás do gol do Vasco, tensos na arquibancada na noite daquela quarta-feira em que o Andrada quase defende o pênalti batido por Pelé: a bola chegou a raspar em suas mãos antes de estufar as redes naquele que seria o milésimo gol, aquele que Pelé dedicaria logo depois "às criancinhas do Brasil", numa declaração boboca e profundamente infeliz. Mas nós estávamos lá, né Afonsim?, testemunhas de páginas históricas do futebol brasileiro.

Mas, jogar mesmo, que é bom... neca! Foi aí por volta de 1967 que ensaiei uma retomada e comecei novamente a me postar sob as traves em algumas esporádicas partidas de futebol de salão, defendendo o time da Superintendência de Planejamento do Banco do Brasil, onde o poeta dava expediente e datilografava esparsos pareceres sobre Crédito Geral (haja crédito!) e outra amenidades. A maioria dessas partidas caiu no merecido esquecimento. Uma, entretanto, ficou para todo o sempre, marca indelével do maior número de gols que consegui tomar em uma só pugna. Foi realmente uma coisa muito "ina", como diz minha filha Ulla. Quer dizer, muito, muito, muitíssimo "ina-creditável".

Deu-se que havia uma partida marcada para uma noite qualquer, vamos dizer, uma quarta-feira dessas bem comuns e tranquilas da lagoa Rodrigo de Freitas, ali na AABB. Valia a vitória para a classificação em um torneio disputado pelas equipes do vários setores do BB na cidade. Nosso jogo seria às 19 horas. Saímos do trabalho às seis da tarde e bem antes das sete já estávamos na AABB. Para nossa surpresa, a quadra já estava ocupada por duas outras equipes. Soubemos então que a nossa seria a quarta partida da noite, quer dizer, por volta de 10 horas. Que fazer, a não ser assistir aos outros jogos enquanto tomávamos uns chopinhos, que ninguém é de ferro, pois não? Pois sim, pois também, pois mais um e outro e outro, por que não um *steinhagger* também e outro e outro que dez horas, desoras, é batida muito longe e vem-não-vem, não vem ninguém que não tem.

Pois é, não tem. Não tem ninguém que segure uma bola bêbado-bêbado babando de bêbado. Hic-hic! Hic-hic! Bola, que bola? Tudo que vinha entrava, como se ninguém sob as traves houvesse. Aliás, havia? Se havia, eu mesmo não sabia, pois saber onde eu estava é que de certo eu não sabia. Meus companheiros davam uma corrida e uma parada estratégica para uma piccola vomitada, isso quando não vomitavam correndo mesmo, em pleno lance, no peito, nas pernas dos espantados adversários. Gastão, o vomitador, o famoso personagem do Jaguar, era pinto perto de nossos valentes, i.e., vomitantes craques. O final do porre e da partida conto na próxima.

Jornal Olé nº 25
16 a 31/08 de 1998

Goela Seca

Onde estávamos? Não, não é amnésia alcoólica. Pelo menos, não agora, quando todo o álcool já se foi – e para sempre, espero. Espero o quê? Sei lá: pepsi, coca-cola, guaraná. Não, não é amnésia alcoólica. Não agora, quando o poeta já não bebe mais e chega mesmo a enfrentar com grande galhardia homéricas quantidades de tônica com guaraná. Diet, é claro! Aqui do lado, nosso bravo Tobias Mendes – de cara cheia, mas inacreditavelmente lúcido – me direciona solerte e "pimpaz". Aliás, "pimpaz" é palavra que naturalmente não existe, mas bem que vocês já lhe adivinharam o sentido: isto é, vivo & pimpão que nem um "pimpolho", um verdadeiro "ás audaz", pleno de barriga & vivacidade & banhas & barbas bêbadas.

– Nós estávamos aqui no botequim, como sempre! – grita o velho Tobias, o pimpaz & impávido & etílico orgulho dos Mendes. Você, Ronaldo, eu não me lembro bem, mas acho que estava no Rio, no meio daquela partida muito louca de futsal na AABB, aquela em que todo o seu time estava de porre, vomitando na quadra. Pelo que você falou, parecia que estavam jogando "porrinha" e não futebol de salão. Quer dizer, um "chute", um gole, uma vomitadazinha. Mas que diabos, meu caro, será que o porre & a decorrente amnésia ainda perturbam até hoje sua cachola?

Não, meu querido Tobias. São os anos, é a meia-idade, a minha idade perdendo a sagacidade. Mas agora sim, volta tudo de novo e violentamente – como os chutes adversários naquele noite fatídica. As bolas entravam por entre minhas traves & mãos com uma facilidade, uma rapidez espantosa. Mal dávamos nova saída e pronto! Lá vinha de novo a danadinha, pequena e veloz que nem bala de canhão a explodir contra minhas redes. Não dava tempo de nada, nem de recuperar o controle (que controle?) nem mesmo de nova vomitada. Contei até 26 e esqueci o restante. Vinte e seis gols: nunca "engoli" tantas bolas numa só partida!

Pedi tempo, chamei o que restava de meu time. Pô, pessoal, ou vocês tomam tenência ou vamos continuar tomando gols um atrás do outro e eu já estou literalmente de saco cheio. Melhor a gente parar agora e ir "tomar" alguma decisão, até mesmo alguma "tenência com gelo & limão" lá no bar, que é nosso lar & lugar. O bar que jamais deveríamos largar. Porque, olhaí, gente: largou do bar é pra vomitar em outro lugar. Mas também a gente não precisava exagerar tanto, né? A quadra já está escorregadia de tanto vômito. E eu tô com a goela seca e pronto. Foi assim que saímos estrategicamente de campo, entregando o jogo antes que eles fizessem trinta gols, ou quarenta ou cinquenta ou sei lá quem sabe...

"Goela Seca" não foi pronunciado assim de graça, nem em vão: era o bar onde também "dávamos expediente" lá no Leme. O velho e imbatível Goela Seca, um botequim daqueles ancestrais e mitológicos de um Rio de Janeiro de nunca mais. Nem o Bracarense de hoje, lá no Leblon, nem mesmo o nosso Bar da Loura, paraíso dos "cataguasenses ausentes" (ausentes de si, da cidade e do mundo, porque em total e permanente amnésia alcoólica), nenhum desses bares, apesar de maravilhosos oásis na noite deserta, nenhum deles chega sequer aos pés dos trôpegos & por isso mesmo imbatíveis tamboretes do velho Goela Seca.

Nós ostentávamos com orgulho as camisetas do "Goela", as letras enormes, em vermelho, de onde literalmente sangrava uma língua imensa solta e safada. Um charme, uma grife disputadíssima pelos melhores biriteiros cariocas daqueles loucos e saudáveis anos 60. Foi então que resolvi assumir e trocar definitivamente a camisa de goleiro de futsal – por absoluta "incompatibilidade de gênios" – pela camiseta do "Goela", que sempre caía bem, muito bem, sempre descendo "redondinha" goela abaixo.

O futebol foi ficando mais distante, meio nebuloso, coisa relembrada com voz pastosa nas noites etílicas que começaram no "Goela" e acabaram se estendendo por mais de duas décadas por todos os bares & restaurantes & vendas & botequins dessa, de outras e mais outras praças & esquinas & ruas & ruelas & vilas & vilarejos. Aqui ou acolá, o bar era meu lugar. A eterna aventura etílica quase deu cabo do poeta e de todas as suas metas. Antes, porém, houve uma vez um avião. Um avião no céu, sobre as traves onde eu me encontrava sob. O céu, o avião e as traves. Uma verdadeira loucura capaz de arrasar a carreira de qualquer *goal-keeper* que se preze. Conto na próxima, pois agora é hora de molhar a goela. Tônica com guaraná, ou pepsi com mineral, ou, maravilha das maravilhas, "*diet coke* guaraná". *Of course*!

Jornal Olé nº 26
01 a 15/09 de 1998

Sobre a cabeça os aviões

Houve uma vez um avião. Um avião no céu, sobre as traves onde eu me encontrava sob. O céu, o avião, as traves. Uma verdadeira loucura capaz de arrasar a carreira de qualquer *goal-keeper* que se preze. Assim terminava eu a última crônica, criando uma expectativa para o que viria depois. Isto é, o que deve vir agora, ora pois. Então, vamos aos aviões antes que eles passem.

Constellation, Caravalle, Electra. Eram essas algumas das denominações daquelas aparelhos maravilhosos que cruzavam os céus do Rio em meados dos anos 60. Mais precisamente os céus tropicalistas de 68, aqueles céus caetanos de "sobre a cabeça os aviões/sob meus pés os caminhões". E sobre mim, naturalmente, as eternas traves onde, como sempre, me encontrava sob. Aviões nunca foram o meu forte. Nem meu fraco: jamais me interessei por esses pássaros patéticos. Confesso mesmo ter dormido solenemente em todas as viagens aéreas de minha vida. Comandado pelo medo ou pelo uísque, não importa.

Acontece que na mesma semana em que li em algum lugar "não identificado" – só pra continuar com as conotações "aéreas" & tropicalistas – a notícia da compra de alguns novos modelos de aeronaves pela Varig ou qualquer outra de nossas companhias aéreas, naquela exata semana, ou mesmo no dia imediatamente posterior, fomos convidados para uma pugna de futebol de campo, quer dizer, futebol mesmo, que seria realizada no Campo da Marinha, aquele ali, atrás do Aeroporto Santos Dumont.

"Fomos" quem, ô cara? Nós, naturalmente, "nós, por exemplo" – pra continuar citando Caetano Veloso e o primeiro de todos os seus shows, que eu vira (do Ipiranga) na Bahia de quatro anos antes, aquela de 64. Isola. "Nós" – quer dizer, aquele time desastrado que tomara aquela coça? – na quadra de futebol de salão da AABB, como bem o sabeis vós, que nada fazeis senão acompanhar a cada número do *Olé* essas malsinadas aventuras transcorridas sob, em frente & ao redor das traves.

Estamos então em pleno campo da Marinha, centro do Rio, e hoje é uma manhã qualquer de 1968. Sob as traves, eu me entediava profundamente desde que a partida tivera início, há uma boa meia-hora.

Meia-hora e nada de bola. Nossa equipe, espantosamente sóbria. Ou melhor, *ainda* sóbria, pois era ainda manhã e, como bem o sabeis, beber antes de 11 da manhã pega extremamente mal, ou pelo menos pegava naquela época. A turma toda está sóbria e sóbrios somos "*flórida miami*": num tem/tinha pra ninguém. Mesmo porque o adversário não era lá essas coisas.

Assim, meia-hora de jogo, e já colocamos três bolas dentro das frágeis redes inimigas. Nenhuma, *nenhumita bolita* chegou até agora aos meus domínios. Sob as traves, observo com um fiapo de sono o jogo descolorido e morno nesta clara & caliente manhã de verão. Este o meu fado, meu fardo, meu enfado. O fardo de qualquer goleiro quando seu time é infinitamente superior ao adversário. A solidão, essa sina. Assassina?

Quase. Enquanto observo, o avião voa sobre mim e minhas traves. Lá vem ele e vem-que-vem que nem um trem no ar. Mas não é que tá parecendo o modelo novo que vai fazer a ponte aérea Rio-São Paulo? É ele, cara, é ele a tal aeronave comprada para a Ponte Aérea. Passo a observá-lo, já que bola que é bom... neca. Nenhuma sequer chegara até minha cidadela. Enquanto isso, observo.

Não o jogo, que estava um saco; mas o céu, pleno de azul e surpresas. Cinza, refulgindo ao sol desta inocente manhã, lá vem ele, o avião no céu. "O avião no céu/ vai para São Paulo/ Enquanto em Botafogo/ pastas, terno, gravatas/ homens apressados vão pro trabalho", havia dito ainda há pouco o poeta Ferreira Gullar no recém-lançado *Por você por mim no Vietnam*. O avião no céu, este, vinha de São Paulo e preparava-se para aterrissar logo ali, no Santos Dumont. Vinha baixo, resfolegando que nem trem no céu que-já-vem, que-já-vem, que-já-vem, que nem o trem do Chico Buarque, aquele que ainda ontem cantava "Pedro Pedreiro".

O avião no céu era ele, é aquele que "ah!li" ainda ontem, um belo modelo que parece pregado na manhã, no sol, no ar azul de dezembro. Bela-bela esta manhã: "tua beleza é um avião", só pra entrar no *tão* do Tom e dar também um quê também de Bossa Nova ao nosso papo furado. "Manhã, tão bonita manhã", um bom/fá fora do Tom: tua beleza é esse avião no céu.

Assim divagava eu, quando ouvi meus companheiros gritando, berrando, urrando, sem que eu nada entendesse, surdo pela *zazoeira* do avião

(Evoé, Jorge Ben!). Só então me dei conta de que simplesmente abandonara não só o gol como o próprio campo para ver o avião. Se jorgebem me lembro, estava fora do gramado olhando os céus de dezembro.

Os céus de dezembro e nuvens & aviões que sobre mim passavam belobelos enquanto aqui embaixo meus companheiros atrasavam a bola, a pelota, a esférica criatura que acabara de penetrar mansamente sob as traves onde, desta vez eu *não* me encontrava sob. Nem bem a bola encostara nas redes vazias, muito de levemente, como se as beijasse, e eu já ouvia os berros cariocas e estridentemente irritados de todo o meu time: "LARGA ESSE AVIÃO E VOLTA PRO GOL, Ô MINEIRO BABACA!".

Jornal Olé nº 27
01 a 31/10 de 1998

Do *center-forward* Chico Buarque

Lembro-me bem porque era 23 de outubro. Quer dizer, dia que costuma ser o do meu aniversário. Pelo menos, foi assim que eu me acostumei com os muitos 23 de outubro que foram se sucedendo ao longo dos longos anos nos quais, natural e eventualmente, andei eu sob as traves desta vida. Também do ano não tenho dúvidas: 1988. Então, assim foi que há exatos dez anos atrás eu e o compositor Carlinhos Vergueiro almoçávamos na casa do também compositor Chico Buarque de Holanda. E com o próprio.

Quer dizer, o Carlinhos e o Chico almoçavam, porque eu me limitava a um modesto suco de laranja. Isso porque estava preocupadíssimo com o que viria pela frente naquela tarde. Viria literalmente pela frente, pois logo após o almoço tomaríamos o carro em direção ao Recreio dos Bandeirantes, onde se posiciona para o Brasil e cuíca para o mundo o gramado do imbatível Politheama, o time do Chico.

O famigerado Politheama – do qual, pela menos naquela tarde, eu seria o guardião. Enfrentaríamos dali a pouco um fortíssimo time de artistas, artistas até mesmo da bola, comandado pelo Osmar Prado. *Goal-keeper* atento e consciente como sempre fui – guardião do Operário, de todos os operários, e também dos pobres e oprimidos – eu costumo, como bem o sabem os leitores que sempre por mim torceram, eu costumo, ora pois, me concentrar antes dos grandes embates.

Nada de feijoada, nada de goiabada: quando muito uma mísera laranjada. Isso porque não sou doido – quer dizer, não muito – para encher a pança. Quixote, sim. Sancho, nunca. Então, que o Chico e o Carlinhos se regalassem com a comida da Marieta. Eu fiquei na minha, que não sou idiota a ponto de provocar por mim mesmo uma "*indigestã*", como já dizia o próprio Carlinhos Vergueiro naquele samba imortal em que ele goza com a cara & as expressões estapafúrdias dos oficiais de cartório – desta & de outras praças. De indigesto, bastava o time que enfrentaríamos dali a pouco.

Durante o trajeto da Gávea ao Recreio, o Chico, como sempre muito elegante ao volante, com rima & tudo, fumou uns quatro ou cinco Charm – ele que já tem tanto que nem precisava. Na época, eu ainda fumava desbragadamente, como dizia a mamãe – e como eu sempre rebatia, e aqui já disse e redigo, "desbragadamente é coisa do Ricardo, mamãe?!". Do meu amigo Ricardo Braga, é claro". A verdade é que eu fumava, vamos dizer, desesperadamente, quase quatro maços de cigarros por dia. Por acaso, o mesmo Charm do Chico (Olhaí, Souza Cruz: vai ter um troco).

Chico, então, fumou toda a cota a que tinha direito. Eu não, que não sou besta. Nem o Carlinhos – mesmo porque o Carlinhos já havia parado de fumar. Nem mesmo o Vinicius França, o produtor do Chico, que ia ao seu lado. No banco de trás, Vergueiro & Werneck – os bravos parceiros de "Ser & Grafia", a única música que eu Carlinhos fizemos juntos, pelo menos até agora – se limitavam a mascar seus chicletes. Light, é claro, que não mais temos topetes pra enfrentar o diabetes.

Percebi que o Carlinhos também já começava a ficar, vamos dizer, tenso. Como, aliás, sói acontecer com a cercania (pois é, acho que estou mesmo fora de forma, pois só isso justifica o fato de alguém escrever "sói acontecer com a cercania". A não ser, naturalmente, que esse alguém seja escrivão de cartório e, portanto, sujeito a "*indigestãs*" vernaculares). Isso porque, *indisgestã* à parte, o Vergueirinho estava elétrico e visivelmente nervosinho a meu lado.

Assim, foi de pulmões e estômago limpos que eu adentrei o gramado do Politheama naquela tarde fatídica. O adversário não era lá essas coisas. No início, não dei muito bola pro Osmar Prado, aquele baixinho que vem lá, bravo e atarracado. Mas, devia ter dado. O Prado tem um bruta petardo. Alguém dos nossos (quem? Quem?) deu uma bobeada no meio do campo e do meio do campo mesmo o Osmar mandou bola, quer dizer, bala, porque seu chute era que nem canhão.

Quando vi, estava no chão e a pelota já seguira sua rota. Não, não beijou a rede: aquilo foi mais uma mordida. Uma pancada. Que não ficou só por aí. Logo, logo o Osmar batia na minha praia que nem onda bravia. Não deu nem meia-hora e já levávamos de três. A zero, é claro. Carlinhos pediu calma, Vinicius também. Chico gritava nervoso, pedindo rapidez, como se rapidez fosse remédio para aqueles petardos do Prado, aqueles de grande estupidez.

Mas deu-se que o trio Oropa-França-Bahia, quer dizer Buarque-França-Vergueiro, se equilibrou não mais que de repente – como diria, aliás, o seu Moraes, aquele parceiro do Chico e também do Carlinhos – e mandou bala, ou bola, como preferirem. De repente, e inesperadamente que nem dor de dente, viramos o placar e já batíamos de cinco a três nos artistas, aqueles coitados. Foi quando o Prado mandou seu último petardo. Mas este guardião que vos digita estava atento e forte.

Voou, voou e a bola açambarcou em seus braços e peito. Meio sem jeito, *è vero*: quando caí, caí direto na grama dura, que nem – ploc! – manga madura.

A bola prensada na costela. Mas num tava nem aí: Chico logo pedia a *mardita* e logo pra ele eu distribuía: Chico a França, a Vergueiro, a Chico, a França, a Vergueiro e pau! Pau no pau, bola nas traves e o apito, quando o apito da fábrica de tecido, não aquele apito no meu ouvido. Fim de jogo, seu beque, seu Beckett.

No carro, já voltando pra zona sul, o Carlinhos falou que era meu aniversário. Chico virou pra trás sorrindo e elogiou minha "brilhante" performance de *goal-keeper* aniversariante e internacional – principalmente aquela ponte mais que perfeita no último petardo do Osmar Prado. Depois, lembrou-se de seu ídolo, o *center-forward* Pagão, aquele que chegou a jogar com Pelé quando o Santos era o imbatível melhor time do mundo:

> Sabia que depois de amanhã é o aniversário do Pagão? Acabei de fazer um samba chamado *Futebol*, que termina exatamente com uma homenagem pra ele e meus outros ídolos dos gramados: *Pra Mané, pra Didi, pra Pagão, pra Pelé... e Canhoteiro".*

Na hora, não me lembrei. Mas lembro agora: 23 de outubro é aniversário também de outros, vamos dizer, craques como eu: um chamado Pelé; outro, Mané. Os próprios. Pois é, uma data magna que, mais do que nunca, merece ser comemorada. Mas, o carro do Chico já estava chegando em sua casa, na Gávea, onde eu deixara o *Golden Boy* – meu inesquecível Opala de então.

Eu e Carlinhos entramos no *Golden* e rumamos pela rua Jardim Botânico afora. Deixei meu parceiro perto do Bar Joia e tomei meu caminho pra Copacabana, não sem antes lembrá-lo de que estava esperando ele e a Maísa (não a Matarazzo, embora paulista como ela, mas a Maísa-musa, sua produtora e companheira) pro meu aniversário. Já estava escurecendo e eu havia convidado os vários amigos, meus filhos, todas as ex-mulheres e namoradas de ocasião, inclusive a titular da época (era a Soninha?): enfim, essa grande e ruidosa família sem a qual não consigo viver, nem quero, nem vale a pena.

Nem bem adentrei o gramado, quer dizer, o velho tapete de meu amado apê da Constante Ramos e a dor bateu. Bateu pra valer. Não conseguia sequer respirar. Cada sorriso, uma facada: duas costelas quebradas. Este o diagnóstico do plantonista do Hospital de Ipanema. Foi um aniversário atroz, pois cada vez que ria, vinha a dor, aquela dor que surgia de dentro, de fora, de frente, de trás e veloz, muito velozmente, pior, muito pior que dor de dente. Um sufoco entrecortado por doses generosas de Buscopan com coca-cola e café, muito café e vê se não me amola!

Uma semana depois, eu estava no *Vinicius*, aquela boate ali de Ipanema, assistindo exatamente ao show do Carlinhos Vergueiro. Foi quando, no escuro, percebi um vulto que se aproximava de minha mesa. A figura bateu amigavelmente em meu ombro: "E aí, cara: não foi treinar esta semana?". Era o Chico. Expliquei pro meu ídolo dos gramados que minha carreira havia se encerrado naquela derradeira partida defendendo as cores do Politheama. Nunca mais cinema, nunca mais drinque no dancing, nunca uma espelunca, nunca mais nada, nunca mais laranjada, nunca de núncaras sob as traves: nunca mais. Chico riu e disse, profético: "Um dia você volta, futebol é febre.". Pois é, futebol é febre.

A amiga que estava comigo na mesa (quem era mesmo, ó desmemoriado guardião? Acho que era a Tamir, a ex-mulher do Yeyé – do Cassé Bittencourt, meu amigo & parceiro de lides teatrais) exclamou extasiada: "Ronaldo de Deus, você conhece o Chico Buarque? O Chico levantou só pra vir à nossa mesa!". Foi difícil fazê-la entender que o Chico que eu conhecia não era o compositor, mas simplesmente sua identidade secreta, quando ele assumia sua condição de super-herói, quer dizer, quando o Chico vestia seu uniforme de *center-forward* do Politheama Futebol Clube.

Alguns dias depois, nosso herói mandou-me, via Carlinhos Vergueiro, o livro organizado por meu amigo sim, mas parente não, Humberto Werneck. Ele está aqui comigo ainda agora, com todas as letras e a biografia do seu Hollanda. Todas as letras e inclusive a letra mesmo, feita com a mão do próprio, que me deu a seguinte & simpaticíssima dedicatória:

"Pro grande poeta e
goal-keeper Ronaldo Werneck,
com a admiração e o abraço
do *center-forward* Chico Buarque".

Ora, ora, por quem sois!

Jornal Olé nºs 29 a 31
01 a 31/12 de 1998
01 a 31/01 de 1999

HÁ
CONTRO
VÉRSIAS
1997

Carpe diem

O passado para trás, perdido. O futuro fortuito, falso. O presente, um pé-no-saco. Retrospectiva, perspectiva e um indicativo: presente. Por isso mesmo: real, palpável, cotidiano. A vida é sonho, como na peça de Calderón de La Barca. Ou memória, como em Proust: buscar o tempo perdido no próprio tempo. É isso e não é isso. Não, não é nada disso. Nem passado, nem futuro. Meu tempo é quando, dizia Vinicius. E quando é agora. Hoje é o presente. Carpe diem. Aproveitem: o presente é o melhor presente.

Isso tudo só pra dizer: mesmo que difícil, o importante é viver o dia de hoje, o único garantido. O passado é peteca, minha boneca. O futuro, neca. Só-neca. Só pra dizer: carpe diem. Vamos curtir o dia de hoje, gozar intensamente este domingo final de agosto, este aqui quando escrevo. Piadinha terrível pro Tobias, esse aí do lado: "onde o ano só tem onze meses? Claro, meu preclaro: no botequim, pois tira-gosto". Mas infame só mesmo aquela contada em dupla, e que dupla!, pelo Zé Geraldo Kneip e pelo Guilherme, meu sobrinho: "qual o vinho que nunca se bebe, mas se come?". Pois, gente – olhaí, Tobias: "é ovinho de codorna". Mudo de parágrafo, senão apanho.

Paris não é mais uma festa: é domingo e a Lady die-d. Que dó-di! Pois é, princesas também morrem. Fica o carisma de uma imagem muito loura e enigmática, quase irreal. Na avenida, o Bar D'Ângelo ferve às margens do Lava-Pés: o Sena é aqui. Ktá é a Paris da Zona da Mata, alguém duvida? Todos na calçada e a bola rolando na tv: Flamengo forever. Mas o inimigo é matreiro e bota fogo em campo. Na calçada, mesas cheias. Fora do meio-fio, à margem da vida, a multidão flamenga em flama, inflamada, atenta à tela, em pé, apreensiva ante o embate: mas o Mengo não sai do empate. Engraçado que em Cataguases não existe o MST, mas o TSM: o poderoso movimento Tô Sem Mesa. Saio do D'Ângelo e do parágrafo, senão apanho. A proposta é de carpe diem, curtir o dia, não com a cara dos outros.

Junto com o Pury, que veio de Juiz de Fora, e com o François, que veio daqui mesmo, daí o seu nome (já não disse que somos a Paris da Zona da Mata?), estou/estamos fotografando a cidade desde ontem. "Pelo amor de Deus, Ronaldo, mais fotos da ponte, não!", diz o Mauro Major do alto de sua arquitetônica sapiência, num daqueles raros intervalos em que não fala de futebol. Tá bom, Mauro, vou botar pouca ponte, mesmo porque agora já trago duas em meu peito. Mais que Cataguases, gente de Cataguases, pois "gente é pra brilhar" como já disse não o baiano Caetano, mas o russo Maiakóvski, um de meus cardiopoetas: "comigo a anatomia anda errada/eu sou todo coração". Gente da rua, gente de todo o dia, marginais do Pomba: fotos para uma segunda edição de meu livro *Pomba Poema*, que sai agora em setembro, ainda em plena comemoração dos 120 anos de Cataguases e exatos 20 anos após seu lançamento em 1977.

Cataguases mudou? Sim, verticalmente. Muito verticalmente pro meu gosto. Hoje o horizonte é vertical em constante construção. Crescemos – nós quem, cara-pálida? – desordenadamente e às vezes somos um pouco como essa moto que passa apressada, do nada pra lugar nenhum. Cataguases mudou? Não, não mudou nada, sô. No Goiaba, na mesma avenida Beira-Sena – e na mesma mesa do dramaturgo Carlos Sérgio e, quem diria!, do impagável & imprevisível Carlão Edmundo – é o mesmo Chico Salgado de outros carnavais, um como sempre excitadíssimo Chico Salgado, que me vende ingressos pro show de Elza Soares, que será acompanhada por ninguém menos que o nosso imbatível Afonsinho & sua adestrada bateria. Quem perder é mulher de padre.

Quer dizer, é tudo a mesma coisa, tudo passado no mesmo presente, indicativo de um futuro tão dessemelhante. Entenderam? Que ótimo, pois eu cá não estou a entender mais nada! Triste Bahia, quer dizer, Cataguases. Logo depois de um diabólico sorvete-de-tudo-um-pouco-e-brigadim-pelo-minduim na esquina da Santa Rita, a mesma praça, o mesmo paço, desço mais uma vez, agora e sempre, rumo ao Pomba e à Ponte: é mesmo obsessão, Major! E é aqui – exatamente debaixo de "Revertere ad me suscipiam te" – onde re/encontro Geraldinho Barbosa, o mais sábio e o melhor de nós todos, o Geraldinho que fotografo sobre o rio e a ponte, como se voasse – e voa! O São Geraldinho que nos deixa a imponderável e por isso mesmo a mais perfeita tradução de Cataguases: "é espiritual, é psicológica, é metafísica". Volte a mim, que eu te receberei, diz a metálica inscrição. Pois é, depois disso só nos resta curtir o resto do azul deste dia. Carpe diem pra vocês também!

Jornal do Marcos 07.09.97

Esse obsclaro prazer

Therezinha Castro é uma pessoa que sempre amei. Uma vez até, ainda no tempo em que ela era Therezinha Nogueira – e quanto tempo esse tempo faz, e quanto tempo faz essa vez! – eu a amei mesmo, amei de paixão, daquele amor que move o Sol e as outras estrelas. Mesmo não sendo ela Beatriz, muito menos eu Dante, diante dela me emocionava de um amor tão grande como só na Florença de Dante, amor como o dele, "*che muove il sole e l'altre stelle*". Hoje nos amamos mais sabiamente, na plenitude de uma longa e para sempre amizade, dessas que unem os seres e as criaturas: sem tesão, sequer sem tédio, mas com tanta, tanta ternura!

Já a artista Therezinha Castro aprendi a amar aos poucos, a partir do início dos anos 1980, quando sua arte começa a explodir mais intensamente, com a força expressionista de seu traço e com todas as cores imantadas de seus quadros, essas cores que hoje eu chamo "therezinhas". Recentemente, ela mostrou seus trabalhos no Rio, os mais recentes, sentes?, os mais recentemente falando, os da nova e esplendorosa fase que a artista atravessa.

Pois é, adivinhem quem ela chamou para fazer a apresentação da mostra? Isso aí, a gente mesmo, e é a gente mesmo "que transcrevemos" a seguir o texto feito para a mostra da "The" no Espaço Cultural da Faculdade da Cidade. Claro que a exposição foi um sucesso, sô! Tanto, que Therezinha foi até mesmo convidada pelo Adido Cultural da Índia a levar seus quadros para exibir naquele país. É o que eu sempre disse: Cataguases ainda vai dominar o mundo, a começar pelo Espírito Santo, onde ela nasceu. Mas Therezinha morou aqui durante grande parte de sua vida. É cataguasense do coração. Do meu coração.

No obscuro de si

Foi um longo salto no obscuro de si mesma a trajetória de Therezinha Castro nas duas últimas décadas. Desde o início seu trabalho voltou-se para um arenoso espaço de indagações transcendentais sobre o tempo, a persona, o *être-en-soi* existencial e outras mumunhas & cosítas más.

Um profundo mergulho de onde agora emerge a sua criança, essa menina inesperada. A Therezinha de hoje é reflexo da simplicidade imantada de sua infância, do prazer de ser menina, o riso solto – não me lembro de nada assim tão puro, tão cristalino –, o riso pleno dessa obsclara liberdade.

A partir de sua primeira mostra individual, na Galeria Spac – Ipanema, 1980 – ou, se, quisermos maior precisão, de sua primeira coletiva no Salão Nacional de Belas Artes – Rio, 1973 –, a artista atravessou etapas de extrema coerência na busca de uma linguagem própria, sempre marcada por rica densidade pictórica. Aqui uma primeva e fugaz pincelada, um rápido primitivismo logo tomado pela sofisticada simbologia de máscaras e ampulhetas, o tempo e a persona aflorando. Ali um expressionismo que explode amadurecido em figurações & fulgurações de pássaros e fetos, crianças e cores, cores e crianças e crianças e cores.

No princípio, era plena de amarelo a sua paleta, clara referência à luminosidade de Van Gogh. Mas ao longo do percurso Therezinha redescobriu e reincorporou ao seu universo suaves texturas em ocre, em marinho – tramas que ela tanto ama. Vale a rima: a polissêmica & a policrômica. Desde Vitória às Minas, estrada & trilho inicial, tudo é cíclico e simples e magnífico. Tudo está onde sempre esteve, principalmente Cataguases e sua ancestral mineiridade. A luz da Mata volta aqui – e para sempre. Soma de muitas cores, Therezinha é por excelência uma refinada colorista que tem na criança o seu obsclaro objeto de prazer.

"Ils ont oublié leur propre enfance", exclamava atônito, na virada dos anos 50, o Sartre da *Critique de la raison dialectique* (Paris, 1960). Ao recuperar a infância, Therezinha Castro nos doa a sua redescoberta e faz com que nossa criança não se obscureça no oblívio. Que são essas garatujas senão garatujas? Esses rabiscos parecem saltar de seu suporte com a força de um resgate da pureza. Um retorno com a sabedoria de agora, um retomar da criança com a plenitude do adulto. Tem uma força estranha essa Therezinha de hoje, um poder de menina, um poder que tudo pode, sem amarras, um lúdico despojamento que só se consegue com muito sacrifício.

Foram muitas as voltas para que a artista pudesse finalmente expressar-se com essa economia, com a difícil simplicidade desses traços, dessas figuras atávicas que surgem assim, como se por acaso. Aqui, nada vem do acaso. É como se a arte de Therezinha Castro fosse fabrico de mágica artesania, de uma pureza em construção. Melhor, esses trabalhos são na verdade uma desconstrução consciente em busca do expressar-se de sua criança. Sua feitura é um eterno retorno no tempo – e sua fruição quase uma epifania. Escorre a areia da ampulheta, caem as máscaras. Nasce a verdadeira persona em sua plenitude, manhã primeira. O mundo é macio e perigoso. Mas que pode o mundo face a esse riso, a esse obsclaro prazer?

JM 21.09.97

A primavera voltou

Este jornal deve estar circulando aí por volta dos primeiros dias de outubro: qualquer coisa como domingo, 5; ou segunda, 6. Hoje é segunda, 29 de setembro, e comunico oficialmente que a primavera voltou a Cataguases. Há claros indícios nos odores desta manhã que o sol acendeu ainda há pouco, pincelada por azul intenso, e em algumas flores dessas que chegam assim em setembro como se saltassem do nada. Como aquelas que, testemunhas oculares, eu e a Santa Rita da Djanira vimos nascendo ontem à tarde, naquele finalzinho de domingo que teimava em não morrer junto ao paço.

Pois é, que coisa mais bucólica, né? Que coisa mais maneira/mineira essa coisa que chega assim de repente e que a gente cheira com grande prazer nesta manhã primeira e plena de cores primaveris, e imensa – essa manhã que entra assim pelo nariz sem pedir licença. Entram as flores da manhã e outros perfumes de ocasião, sândalo, eucaliptos, cheiro de mulher. Meu Deus, cheiro de mulher – e de mulher de Cataguases – é muito bom, é bom demais! Entram as flores e outros cheiros de ocasião. Mas no meu nariz cocaína não entra não.

Sou viciado sim – mas em vida, mulher e amendoim. Amendoim daqueles de cinema e botequim, não digo nem o "Mendorato", aquele negocim preferido pelo meu amigo Afonsim, aquele mais sofisticadim. Em termos amendoinzais eu pego pesado e quero sempre mais. Meu safenado coração, coitado, reclama, implora e pede: nada de torresmo com brahma; eu quero mesmo é "Nakayama". Eis meu drama: o que resta, ai de mim, são os saquinhos de minduim – triste fim da werneckal figura! Tudo isso só pra dizer que nunca cheirei, a não ser flores, vida e mulher. Nunca fumei, a não ser "souza cruz", e todos os minister & charm a que tive direito até dois anos atrás. Bebi sim, e muito e sempre. Mas quando se foi o prazer da bebida também todos os alcoóis – gracias! – se evaporaram de minha vida.

Tudo isso só pra dizer assim como quem sopra: que maravilha estar vivo e "ligadão" no cheiro da primavera, de cara limpa como esta manhã de "Cataguais", essa manhã assim de nunca jamais. Não quero aqui ficar deitando falação contra as drogas. Deitar eu deito mesmo é com mulher. Como dizia o Baiano, meu contorcionista de predileção, artista popular que andou se apresentando na Praça Rui Barbosa no início de setembro: "cada qual com seu cada qual". Grande e sapientíssimo Baiano! Nada é igual, cada qual com seu caracol.

Mas ao contrário de café, outro de meus vícios, cocaína, maconha & outras besteiras pra ligar pamonhas são figurinhas fáceis na madrugada esplendente da Mata. No brilho da noite que refulge dia. Um dia falso e sem nenhum fulgor, brilho opaco na noite de olhos acesos. Falsa Flor dormente da Mata, Cataguases arrebata com seu brilho de cor noturna. Brilho que trinca, brilho branco e boboca que arrebenta quem com ele brinca. Outro dia eu falava aqui que Cataguases ainda vai conquistar o mundo. Espero que não com esse cheiro.

Então, tudo que possa levar a cidade, a meninada, a mocidade cataguasense a fugir desse falso brilho é bom e pode também dar o maior barato. Um grande "barato" como foi o III FestVida que ocupou o palco do Edgard Cine-Teatro no último fim de semana antes da primavera. Na verdade, a primavera chegou a Cataguases de mãos dadas com o FestVida, realização conjunta do Lions Clube, da Secretaria Municipal de Cultura e, não por acaso, do Centro de Estudos de Drogas da Universidade Santa Úrsula. Contando com o apoio da Friatec-Rheinhütte, da Unimed e do Centro Cultural Eva Nil, o FestVida deste ano teve mais uma vez em Wanda Kneip, sua idealizadora, seu verdadeiro pó de pirlimpimpim – esse sim, com muito brilho, vibração e energia, coisas que a Wanda tem de sobra, naturalmente quando coadjuvada por seus pares & *partners,* a Verinha do Conservatório, quer dizer, a Vera Lúcia Gonçalves de Souza, e o professor José Luiz de Freitas.

Wanda chamou-me a mim, por absoluta impossibilidade de "chamar-me o outro", para compor o júri, ao lado de gente do maior gabarito musical, como a Renata Teixeira, professora de piano (é de piano mesmo, Renata?), a Cíntia Botelho, os músicos Gustavo Elias e Waldiney Cabral e a Cristina Guedes, vigiando com seu português perfeito os deslizes linguísticos da meninada. Cortamos o maior dobrado, que nem aqueles do maestro Rogério Teixeira, avô da Renata e por extensão do Carlos Sérgio que espero ver, como sempre cada vez melhor, na coluna deste jornal.

Quando me convidou, Wanda falou-me do FestVida com o entusiasmo de quem acredita que ele possa desviar das drogas a garotada. É uma aposta no escuro, mas de qualquer forma melhor que nenhuma. E não é à toa que o FestVida tem entre seus realizadores o Centro de Estudos de Drogas da Santa Úrsula. Até aí, tudo bem. Só torci um pouco o nariz, literalmente, para algumas composições mais explícitas pregando o abandono das drogas. Aliás, eu e toda a briosa equipe de jurados, afinada que dava gosto, parecendo até que havíamos passado o(s) dia(s) ensaiando as notas, tudo num só uníssono.

Um matemático espanto, de grande musicalidade, checado a cada noite, foram três, pela maquininha de números que não deixava mentir, aquela *piccola* geringonça high-tech levada pela Cíntia. Pois é, isso é o que se chama um corpo consciente de jurados. Estamos aceitando outros convites (estamos, né gente?). Há controvérsias? Bem, pelo menos durante o FestVida não houve. Fora essas músicas falando de drogas, no fundo ingênuas bobagens sem força pra desmotivar ninguém, "o saldo deve ser bom", como já dizia aquele Gilberto Gil lá de Londres, exilado. O saldo foi muito bom, afirmo agora, alto e bom som. Bem, a qualidade do som (não do que se toca, veja bem, veja meu bem, mas do que se ouve) continua sendo o eterno problema do Cine Edgard. Aliás, é Cine Edgar, Cine-Teatro Edgard ou Edgard Cine-Teatro? Essa vida é mesmo cheia de controvérsias. Cartas pra redação, todos vocês que não são cataguasenses ausentes e relapsos que nem eu. Por falar em Cine Edgard, não há como não citar meu amigo Antônio Jaime Soares, um belo poeta que voltou pra Cataguases: "Fellini e Godard/ no Cine Edgard". Não é preciso dizer mais nada, meu caro poeta: está tudo aqui em nossas "riminiscências", como eu já escrevi há bem mais de vinte anos num daqueles poemas cinematográficos de *Selva selvaggia*.

"O que vale é o esforço", já me dizia Rosário Fusco, citando o seu amigo e também romancista Lúcio Cardoso. Então, o FestVida valeu. Valeu pela meninada buscando na música sua melhor tradução. E música, música boa, é coisa difícil, não resulta de qualquer garoa, não é nata sem renata (não a Teixeira, mas a de renascer mesmo) de qualquer serenata. Exige insight, suor e emoção. Que nem poesia. Resulta de muito trabalho, transpiração & talento. A música não é minha nem sua. É antes o que se sua, o que transpira e transparece no espaço de cada pauta.

Como o ofício da poesia, cristal difícil, também a música tem seus próprios códigos. É preciso que a gente os aprenda para só então transgredi-los e criar alguma coisa nova, fora da mesmice das bundinhas garrafais & demais baianices & tolices que tais. Então, o FestVida valeu como aprendizado, que é onde tudo começa. Nada de novo, nem era isso o que se esperava dos meninos mais meninos ou mesmo daqueles nem tão meninos. Valeu e ficou.

Ficou na bela “Recomeço”, de Adriana do Nascimento, vencedora da última noite, palavras e melodia de grande simplicidade, por isso mesmo de grande força e beleza. Ou ainda na revelação, pelo menos pra mim, da musicalidade a toda prova de Camila Marlière (algo a ver com o nosso Guido?) filha dessa figura da melhor qualidade que é o Paulinho Barcelos. Ou principalmente da graça & espontaneidade dos meninos mais franzinos, dos meninos “muito gracinha” como Evaldo Pinheiro da Cunha e Michael Oliveira Almeida, marcando com ágeis batidas de pé o ritmo de sua música “Amizade”. Que nem os poetas gregos faziam na ágora (olha o assento aí, gente!) ao declamarem seus poemas.

Valeu também pelo público, que lotou durante três dias o Edgard. Valeu, Wanda. Valeu pela cara limpa dos meninos, embriagados de guaraná & esperança. Exatamente como eu neste 6 de outubro (é hoje, não?) quando completo dez anos sem beber qualquer tipo de álcool. Meu barato agora são os “drinques finos”, quer dizer, guaraná diet com água tônica & muito gelo no copo alto, mistura que inventei e que sorvo com grande prazer, mais até que o proporcionado pelos melhores *twelve years old.* Rejuvenesci dez anos. Tintim!

JM 05.10.97

A APP informa

A APP informa: procura-se desesperadamente a primavera, a própria, que fez *forfait* e "mandou o Lima" para Cataguases. Como vocês bem o perceberam – ou se não perceberam bem é porque evidentemente leram mal –, a frase lapidar com que abro este texto pode ser aparentemente incompreensível, mas é sintaticamente perfeita: sem penduricalhos, embora contendo os acessórios imprescindíveis, aqueles de praxe, tipo "sujeito, predicado e complemento". No caso, "sujeita" – a primavera –, cujo predicado é o verbo fazer, que tem como complemento *forfait*, uma velha gíria de bookmakers do Jockey Club, significando que determinado cavalo não corre neste páreo ("fez *forfait*").

A APP, como vocês não sabem – e nem poderiam porque acabei de criar a sigla & o clube neste exato minutinho (epa, já passou!) –, quer dizer Associação dos Poetas de Plantão, aqueles poetas 24 horas, tipo alta rotatividade, aqueles que brotam, se preocupam e às vezes até mesmo se perpetuam com a primavera. Até aí "morreu Neves", quer dizer, tudo bem: como todos nós, também os Neves são mortais. Ou não? Há controvérsias, principalmente quando se trata de meu preclaro e "histórico" guru Manuel das Neves, que acredito ser imortal como as neves eternas que traz em seu nome. Mas, e o Lima, onde fica?

"Mandou-me o Lima" é outra velha gíria, só que do repertório dos músicos, significando que o fulano não veio tocar hoje, "mandou o Lima", isto é, deixou a gente na mão, pois o tal do Lima também não apareceu, e nem podia, porque, ele não existe. Aliás, "deixar na mão" é também outra velha gíria, quase um slogan do *Masturbation Now*!, o clube internacional de lazer com o maior número de aficcionados, quer dizer, de associados. Assim, se a fulana não vem, ela acaba deixando o fulano "na mão". Isto é, "deixar na mão", como bem o sabe qualquer "psiquiatra" de plantão, daqueles que ecoam Freud em ão-ão, é o mero e por excelência sinônimo do chamado "sexo imaginativo" – virtual, se quiserem sofisticar a coisa: aquele prazer solitário e proibido para manetas.

E, como se sabe (mas como se sabe?), um maneta, qualquer maneta, é uma rima pobre, mas mais que perfeita para o que, no fundo, ele gostaria de estar fazendo, ou tocando, como quiserem. Enfim, pura masturbação.

Como dizem as más-línguas apátridas, sou um poeta pós-moderno e – no particular, por puro pudor – evito a rima fácil. Não sou um poeta difícil: na verdade tenho por ofício o sacrifício. Por isso me faço físsil e sou muitos e fragmentado me realimento e sou novamente um e todos os outros. Ufa, que bruta *confusione*! Mas, como dizia o meu ídolo Federico Fellini, "questa confusione sono io!".

Então, a nossa primavera mandou o Lima, fez *forfait*, nos deixou na mão. Agora sim, vale a rima, inclusive com o Lima. Primavera não há, mas em seu lugar chegou um verão inesperado, daqueles que vocês com certeza nunca mais verão, este verão "El Niño", sauna semovente, portátil, a domicílio, que nos trouxe a tiracolo, como se fosse sua firma devidamente reconhecida no Cartório do Danton Portilho (ainda existe?), o seu próprio horário, o temerário e abrasador horário de verão cataguasense. "Quente é pouco", ouço ainda agora vozes de passos apressados suando essas palavras na rua ensolarada.

"Que canícula"! – dizia aquele velho inspetor do Banco do Brasil logo que foi inaugurada a nova agência na rua do Sobe-e-Desce, mesclando cães & calorões. Pois é, e eu dizendo na semana passada que a primavera havia chegado à praça Santa Rita! Bem, se lá chegou, lá ficou. Porque logo ali, de outão com a prefeitura – quer dizer, de lado em relação ao paço Municipal – a rua do Sobe-e-Desce continua na maior canícula, esta palavra impoluta que os funcionários do BB confundiram, pelo menos na época, com uma vaga e longínqua referência do sr. inspetor a algum canil que pudesse haver nas redondezas.

"What the hell, what a canícula!", disse com certeza mr. Clinton ao aportar semana passada em Brasília para inspecionar, com seus cães de guarda, a agência do seu Brasil. Yes Sir, este país não sabe dizer não, nem mesmo quando a empáfia começa a latir no fundo do latifúndio. Yes, sir, nós temos canícula, e muita e das mais quentes, daquelas bem *hot dog*. O que nos dá um profundo cansaço, até mesmo pra dar bananas. Yes, sir, não somos mais capazes de dar aquelas bananas históricas, produto de braços cruzados e rebeldia. Hoje só nos restou mesmo a "bostalgia". Não há mais controvérsias. Nem primavera.

JM 19.10.97

O pavão do Braga

Eu considerei a glória de um pavão ostentando o esplendor de suas cores; é um luxo imperial. Mas andei lendo livros, e descobri que aquelas cores todas não existem na pena do pavão. Não há pigmentos. O que há são minúsculas bolhas d'água em que a luz se fragmenta, como em um prisma. O pavão é um arco-íris de plumas.

Eu considerei que este é o luxo do grande artista, atingir o máximo de matizes com o mínimo de elementos. De água e luz, ele faz seu esplendor; seu grande mistério é a simplicidade.

Considerei, por fim, que assim é o amor, ó minha amada; de tudo que ele suscita e esplende e estremece e delira em mim existem apenas meus olhos recebendo a luz de teu olhar. Ele me cobre de glórias e me faz magnífico.

Até aqui, não há controvérsias: o texto é mesmo do Rubem Braga – uma prosa-poema, daquelas pequenas crônicas que o Velho Braga sabia lapidar tão bem, pérolas que o cobriam de glórias e o faziam quase sempre magnífico. Chama-se naturalmente "O pavão" e foi publicada no *Diário de Notícias,* em novembro de 1958. Meu Deus, eu tinha 15 anos e já lia e lia-relia, pelo menos Rubem Braga, embora entre os cronistas preferisse o Paulinho Mendes Campos, que escrevia na Revista Manchete, na qual o Braga também assinava uma página semanal.

E foi ali mesmo no *Diário de Notícias* que a li. Mundo pequeno: no mesmo jornal em que, cerca de uma década depois, eu trabalharia como repórter em dupla com Ricardo Boechat, hoje "Swann", no início dos anos 70. Quer dizer, a li, a crônica do Rubem Braga, aí em Cataguases, não em Miraí ou aqui no Rio, onde me encontro nesta manhã de um outro novembro quase final do século, quem sabe dos tempos. Possivelmente sentado sob aquela velha árvore do Colégio a li de ler, não ali de ali estar. Aquela velha árvore, aquela ali, que dá pra piscina e pro campo de futebol, onde me encontro agora, neste novembro de 1958.

Possivelmente num dos intervalos de estudos para as provas finais do ginásio. Possivelmente ao lado da Maria Cristina, agora do Tarcísio, minha colega de aflições sintáticas, históricas, geográficas e principalmente matemáticas – acabaríamos em "segunda época" nesse ano e nos três anos seguintes, até o final dos tempos, ou do científico, ó temível Lysis Brandão, hipotenusa em punho, catetos na mão! Ali, naquele novembro de 1958, a lemos – eu em Cataguases e o Manuel Bandeira no Rio de Janeiro. O poeta Manuel Bandeira dos anos 50, dublê de cronista, que eu também lia no *Jornal do Brasil*.

"Agora estou como quero: compro de manhã o *Diário de Notícias* e vou logo à segunda página, ao puxa-puxa de Braga. Braga é sempre bom, e quando não tem assunto então é ótimo. Disseram um dia do português Latino Coelho que era um estilo à procura de um assunto. Braga é o estilista cuja melhor performance ocorre sempre por falta de assunto. Aí começa ele com o puxa-puxa, em que espreme na crônica as gotas de certa inefável poesia que é só dele. Será este o segredo de Braga: pôr nas suas crônicas o melhor da poesia que Deus lhe deu?".

Foi esse mesmo Bandeira da década de 50 que certa manhã deu de cara com Braga e seu "Pavão" no *Diário de Notícias*. Primeira reação: "o Braga anda meio preguiçoso, imagina, hoje só escreveu onze linhas". Segunda reação: "mas é um poema! Talvez a melhor coisa que o safado já fez!" Não sei se foi exatamente isso o que o poeta Bandeira escreveu, já lá se vão 40 anos e estou citando de cabeça – o que comigo é sempre muito perigoso, como já dizia o Riobaldo do Guimarães Rosa. A verdade é que Bandeira, como eu e todo mundo que o leu – ou sobre ele escreveu, ou não, e aí o pau comeu –, acaba achando esse pavão do Braga um magnífico luxo de grande artista, máximo de matizes com o mínimo de elementos.

Viver é muito perigoso, mas não tanto como as revoadas da cabeça. Vejam vocês que minha intenção, não sei bem por quê, era falar da Vera Fischer e de sua Norma Sueli, a prostituta do Plínio Marcos que ela faz na versão Neville d'Almeida de *Navalha na carne*, produzida pela Terra Brasilis, de meus amigos Walkiria Barbosa e Marcos Didonet. Não, ainda não vi o filme, pois só ontem cheguei ao Rio e em casa. Mas ao ver a Vera-pura-primavera-verão-que-bem-houvera no cartaz do "Copacabana", o cinema aqui do lado, lembrei-me imediatamente da Tônia Carrero, que fazia a Norma Sueli na ótima versão teatral dos anos 60, ao lado de Nelson Xavier e do Emiliano Queiroz.

Mudo de parágrafo pra vocês tomarem fôlego, porque eu aqui estou respirando muito bem. Bem, pelo menos por enquanto. Retomemos, então. Todos, Tônia, Nelson, Emiliano, todos eles sob a batuta de Fauzi Arap, o mesmo Fauzi que iria dirigir Maria Bethânia logo depois. Bons tempos aqueles da *Rosa dos ventos*. Vocês não viram? Não ouviram aquela explosão atômica, aquela enchente amazônica que inundou por um ano o Teatro da

Praia? Mas onde, diabos, vocês estavam nos anos 60, ó meus imberbes e impávidos leitores? Pois é, também aquela primeira montagem da "Navalha", naquele teatrinho ali da praça Cardeal Arcoverde, hoje Teatro Gláucio Gill, foi realizada por Fauzi Arap.

O mesmo e grande Fauzi que nos dera um porre maravilhoso de interpretação no papel do alcoólatra de *Os pequenos burgueses*, aquele Gorki revisto de forma definitiva por Zé Celso Martinez antes da explosão tropicalista de *O rei da vela*, aquele Gorki exemplar que o pessoal do Oficina trouxe de São Paulo para o Teatro Maison de France em meados da década de 60. O mesmo Fauzi que seria substituído depois nos "Burgueses", e de forma igualmente brilhante, por meu querido Luiz Linhares – Saravá, Luiz! Saravá, irmão! –, como sempre numa daquelas antológicas interpretações em que soltava sua voz grave e bela, possivelmente a mais bela de toda a história do teatro brasileiro. Aquela voz "linhares", com sua circunspecta linhagem, sempre impostada, como se estivesse permanentemente em cena.

E estava. Mesmo quando falávamos sobre o tudo e nada, sobre o ser e o Sartre, os Caramoñas (os "caras de monos, de macacos", segundo ele), a Serra da Onça e a manga Ada, aquela que explodia vermelha e bela pela janela de sua casa em Astolfo Dutra. Aquela que deixava literalmente com água na boca a minha Tia Dalila, que eu tanto amo e que resiste ainda hoje, equilibrando-se nas mangueiras da vida. E olha que "ainda hoje" não é eufemismo, é ainda hoje mesmo, primeiro de dezembro, quando acredito deve estar circulando este jornal, data do seu aniversário: 87 anos para ti e muito bolo e guaraná para nossos literalmente boquiabertos, baqueados corações. Para o mal? Não! Para o bem, parabéns, Lilila!

Ufa! Meu espaço está acabando e eu não disse bulhufas. Ainda bem: se dissesse não teria graça nenhuma, né? Continuo na próxima, se próxima houver: há controvérsias. Lilila, Sartre, Luiz Linhares, Zé Celso Martinez, Gorki, Fauzi Arap, Maria Bethânia, Emiliano Queiroz, Nelson Xavier, Tônia Carrero, Marcos Didonet, Walkiria Barbosa, Neville d'Almeida, Plínio Marcos, Vera Fischer, Guimarães Rosa, Manuel Bandeira, Lysis Brandão, Tarcísio Henriques, Maria Cristina, Ricardo Boechat, Paulo Mendes Campos, Rubem Braga. Eu continuo sendo um completo espanto. Como, diabos, consegui botar todo mundo no mesmo saco?

JM 30.11.1997

Belém-Belém Baden-Baden

Não, não fujas, não te ausentes
do poema neste Natal.
Faça dele o teu presente:
poesia, bem nacional.
Para as festas do Ano Novo
solte-se num samba de breque.
Mas antes receba de novo
o velho abraço do Werneck.

É Natal. Ou não é? Há sempre sérias controvérsias. Ou "*contravérsias*", como saiu na edição anterior, naturalmente por algum controvertido, mas insistente, engano de revisão – que se repetiu/repercutiu por três vezes, inclusive no "*contravertido*" título desta coluna. É, há sérias e poderosas "*contravérsias*". Natal – posto que é Natal, ou não? – leva a muitas coisas e, não sei bem por que, me faz lembrar "outroragora" também de Baden Powell. Não o baluarte dos escoteiros, mas o bambambã do violão, o inspirado compositor dos afro-sambas em parceria com Vinicius de Moraes. Não sei, talvez porque ainda ontem eu estava ouvindo o maravilhoso disco que Baden gravou em Paris com o violinista francês Sthéphane Grappelli, morto recentemente. Pois é, Belém-Belém/Baden-Baden, talvez pela assonância de sinos batendo em Baden-Baden, cidade alemã onde, aliás, o próprio Baden andou morando. Não sei bem, Belém-blém-blém, mas Natal pra mim lembra o Baden. À bênção, Baden Powell, pelos *drinques finos* que bebeu comigo – e já digo o porquê.

Deu-se que há muitos, muitos mais de vinte anos atrás, lá pelos inícios dos anos 1970, fui contratado pelo empresário Benil Santos para editar um catálogo com seu *cast* de artistas. Ele queria que eu fizesse não só o texto como a programação visual, quer dizer, Benil me pedia um produto que "vendesse o seu peixe" em todo o país. E olha que eram peixes graúdos os de sua rede. Na época, Benil tinha em suas mãos o melhor elenco da MPB, gente como Chico Buarque, Vinicius de Moraes, Maria Bethânia,

Nara Leão, Carlos Lyra, Paulinho da Viola, MPB-4, Gonzaguinha, Milton Nascimento, Clara Nunes e outros, inclusive Baden Powell.

Varei várias noites viradas em vários dias. Em vão. Quando os textos estavam todos prontos e várias fotos já produzidas para o catálogo, o Benil me conta num almoço melancólico no velho Zeppelin de Ipanema – salvo somente pelo ótimo scotch – que acabara de se desfazer de todo o seu maravilhoso *cast,* ficando apenas com Bethânia. Mas queria que eu editasse um jornal-toalha pra ele. Jornal-toalha? "É, isso mesmo – diz Benil, talvez influenciado pelos famigerados *chopnics* do Jaguar, colocados num painel atrás de nós –, um negócio formidável que eu vi nesta última viagem (Benil estava voltando do Festival do Midem, em Cannes, em que fora acompanhando Clara Nunes): o sujeito vai almoçando, lendo as notícias e vendo os anúncios, estampados no papel-toalha sob seu prato. Um espetáculo!".

Mas, que nada! Claro que nosso jornal-toalha não saiu da mesa do Zeppelin. No entanto, a "novidade" do Benil, pelo menos quanto aos anúncios, acabou sendo adotada, naturalmente sem qualquer criatividade, pela maioria dos bares brasileiros que serviam refeições ligeiras, aquilo que mais tarde iria proliferar com o nome de "lanchonete". O catálogo não saiu, mas a feitura dos textos acabou me aproximando da maioria dos artistas – e com alguns deles cheguei mesmo a fazer certa amizade. Com o Baden, não. Na época, ele estava morando na Europa e acabamos não nos encontrando. Baden foi dos poucos que não chegou a ler os textos que fiz, um para cada artista. Só vinte anos depois, já no início desses anos 90, veria o que escrevi para ele.

Foi quando um amigo do Baden me procurou no Centro Cultural Banco do Brasil, querendo falar sobre um "projeto". Maior mistério: Baden Powell queria segredo e mandava perguntar se não poderíamos nos encontrar em outro lugar, quem sabe na minha casa. "Dito e feito", como diria o Fernando Sabino da década de 1980, em sua coluna do Globo. No outro dia, abro a porta para um Baden Powell meio tímido, ressabiado, o que percebi logo depois ser parte de sua personalidade. Baden queria reeditar os afro-sambas – as matrizes, de sua propriedade, haviam sido recentemente remasterizadas em Paris – e fazer um grande show de relançamento no CCBB. Acontece que a agenda do Centro Cultural era, e ainda é, fechada com grande antecedência. Não havia espaço na programação – e Baden tinha pressa.

A partir daí, nós nos encontramos várias vezes – na minha casa, na dele, no velho "Garota de Ipanema" e, quase sempre, no "Antonio's" –, procurando ajustar datas e adequar o projeto, que acabei reescrevendo enquanto a Sílvia, mulher do Baden, cuidava de acertar o orçamento. Só então mostrei pro Baden o texto que havia feito para ele, aquele do catálogo do Benil, cujo título era *O violão epiceno*. E não me perguntem o porquê, pois naturalmente não me lembro mais. Talvez, quem sabe, porque Baden soltava suas onças, os onças machos, sobre as cordas do violão, e nelas se enroscava como só as onças fêmeas se enroscam. Sabem vocês, não? Epiceno: o onça, a onça. Pois é, minha gente, na época eu era realmente movido a onças de uísque, várias onças. Muito que bem. Baden releu várias vezes e ficou nitidamente impressionado – e de novo não perguntem o porquê. Tanto que pediu pra Sílvia botar o meu texto como apresentação do book que divulgava o seu trabalho. Acho que ainda hoje lá está.

Mas o show dos afro-sambas, que é bom, acabou "sambando" – e no mau sentido: não houve como acertar uma data no CCBB para aquele ano. No início de 1993, consegui um espaço pro Baden num projeto que juntava violões, verão, sambas e Rio de Janeiro. Tudo certo, todo mundo adorou a honra de participar ao lado de Baden Powell, ídolo da maioria dos artistas que iriam se apresentar no projeto. Já começávamos a divulgação quando a Sílvia me ligou dizendo ter recebido uma proposta irrecusável para uma temporada do Baden na Alemanha. Paciência: acabamos encaixando em seu lugar Luiz Melodia e Jards Macalé – que dupla! – enquanto "o violão epiceno" voava pras Oropas.

Dos muitos e "epicenos" meses de nossa convivência naquele ano ficaram várias histórias (a maioria não dá pra contar) envolvendo suas músicas, além de extraordinárias e inesperadas noitadas de violão, onde só faltava o *Berimbau,* pois como bem sabem aqueles que gostam de MPB, "quem de dentro de si não sai, vai morrer sem amar ninguém". Vejam que loucura: Baden não se apresentava desde que voltara ao Brasil, estava "seco" pra tocar e acabava invariavelmente, para minha alegria e de algumas amigas de fé, chegando lá em casa com o famoso violão a tiracolo. Lembro particularmente de uma noite em que ele acompanhava empolgado a voz de Neti Szpilman e o "diálogo" entre os dois era tão perfeito que chegamos, ideia do próprio Baden, a pensar num espetáculo de voz & violão. Ficou no pensamento, mas daria um belo show – e como!

Ficaram também as tardes no Antonio's, regadas a *drinques finos*. Modestamente, uma velha invenção de minha lavra, que está fazendo dez anos e que Baden adorou: uísque sem uísque. Sim, um copo de uísque, mas sem uísque, regado a guaraná diet, gelo e água tônica. Olhaí, meu caro Tobias: na dosagem certa, os *drinques finos* têm a cor exata do melhor scotch, com a vantagem de um sabor supimpa e de o freguês estar permanentemente livre de qualquer vestígio de ressaca. Baden também havia parado de beber. Não sei se continua firme nos *drinques finos*: faz tempo que a gente não se vê, pelo menos com a calma de antigamente. Nosso último encontro foi no verão passado, no Metropolitan, onde fui a convite do Carlinhos Lyra, com quem eu "trombara" por acaso na Feira de Ipanema, e que estava fazendo um show em homenagem a Vinicius, ao lado de Baden, Toquinho e, com licença da palavra, Leila Pinheiro (acho a moça meio equivocada, se é que me entendem). Naquela noite, estive no camarim do Baden, mas muito rapidamente.

Voltando aos bons tempos daqueles *drinques finos*, um dia nosso papo no Antonio's acabou chegando a Pierre Bahout, o ator-compositor francês que fez a versão e gravou o "Samba da benção" para o filme *Um homem, uma mulher*. Ele e Baden acabaram muito amigos e eu lhe disse como gostava das músicas que Barouh fizera para o filme de Claude Lelouch, principalmente uma que dizia qualquer coisa como "A l'ombre de nous/Tout va rester/Et restera toujours/Un goût d'éternité. /Et ce soleil/Que brille tant fort/Que nous brûle/Et nous devore/Encore, encore", ou coisa parecida, pois – *encore, encore* – eu cito de cor. Ainda hoje me agrada o jogo de palavras da canção e a imagem do "gosto de eternidade", perfeita dentro do filme, onde Barouh é o marido e *stunt-man* morto em cena, cujas canções são lembradas pela viúva Anouk Aimée.

De Pierre Barouh, Baden saltou quase que naturalmente para seu parceiro Vinicius de Moraes. Ele falava com muita saudade do poetinha, dos porres que tomaram juntos, dos pertinentes "recolhimentos" estratégicos-hospitalares – "Formosa", por exemplo, o antológico samba da dupla, surgiu da visão de uma bela passageira do trem noturno onde eles se encontravam rumo a um show em São Paulo, mas terminou de ser criado na Clínica São Vicente, onde os dois estavam internados. Desintoxicação à base de soro e uísque, é claro. Baden falava com a voz meio embargada sobre a última vez que esteve com um Vinicius já muito debilitado, quando se lembrou do Natal, que estava próximo. E é aí que voltamos ao início desta crônica, pelo menos ao que deveria ser o seu tema principal.

Sim, estávamos em dezembro de 1992, e o Natal invadiu também o nosso papo. Tanto que Baden começou a lembrar de uma canção natalina que tentou fazer com o Vinicius, mas que acabou não dando certo. Sua ideia era recuperar a imagem dos velhos Natais, a inocência que pairava naquela noite que antecedia os presentes, a delicadeza da gente do interior de onde ele mesmo vinha – da inacreditável Varre-e-Sai, a piccola, pequeníssima cidade onde Baden nasceu, no estado do Rio. Enquanto pegava o violão para dedilhar sua música natalina, Baden me disse que o Vinicius acabou morrendo sem colocar letra na canção. Ouvi várias vezes o tema, que era de grande suavidade, belíssimo, e prometi ao Baden tentar fazer uma letra. Acabou, como sempre, saindo um poema, um poema pra duas vozes, inédito até hoje, que aproveito agora, já que é Natal – ou ainda há controvérsias? – para mostrar a vocês. A canção do Baden, acredito, ainda está sem letra, mas ela é tão bonita que nem precisa. Bom Natal etc & tal.

Velhos Natais

sim
não existem mais
sinos
meninos
os velhos ais
não
sim
não existem mais
sons
sonhos
sinos
címbalos
símbolos
sim
não existem mais
presentes
no passado
meninos

janelas abertas
na memória
velhas histórias
não
nós
nozes
velas
nós na garganta
velhas vozes
sim
não
– que adianta? –
não existem mais
coisas que tais
hoje só
só sons
estranhos
martelando
a madrugada
ruídos rompendo
interrompendo
janelas fechadas
a manhã
presentes-ausentes
hoje só
pressentes
os sinos
sim
os sinos
não
os velhos ais
uais de nunca jamais
não
noites
não
nozes

não
vozes
veladas vozes
de outroragora
sambam soltas
entre as frestas
da janela
de nunca
jamais
entre as festas
de velhos
anelos
belos
tanto

tontos
natais
atônitos.

JM 21.12.97

HÁ
CONTRO
VÉRSIAS
1998

O Mar-Titanic. Ou "Taitênik"?

Naturalmente, como de praxe, há controvérsias. Mas se bem me lembro era mais que dezembro. Janeiro talvez e verão no Rio, como verão. Não o de agora, sôfrego e assaltante, mas um verão de um janeiro do Rio de outrora, afável e fascinante. Um Rio de repentes, as férias em frente e um tempo que não mais se sustenta: era a era das eras, o início dos melhores anos de nossas vidas, os loucos e inventivos anos 60. Tinha eu dezessete anos e o mundo diante de mim, concha se abrindo. Nunca mais dias-diamantes como aqueles, refulgindo. Mas, como aprenderia mais tarde, sem crises ou nostalgias, nada é para sempre, nem diamantes nem dias.

Então, anos 60, 17 anos, verão e férias no Rio de Janeiro. Vamos lá, onde Vovó morava. Vovó que não era vovó, mas minha Tia Carmélia, que passou a chamar-se "Vovó Carmélia" dada a minha afinidade com meu primo Zé Geraldo Kneip, que era seu neto legítimo. Quer dizer, então, "tia-vovó" Carmélia morou na Rua J.J. Seabra, no Jardim Botânico e depois quase em frente, na rua Faro, onde acho que nessa época eu ficava. Quando esse menino, aquele que vocês estão vendo ali pegando o bonde, não ia à praia da Urca, ia ao Arpoador. Quer dizer, o Rio era o mar o mar o mar, *la mer toujours recommencée,* como no poema de Paul Valéry.

Depois da praia e do almoço, pernas pra que te quero. Não as do *flâneur* de Baudelaire, que se deixava levar à toa pelas ruas de Paris, mas as do bonde, as pernas da certeza daqueles dois trilhos que não me deixavam sair dos próprios. Quer dizer, o bonde era o 11, o Circular que lento e estridente circulava comigo dentro, distraído com a cidade e o pulsar da vida e de seus ruídos. Jardim Botânico, Humaitá, Voluntários, Praia de Botafogo, avenida Copacabana, Ipanema, Leblon, Gávea, Jardim Botânico, óia nóis aí de novo, sô! Depois da praia e do Circular, final de tarde, era hora de outro Circular, o Glória-Leblon, aquele lotação amarelinho e azul que me levava pra Cinelândia. Férias é também e principalmente tempo de cinema, ora pois!

Depois do mar, o mar de novo que é coisa de não se acabar. Quer dizer, do assento do lotação pra poltrona do Odeon, onde o Titanic acabara de trombar com um iceberg e tava vazando água da proa à popa, de bombordo a estibordo. Nunca de núncaras vou me esquecer da imagem poderosa do transatlântico gigantesco, semi-iluminado, mergulhando verticalmente na escuridão do oceano. Nunca um transatlântico foi tão transatlântico como o Titanic, cuja viagem inaugural, princípio e fim, foi única e exclusivamente na rota atlântica – de uma Liverpool de antes, muito antes dos Beatles, a uma Nova York ainda sem Woody Allen, antes da era do jazz. Uma Nova York em que não chegou a aportar, exatamente como não chegariam ao longo deste século os milhares de excluídos que sonhavam em "fazer a América".

Na verdade, com o Titanic o que naufragava naquela calma e estrelada noite de abril de 1912 era o próprio século XIX. O falso mar coalhado de icebergs era a metáfora mais que perfeita para a frieza e a arrogância de uma aristocracia falida cujo desprezo pedia distanciamento do submundo que a sustentava. Nada mais dialético, mas eles não sabiam ou fingiam não saber. O Titanic foi o verdadeiro naufrágio anunciado do século XIX e de seu mar de injustiças, um século que teimava em não se acabar como o próprio mar, aquele sempre recomeçado. Saí do Cine Odeon chocado com as imagens do filme inglês (*Somente Deus por testemunha*, de 1958, dirigido por Roy Baker) e pelos depoimentos dos sobreviventes, que davam um mar de chocante realidade à tragédia.

"Ai de ti, Copacabana... Já movi o mar de uma parte e de outra parte, e suas ondas tomaram o Leme e o Arpoador, e tu não viste este sinal; estás perdida e cega no meio de tuas iniquidades e de tua malícia", dizia Rubem Braga também num janeiro outro, de 58. E o velho Braga continuava, profético e apocalíptico: "E no Petit Club os siris comerão cabeças de homens fritas com casca; e Sacha, o homem-rã, tocará piano submarino para fantasmas de mulheres silenciosas e verdes, cujos nomes passaram muitos anos nas colunas dos cronistas, no tempo em que havia colunas e havia cronistas".

É novamente janeiro no Rio e o mar volta a me perseguir em Copacabana ou eu ao mar volto a me lançar/evocar, como nesse fragmento de um poema imenso que, ufa!, acabo de terminar neste início de 98, quarenta anos após o "Ai de ti, Copacabana" do Rubem Braga. Claro que é sobre o mar-obsessão, aquele trem azul de mineiro. Haja fôlego! "Manhã de ponta-cabeça/ mar mar mar/ arco-íris despedaçado/ facetado céu que entorna às avessas/ especular/ despido de estrelas como um tornado/ o mar que jaz como um céu tombado".

É novamente domingo e janeiro no Rio. Pela manhã, obrigação diária, caminhei na praia em meio ao mar de bundas várias. Salve, salve, salvem minhas coronárias, salve-se quem puder, salvem minhas veias avariadas vagando nessa trilha de areia e biquínis e mar e maravilhas. Almoço e Roxy. Quer dizer, almoço e mar de novo. O Cine Roxy neste domingo quer dizer novamente Titanic, que acaba de estrear. Pois é, "aquele velho navio", mas agora com muito mais charme & truques que o do Odeon dos anos 60 e naturalmente sem "o casaco de general" da música de meu amigo Waly Salomão, que andou – ou melhor, nadou – certa vez se autodenominando *Sailormoon*, marinheiro da lua, vejam só que coisa mais "inserida no contexto", como dizíamos na época.

Na fila, duas americanas à minha frente *inglesavam* qualquer coisa como "Taitênik", "Taitênik", "Taitênik", justo pra meus ouvidos acostumados com Titanic, Titanic, aquele velho navio que navegava/naufragava no Odeon. Pois é, Titanic, "Taitênik", há um mar de controvérsias. Mas só quanto ao título: esta nova versão da tragédia é a melhor de todas, definitiva. O Alcorão tem razão: "tudo está escrito". Todas as histórias já foram criadas. Cabe ao artista, no caso ao diretor, recriá-las, trazer alguma coisa de novo aos velhos temas. E James Cameron conseguiu – é bem verdade que 200 milhões de dólares depois. Mas não importa: o espectador sente em cada take onde foi gasto este verde mar de grana.

Está tudo ali, como no filme anterior, cheirando a charme do século XIX, ou "a tinta fresca" do navio novinho em folha, como nas palavras da velha narradora: o requinte da primeira classe, os músicos eruditos, o mar de smokings dos aristocratas, a terceira classe, a miséria das caldeiras, a tensão social, o iceberg, o choque, a injustiça na distribuição náufragos/bote. Só que é outro o enfoque. Ao visualizar a tragédia por uma sucessão de *flashbacks* extraídos da memória de uma centenária sobrevivente, James Cameron traz para a tela uma história de amor fictícia e imortal, aliás como todas as grandes histórias de amor.

Não há como não se apaixonar pelo romance entre a jovem aristocrata falida de Kate Winslet e o artista pobre e talentoso de Leonardo DiCaprio. É a terceira classe levando a primeira ao desvario. Conflito certo, tempestade no pacífico mar do Atlântico. A velha aristocrata lança ao mar seu colar de brilhantes. Nunca mais dias de amantes como aqueles. Percebo discretos soluços atrás de mim. Soluços em inglês, vejam vocês. Minhas americanas do "Taitênik" mergulhavam literalmente num mar de lágrimas.

JM 25.01.1998

Ninguém me ama?

Há como sempre, e haverá sempremente, profundas controvérsias sobre essência e existência, o ser e o não ser, o tudo e o nada. Mas uma coisa é certa e acabada: o mundo não é escaleno, mas redondo e muito, muito pequeno. O Rio de Janeiro, no fundo, é do tamanho de Cataguases: as cidades, qualquer cidade, têm a medida exata de nosso circuito diário, do às vezes irrestrito círculo de amizade que a gente vai fazendo/desfazendo pelaí. É inevitável: enquanto o mundo gira – e a pomba, idem; e também o rio, ibidem – a gente, pombas!, acaba trombando com gente. Mais que brilhar, gente é mesmo pra trombar. Foi o que "deu-se", o que mais uma vez "sucedeu-se" noite dessas quando cheguei ao Teatro Tereza Rachel, aqui em Copacabana.

Quer dizer, chegamos. Estava comigo a Neti Szpilman e nós havíamos justo trombado no foyer do Teatro com sua amiga Maria Lúcia Priolli, dona do Canecão e de estonteantes pernas de bailarina, aquelas pernas saltimbancas e monumentais que escondem aqueles olhos tão azuis. Nem bem começamos a conversar com aquelas pernas, quer dizer, com aqueles olhos – quer dizer, pois é, não quer dizer nada, pois eu nada conseguia dizer –, quando ouço gritarem meu nome. Ninguém menos que Zeca Bittencourt, que naturalmente nada tem a ver com dona Zeca, minha mãe, ou com meu amigo Carlos Sérgio Bittencourt, a não ser o amor pelo teatro, pois ele é um jovem e talentoso diretor de cena.

Que fazíamos ali? Neti e eu, meros espectadores. Maria Lúcia e Zeca, a trabalho. Ela é a diretora de palco e ele o assistente de direção de Bibi Ferreira na peça *Brasileiro: profissão esperança*, escrita no final dos anos 60 por Paulo Pontes, o então marido de Bibi, e que está novamente em cartaz. Confesso que tive grande dificuldade em falar com o Zeca, pois as pernas da Maria Lúcia, com licença da palavra, me obnubilavam. Zeca é meu conhecido há bem uns dez anos, quando me foi apresentado pela gravadora Anna Carolina, minha namorada na época. Anna Carolina, quanto tempo! Era aí pelo final dos anos 80 e o Zeca era um menino que acabara de sair da Escola de Teatro, amigo de Fernanda, uma das filhas da Carol, quer dizer, da Anna Carolina.

Pausa pra armar a lona. Fernanda hoje é trapezista de um circo na Alemanha, exatamente como a Bruma, que estava sempre aqui em casa, amiga de minha filha Ulla. A Bruma, assim mesmo com M, como "as brumas de Avalon", como eu brincava com ela, e que nada tem a ver com a história, a não ser o fato de ter também se transformado em artista de nível internacional: Bruma é agora trapezista do *Cirque du Soleil*, em Paris. Pois é, que mundo o meu, trôpego e saltimbanco, que ainda não caiu como o da Maysa, mas oscila e balança e balança: salvai-me, minhas jovens trapezistas! Enquanto Zeca comentava alguma coisa sobre a peça – que fala do cronista e compositor Antônio Maria e da cantora e também compositora Dolores Duran, dois seres "solidariamente solitários", se é que isso faz sentido – meu pensamento abandonava definitivamente as pernas estupendamente bailarinas da Maria Lúcia para mergulhar no charme do cabelo curtinho à la Elis Regina, na alegria de viver e no bom-humor da Carol.

Rápido flashback. Aeroporto de Curitiba, anos 80. Carol veio fazer uma exposição de suas litogravuras mais recentes e tromba com uma repórter de tv que a aguardava para entrevista. Mal informada como a maioria das jovens repórteres, a moça diz que havia visto o filme de Anna Carolina e gostado muito. Claro, não se preparara para a entrevista e estava confundindo a Carol com a cineasta homônima Ana Carolina. Quer dizer, mais ou menos homônima, dependendo do ponto de vista. Se a partir da Carol, menos, pois ela tem um N a mais; caso contrário, mais, pois a cineasta tem um N a menos. Como se vê, as controvérsias são sempre sub-reptícias e instalam-se quando menos se espera. Mas Carol, do alto de seu N a mais, não se fez de rogada e nem deu-se por (mal) interrogada. Devolveu rapidamente a bola pra infeliz repórter. E de bate-pronto: "Prazer, Anna Carolina. Gravura sim, cinema não". Esta é a Carol. O resto é tolice que nem Doralice ou carolice ou pura "carolagem": decidam.

Exatamente esta é a Anna Carolina que foi também namorada do Vinicius de Moraes, o próprio, e que "flertou alguém", como dizia a música dos anos 50. No caso, com ninguém menos do que o Antônio "ninguém me ama" Maria, o também próprio – ou deveríamos dizer impróprio? – Maria, o cronista amigo do poetinha, não deste que vos fala, que não cheguei a conhecê-lo, mas daquele que dizia coisas literalmente imortais como no final daquele poema que eu amo tanto, "O haver", um dos últimos feitos/perfeitos do Vinicius e que a Luciana, sua filha, me ditou certa vez por telefone: "Resta esse diálogo cotidiano com a morte/esse fascínio pelo momento a vir, quando, emocionada,/ela virá me abrir a porta como uma velha amante/ sem saber que é a minha mais nova namorada".

Pois é, a Anna Carolina não foi a morte-namorada do poeta, mas é sem dúvida de "morte": não bastasse ter namorado com o Vinicius e comigo ainda flertou com Antônio Maria. Esta é a Carol que me faz lembrar que eu já tive uma namorada que foi namorada do Vinicius, logo eu que tinha idade pra ser seu filho, dele Vinicius, como bem o prova o fato de ter sido colega no Colégio Cataguases de ninguém menos que do Pedrinho de Moraes, filho agora sim legítimo de novo dele, Vinicius, que depois foi casado com a modelo internacional Vera Barreto Leite, que havia sido a queridinha de Christian Dior. Não o Vinicius, mas o Pedrinho, que também já se separou dela, da Vera, dela que foi também mulher e o grande amor do meu amigo Luiz Linhares. Pedrinho e Vera fizeram, entre outras coisas, nada menos que a Mariana de Moraes, a "Fulaninha" do filme do meu amigo David Neves, a Mariana, hoje com todos os seus vinte e poucos anos e já cantora, que nem Nara Leão, de sambas da velha guarda, além de simpaticíssima apresentadora do "Caderno 2" da TV Cultura. Mas esta é definitivamente outra história: Eta mundo redondo e comprido e danado de doido, sô!

Vamos fechar o flashback e tentar voltar pro foyer – por favor, pelo menos a priori, desviem o olhar das pernas, que magníficas!, da Priolli –, pro hall do Teatro Tereza Rachel, lembram?, este aqui de Copacabana onde Bibi Ferreira está dirigindo *Brasileiro: profissão esperança*, peça escrita há quase 30 anos por Paulinho Pontes, a quem tive o prazer de frequentar e a honra de dele ser amigo. É um comovente musical que enfoca as ditas e desditas vidas e canções de Maria, Antônio e Duran, Dolores: o nome já dizia tudo. Suicidas em potencial, eles nunca se conheceram, embora tenham amado e vivido e sofrido a solidão da noite que nem sempre é do meu bem, mas sim de um ninguém que não me ama. Da próxima vez, prometo falar do Paulinho, da Bibi, que está ótima em cena, da Dolores e principalmente de Antônio Maria, aquele do "Ninguém me ama/ninguém me quer/ninguém me chama/de Baudelaire". Espero, para tanto, que a Priolli tire as pernas do meu caminho que eu quero passar não com a dor do meu Nelson Cavaquinho, mas com o carnaval de alegria daquela manhã tão bonita manhã do velho Maria.

JM 08.02.98

Dois dedos? Objetos do prazer?

O homem só tem duas missões importantes: amar e escrever à máquina. Escrever com dois dedos e amar com a vida inteira. A frase é de Antônio Maria e chovem controvérsias sobre ela, exatamente como na Copacabana desta noite de quinta-feira, 12 de fevereiro, no momento em que escrevo com todos os meus dez dedos na minha velha e imbatível *Lettera 22,* que acreditava aposentada pra sempre, que nem eu. Estou voltando pra Cataguases por um longo-breve período, ninguém sabe ao certo: o tempo, como bem o sabeis, ou não, é um manancial das mais controvertidas controvérsias. Meu computador já foi na frente, sabem como são essas coisas da informática: muito mais rápido do que eu, o que não é vantagem alguma. Ele já está em Cataguases – e "ligadão" que nem o Hal 9000 de "2001": milagres da eletrônica, por obra e graça de meu filho Pablo que esteve aí ligando o bicho pro papai aqui.

Assim, por absoluta contingência, retorno mais uma vez e "brilhantemente como sói acontecer nas cercanias" para a companhia das queridas "pretinhas" de minha máquina, a companheira de mais de 30 anos, obediente que nem ela ao suave toque de todos os meus dez dedos – a *Lettera 22* velha de guerra, azeitada por minha própria cadência, obediente ao meu ritmo: ao metro curto de meus poemas e à longa quilometragem de minha prosa-proeza. Ela é na verdade, e sem controvérsias, a mais fiel de minhas namoradas. Não, Antônio Maria, na verdade o homem só tem uma missão na vida: escrever com dez dedos e amar intensamente sua própria máquina, esse patético, obsoleto e solitário objeto do prazer.

Vez passada terminei esta controvertida coluna prometendo falar de Bibi Ferreira, Paulinho Pontes, Dolores Duran e Antônio Maria. O papo surgiu – como vocês se lembram, ou não, não importa – quando fui rever a peça "Brasileiro: Profissão Esperança", escrita por Paulinho e dirigida por Bibi em suas três versões, a primeira com Ítalo Rossi e Maria Bethânia; a segunda com Paulo Gracindo e Clara Nunes; e a terceira, esta agora, com Gracindo Jr. e a própria Bibi, que além da direção geral está em cena *full-time*, fazendo às vezes Dolores, às vezes o próprio Antônio Maria. Quer dizer, no palco Bibi é qualquer coisa entre *Ninguém me ama* e *A noite do meu bem*, se é que vocês me estendem. Na versão de agora Bibi preservou o texto original de Paulinho, escrito também com "dois dedos" há mais de três décadas.

Segundo meu amigo Zeca Bittencourt, o assistente de Bibi nesta montagem, os ensaios foram realizados tendo como roteiro o mesmo e velho e amarelado papel que eu conheço tão bem – pois foi a partir dele que eu fiz o release para divulgação da peça na década de 70 – aquele texto que eu amo tanto, no qual Paulinho alinhavou com raro brilho a rica e trágica trajetória desses dois seres cujo talento iluminou por um breve e glorioso período a noite carioca. Até que, "cardisplicentes", na palavra criada pelo próprio Antônio Maria, seus corações explodissem de amor, solidão e DDC, como Maria denominava a popular dor de cotovelo.

Por vários motivos, a peça me emocionou como já me emocionara nas montagens anteriores. Apesar do convite do Zeca, não fui ao camarim após o espetáculo. Não falo com a Bibi desde que o Paulinho morreu, já lá se vão uns bons ou maus vinte anos. Não achei que fosse o momento de ativar ainda mais a emoção, pois iríamos fatalmente falar do Paulinho, e eu ando tão "cardisplicente" como Antônio Maria. Como o dele, também meu velho "cuore" anda rateando, exatamente como meus dedos agora emperrados entre as teclas desta máquina, sem o fluxo necessário para bombear sangue e energia. Paulinho Pontes é das minhas admirações de cabeceira, possivelmente uma das duas ou três pessoas mais interessantes e mais inteligentes que conheci, só perdendo pro nosso Rosário Fusco e para o não menos Francisco-Chiquinho Marcelo Cabral.

Durante longo tempo fui *habitué* da casa de Paulinho & Bibi. Primeiro no Leme, depois na bela cobertura da Rodolfo Dantas aqui em Copacabana, onde lembro de memoráveis partidas de sinuca & uísque com Walter Carvalho, meu amigo Waltinho que na época ainda estudava design na Esdi e hoje é sem dúvida o melhor fotógrafo do cinema brasileiro – basta ver *Terra estrangeira*, *Central do Brasil* ou mesmo novelas como *Renascer. sinuca & uísque* com Waltinho, com o compositor e querido amigo Marcus Vinicius e com Ipojuca Pontes, irmão de Paulinho. Pois é, o próprio Ipojuca, que me chamava de "meu *pueta*", com aquele carregado sotaque paraibano, o Ipojuca que acabou m(s)inistro do Collor e acabou também com a Embrafilme e com o próprio cinema brasileiro, pelo menos durante longo período, até que surgisse a Carla Camurati com sua *Carlota Joaquina* e retomasse, sem grana, mas com muita garra, o velho pique do Cinema Novo.

Mas vamos esquecer o Ipojuca, vamos deixá-lo de castigo, e lembrar de seu irmão Paulinho, o grande autor de sucessos teatrais como *Opinião, Se correr o bicho pega, se ficar o bicho come, Um Edifício Chamado 200* e *Gota d'água*, junto com Chico Buarque. O país vivia os tempos brabos da ditadura, dias de censura, muito medo e apreensão/repressão. É claro que política era sempre o prato forte dos nossos papos. Mas existia também o humor que saltava em meio às inacreditáveis e "hilárias de gouveia" (a rua vizinha) histórias de Bibi sobre os bastidores teatrais e do próprio Paulinho sobre os loucos da Paraíba, os inacreditáveis e maravilhosos loucos da Paraíba, que mereciam de *per se* uma peça só deles. Loucos como o poeta Mané Caixa D'Água que fez um poema falando de sua mãe e nele colocou o famoso verso "e quando minha mãe se abruma". Indagado sobre o que queria dizer esse "se abruma", Mané teve uma tirada genial: "Liga pra isso não: é coisa de mãe mesmo".

Na Paraíba, o jovem Paulinho organizou o embrião nordestino do CPC, o Centro Popular de Cultura que seria fundado mais tarde no Rio e do qual ele seria um dos membros mais ativos, junto com o poeta Ferreira Gullar, o compositor Carlinhos Lyra e o ator e dramaturgo Oduvaldo Vianna Filho, o Vianinha, o grande amigo e parceiro de Paulinho em várias peças, também morto prematuramente pelo mesmo câncer de pulmão, os dois com apenas 38 anos. Pois é, enquanto isso o Armando Falcão está vivo até hoje, mas deixa pra lá. Em princípio, toda morte é prematura. Menos a do Armando Falcão, que não acontece nunca. Pois bem: numa dessas reuniões, os estudantes ensaiavam incentivar os camponeses a se postarem em frente ao Palácio do Governo em João Pessoa, até que o governador se dignasse a atender determinada exigência.

Qual? Há controvérsias, afinal já lá se vão quase 40 anos. Importante foi como Paulinho convenceu os nobres colegas a desistirem da idéia. Ele simplesmente perguntou uma coisa óbvia, mas com a qual ninguém havia atinado. Onde, diabos, os mais de cinco mil camponeses previstos na manifestação iriam fazer seus xixis & cocozinhos, já que a praça do Palácio não possuía sequer um mísero botequim? A vigília cívica foi abortada na hora. Além de românticas, as revoluções, como as diarréias, têm seus caprichos. Mais uma vez, Antônio Maria fica pra depois. Com toda a força de seus dedos, que valiam pela vida inteira.

JM 22-02-98

Vida nova? DDC?

"E aqui começa uma vida nova. Mais uma vida nova A velha era mais calminha. Não há de ser nada. A vida fica nova, de dois em dois anos, e tu te tens habituado. E o coração? Ah, vai bem de batimentos. Então deixa para lá e escreve. Lembre-se de que o sertanejo é antes de tudo um forte, o preço da liberdade é a eterna vigilância, e a plateia brasileira é a mais exigente do mundo".

Extraído de uma das crônicas do pernambucano Antônio Maria (1921-1964), de agosto de 1963, o parágrafo acima é feito meio sob medida pra mim agora e aqui, já e de novo de volta a Cataguases, 35 anos após as palavras do cronista e outros tantos de minha partida pra Oropa-França-Bahia (leia-se Rio-Bahia/Bahia-Rio – com o mar e até mesmo, de relance, uma chance de Oropa meio de permeio). *Vita Nuova?* Não se espante: não me vejo assim, ou ainda, tão peDante. Bem, pelo menos há controvérsias.

Em seu texto, pleno de ironia e sarcasmo, Maria brinca com o Euclides de *Os sertões* (também ele, Antônio, meio sertanejo, lá das bandas do Recife), com o surrado slogan que virou bandeira da velha e reacionária UDN, e com as frases feitas dos *speakers* do futebol – uma de suas profissões desde que chegou ao Rio em 1940.

Agora, sim: finalmente com vocês, Antônio Maria, o próprio, aquele do *Jornal de Antônio Maria*, a quem eu lia com grande prazer na *Última Hora* no final dos anos 50, que era trazida por meu pai quase que diariamente da Capital Federal – lembram? –, a Cidade Maravilhosa, terra de muito marazul e verde, verde-douradas vedetes com suas coxas poderosas saltando dos maiôs cavados em V-8, que nem o emblema daqueles velhos caminhões da Ford. O Antônio Maria da Rádio Tupi, daquele Rio de Janeiro da Rádio Nacional, de JK, ainda pré-bossa nova, do Zé Kéti de "Eu sou o samba". O Rio 40° do filme do Nelson Pereira dos Santos, pré-Cinema Novo: praia, morro, mato e ainda muito verde e montanhas de futebol no domingo azul do mar de Paulinho Mendes Campos e do mar Di mulatas do Di: Marina Montini e Di mil mulatas outras & muito, muito Maracanã ao som do "Apito no Samba".

Então, vamos retomar o fio da meada que julgávamos, ou não?, absolutamente perdido desde que retornei a Cataguases em plena produção da última crônica, esculpida na velha Lettera 22. Isto, se é que vocês ainda se recordam, pois eu, por mim, "me agaranto" e *m'Amarcord.* Afinal, não sou Fellini – ou quase, há controvérsias –, mas Cataguases, vocês bem sabem, é minha rima, minha Rimini. Então, e hoje de Cataguases para o mundo, finalmente *La nave va*: já agora senhor de meu PC, navegador eterno e comandante-em-chefe de meu micro-transatlântico, eu-barco em meio ao mar de palavras revoltas. Então, e como já prometera este poeta-navegante que vos digita e fala: "Com vocês, por mais incrível que pareça, Antônio Maria, brasileiro, cansado, 43 anos, cardisplicente (isto é, homem que desdenha do próprio coração). Profissão: esperança".

Era exatamente assim que o "cardisplicente" Antônio Maria terminava uma de suas crônicas, exatamente aquela que daria título ao espetáculo que Paulo Pontes escreveu sobre ele e Dolores Duran, no final da década de 60, como já dissemos aqui, eu & meus agilíssimos micro-dedos digitadores. A crônica foi publicada em *O Jornal* de 23.07.64, três meses antes do fulminante infarto do miocárdio que o matou na madrugada de 15 de outubro daquele ano, em Copacabana, na calçada da rua Fernando Mendes, onde Antônio Maria morava – no exato momento em que se encaminhava, como de hábito, ao restaurante *Le Rond Point*.

Eram tempos incertos, a ditadura militar ainda no início; ainda com rumo ignorado – mas já ignorante, como bem o sabeis. Nessa mesma crônica, em meio a divagações de várias ordens, Antônio Maria não deixa de dar sua alfinetada: "...A vida, em Fernando Mendes, é uma delícia. Uma generosa falta d'água, só interrompida às quintas e domingos, das sete as nove, nos livra desse burguesíssimo hábito chamado banho. A ausência total de livros nos descompromete de maneira definitiva com a cultura. O homem sempre perdeu imenso tempo lendo e tomando banho. Quantas viagens, quantos apartamentos, quantos passeios no bosque, quantos ternos de casimira teria Antônio feito não fossem as obrigações de chuveiro e Machado de Assis!

> [...] Cá estou a escrever tolices. Com imensa felicidade – convenhamos. Vivemos dias em que é preciso escrever tolices. Há uma dor preponderante em cada coração. A humanidade já não está escolhendo entre o matar-se e o continuar vivendo. Vacila, apenas, em se a melhor solução será abrir o gás ou tomar uma dose definitiva do sonífero mais em moda. Então, escrevamos. Escrevamos tudo sobre o nada. E nada, absolutamente nada, sobre o "tudo isto", que são as causas da nossa atitude cabisbaixa, face a Deus a às autoridades militares.

Aliás, Antônio Maria já havia decretado que 1964 era o "Ano da DDC", da dor de cotovelo:

> O que há por aí é uma imensa e geral dor de cotovelo. Ninguém confessa, ninguém se queixa, mas as cartomantes e mães de santo nunca foram tão procuradas. [...] Há uma dor-de-cotovelo imensa, geral, um desamparo que a gente vê nos olhos mendigos das mocinhas, das menos mocinhas, nos olhos já velhos deste que vos escreve, por cima da carne-seca como se não tivesse nada a ver com o peixe.

O mesmo Antônio Maria que nos emociona quase sempre, e não há como não se emocionar diante de palavras como estas, de 1957:

> [...] Eu vim à janela porque conheci uma moça e estou preocupado em como a venho pensando, há um enorme tempo. Os cabelos, os olhos, a boca, as mãos, o silêncio [...] é dever do homem-gente deixar que seu pensamento se demore nas lembranças de sua conhecida recente. Amor é outra coisa. Amor a gente espera, como o pescador espera o seu peixe, sem se impacientar com a demora. [...] Cá estou, porém, nesta janela que não me deixa mentir, em frente à noite de que sou uma espécie de filho de criação, a repassar lembranças de uma moça que, de mim, se muito recordar, recordará meu nome. Eu também a esquecerei, mas daqui a duas ou três mulheres importantes. Agora, faz-me bem, inclusive, sofrê-la um pouco. É tarde. Deveria ir para a cama. Todavia, não seria direito. Numa moça, a gente pensa na janela.

Nada a acrescentar, quer dizer, sem controvérsias: são frases lapidares, coisa em que, aliás, Maria era mestre. Outros exemplos, por exemplo, todos exemplares:

> [...] para esquecer uma mulher é preciso gostar imediatamente de outra embora seja impossível gostar de outra enquanto não se esquece uma mulher. [...] Dificilmente esquecemos uma mulher ou uma derrota do selecionado brasileiro. Quem não se lembra daquele gol de Gighia que nos tirou da Copa do Mundo de 1950?

Ou, ainda: "triste de quem tem memória. Envelhece antes do tempo. [...] Eu me considero um homem sério, que encontra graves dificuldades para viver num mundo onde é preciso fazer graça. Triste é aquele que conta anedotas". (*O Jornal*, 13.10.64, dois dias antes de morrer). Mais "Antônio Maria com vocês", só no próximo número. Haverá controvérsias?

JM 15.03.98

Poeta? Speaker esportivo?

"Amanhece em Copacabana, e estamos todos cansados. Todos, no mesmo banco da praia. Todos que somos eu, meus olhos, meus braços e minhas pernas, meu pensamento e minha vontade. O coração, se não está vazio, sobra lugar que não acaba mais". De novo aqui, o fino escrever de Antônio Maria, sua arte, sobre a qual não há controvérsias: "Só creio em dois estados de lucidez: o dos bêbados e o dos poetas. Ambos são negados. Mas essa negação ainda não é definitiva". Retorno Antônio de coração e o repasso a vocês: só mais uma vez, com emoção.

Só para fechar este ciclo sobre ele, Maria, que não sei bem por que veio tão fortemente à lembrança nos últimos tempos. Acho que um pouco tomado por um Rio que ficou na memória, por uma certa melancolia de um Rio de Janeiro que deixei pra trás há muito tempo – e não sabia. Um Rio de bondes e bares e brahmas. Rio de sal e mar e damas da noite – e sol e solidão. O Rio de Janeiro a dezembro dos bares da Copacabana do início dos anos 60, onde eu vivia e bebia e pensava às vezes em Antônio Maria. O amigo que não conheci e que dele, Rio, já se despedia. Como penso agora. Tanto, tanto, que além de rever a peça *Brasileiro: profissão esperança*, de Paulinho Pontes, nesta versão atual com Bibi Ferreira e Gracindo Jr., também reli – e confesso que com prazer idêntico ao da primeira vez – a coletânea de suas crônicas. (*Com vocês, Antônio Maria*), selecionadas por minha amiga Alexandra Bertola e editada pela Paz e Terra em 1994.

A prosa de Maria era pura poesia:

> Sou o rosto fora de foco de uma fotografia em que dezenas de pessoas aparecem em segundo plano. Posso ter ou não a barba crescida; posso trazer ou não uma flor no peito, posso chorar até, e ninguém botará reparo. A fotografia passará de mão em mão e todos os que comigo estiverem desfocados só serão odiados quando não houver mais nada a odiar em primeiro plano [...] Só farei, sem pudor e remorso, aquilo que fizer com desenvoltura. Principalmente, a poesia e o amor. O amor ou é desacanhado, destro, irrefletido... ou é suor. A poesia também.

Solitário profissional, AM lutava contra as frequentes DDCs, como ele chamava suas dores de cotovelo. Principalmente as provocadas por

Danuza Leão, hoje colunista do JB, a deslumbrante Danuza dos anos 50/60, que ele literalmente tomou de Samuel Wainer, o poderoso criador e dono da *Última Hora*, seu patrão na época.

Não estou escrevendo pra ninguém gostar ou, ao menos, entender. Estou escrevendo, simplesmente, e isto me supre: contrabalança, quando nada. Esta noite, esta chuva – e poderia escrever as coisas mais alegres, esta noite. Neruda, coitado, as mais tristes. Só há uma vantagem na solidão: poder ir ao banheiro com a porta aberta. Mas isto é muito pouco, para quem não tem sequer a coragem de abrir a camisa e mostrar a ferida.

Mas Maria não era só DDC & muro de lamentações. Havia sempre muito *fair-play* e bom humor.

Rio, Edifício Souza, 1940. Queria muito ser poeta e sou speaker esportivo. No apartamento aí ao lado mora Augusto Rodrigues, que tem muito talento. Eu, não. Mas, também, se tivesse talento estaria louco da vida, por ter que gritar todos os domingos: "Bola com Leônidas, Leônidas a Sá, Sá abre pela direita e..." [...] Ontem fui ao Bilhar e lá estava o Genolino Amado, jogando sinuca. Ele, Augusto Rodrigues e mais outros, todos escritores e artistas. Genolino escreve umas coisas bonitas e carinhosas, tudo sobre mulher. Deve ter muitas. Mas é perigoso ter muitas mulheres. Quem tem seis, por exemplo, tem cinco oportunidades de ser enganado. [...] Se eu fosse o Genolino, iria escrever uma crônica sobre isto. Mas não posso nem pensar nessas coisas, porque domingo é dia de Fluminense x América.

"Ah, meus prezados leitores, não me contem problemas, nem peçam 'jeitos'. Não sei como se acerta e, muito menos, por que se erra na vida". Lá pelas tantas, Antônio Maria começa a responder às inúmeras cartas de seus leitores. Sempre de forma peculiar.

Que mandem cartas sim, mas todas elas fúteis e nunca estas que estou lendo, repletas de uma confiança que não mereço, supondo-me um amparo que não sou. Escrevam-me, por exemplo, sobre arte culinária. Ou sobre futebol, banhos de mar, vinho verde, "misses" e moças de show. Para o mais, sou noite deserta onde os gritos se perdem.

Mas ele responde a todos, como ao Reinaldo, de Porto Alegre: "Noivo há dois anos, só agora descobri que Berenice (minha noiva) só tem três dedos na mão esquerda". AM: "Mas, se ela tiver sete na mão direita, dá no mesmo, Reinaldo. O negócio é ter dez dedos na hora de mostrar. Verifique e volte a escrever-me". Ou ao Francisco Neves, do Rio: "Minha mulher tem a mania de bom gosto. Agora implicou com a camiseta que uso por debaixo do pijama". AM: "Cuidado, Francisco, logo depois ela irá implicar com o homem que há por debaixo da camiseta".

Ou a Laís Pimenta, também do Rio: "E foi por isso, exclusivamente por isto, que abandonei o meu marido". AM: "O 'exclusivamente por isto' a que se refere Laís foi o seguinte: o marido chegou em casa, despiu-se completamente, surrou a sogra o sogro e trancou-se no quarto da empregada, com empregada e tudo, durante 72 horas". Ou, ainda, Mariza Freitas, que lhe escreveu em pleno calor carioca: "Meu namorado sua muito, debaixo dos braços". AM: "Só debaixo dos braços, Mariza? Então, não há motivo para desgostos. Divirta-se na área enxuta, que é a maior parte do seu namorado".

Parecia sempre inesgotável o bom-humor de Antônio Maria, mesmo quando falava de morte, como nesta crônica de 1957:

> Para adiantar serviço, estou escrevendo várias crônicas na Sexta-Feira Santa. E me pergunto, com alguma advertência: por que adiantar serviços, se muito mais decente seria protelar a morte? [...] Protelar a morte é dormir. Longas horas. Um mínimo de dez. Quando acordar, ir ao Sacha's. E como, na maior parte das vezes, não se morre durante o sono (e nunca morreu ninguém no Sacha's), a morte, se estiver mesmo interessada em mim, esperará que eu acorde ou que eu saia do Sacha's. [...] Mas morrer é muito mais que simples palidez, o enterro e as saudades. Morrer é não precisar de mais ninguém. É ser, até que enfim, independente mesmo. E tudo o que se queria acrescentar a esta verdade será malhar em ferro frio contra o crescente prestígio da morte em nossos meios artísticos e sociais. Todavia, o certo é morrer o menos possível e sempre à última hora. A independência é a pior de todas as soluções.

Ou, ainda, quando literalmente gozava com a própria cara:

> Só soube que era feio quando amei pela primeira vez. Vi-me, então, corajosamente... e não era como gostaria de ser. No coração, um amor tão bonito. Ninguém iria acreditar, mesmo dizendo, mesmo eu explicando, mesmo eu jurando.

Apaguei a luz, tocava o concerto nº 3 de Beethoven e, no final, apesar do tom ser menor, o lirismo era tão ardente que tudo ficou entendido, entre mim e a minha feiura: eu a amava e não a abandonaria até a morte".

Maria era só um homem que escrevia. Um homem só, que escrevia, Antônio sofria por seu ofício – aquele de tirar beleza da miséria, o prazer do sacrifício de se manter íntegro:

Há que escrever, Antônio. Esquece Cabo Frio, esquece Petrópolis, esquece-te. É preciso ganhar mais alguns cruzeiros. [...] Mas há liberdade de pensamento. A única liberdade realmente preservada. E tu pensavas, para a frente e para trás, para os lados, para cima e para baixo. E fumava teus cachimbos, um após o outro, preocupadíssimo com a aventura errante de Vinicius de Moraes. [...] Trabalhas muito, é verdade. Mas é verdade. Mas é preciso trabalhar três vezes mais. E não é feio, não. Feio é tomar um avião, ir a Brasília e pedir a Jango uma moleza, no estrangeiro. É cedo, Antônio, para pedires uma moleza. Tua cabeça ainda pensa, teu acanhamento ainda funciona, teu coração ainda ama. Então trabalha.

Era também um ferino e mordaz Antônio Maria aquele que escrachava com a mesquinhez & a burrice nacional:

É imprescindível ser-se burro, em matéria de arte, religião, política. Fora da redação e longe da máquina, o burro, se souber manter um bom tempo de silêncio, durante as conversas, criará fama de "talento calado". É muitas vezes repetida, como elogio, esta observação: "Enquanto falávamos, fulano, que é muito esperto, não disse uma só palavra". Ora, o homem que não fala é aquele que raciocina com dificuldade. O que não ri, então, carece de qualquer possibilidade de raciocinar. Quando vejo uma pessoa muito séria e calada, procuro sair de perto, porque dentro dela efervescem, num só caldo, burrice, amargura, inveja, ódio e avareza.

Como despedida de autor de *Ninguém me Ama*, fica com vocês a força de sua poesia, por exemplo, a que salta das entrelinhas desta crônica de 1963, não por acaso intitulada *Despedida*:

Permite que eu deseje, agora, tomado e vencido pelas urgências que de mim exigem, um canto de sono e preguiça onde ainda não se tenham inventado o telefone e o relógio [...] Sinto-me vazio de poesia, esgotado de um resto de doçura que tanto prezava e, coagido pelos que revendem muitas ideias, dói-me o tempo e o esforço gastos, os ardis e os truques que emprego para arrumar palavras e construir frases de efeito.

[...] O céu repete o azul de tantas tardes acontecidas em maio, as últimas quaresmeiras do verão agonizam na saia do morro, os homens martelam a pedreira... e eu não sinto vontade de rir ou de chorar. Na rua arrastando uma corrente eterna e incompreensível, passa mais um caminhão da Standard Oil... e eu não sinto nenhum vexame político, nenhuma revolta social. [...] Livrem-me da pressa, das datas, dos salários e das dívidas e a todos serei agradecido, num verso submisso. Livrai-me de mim, de uma certa insaciabilidade que apavora e de todos serei escravo numa humilde canção. Permite que eu só queira, agora, esse canto de sono e preguiça, onde não necessite dos atletas, onde o céu possa ser céu sem urubus e aviões, onde as árvores sejam desnecessárias porque os pássaros se sintam bem em cantar e dormir em nossos ombros".

JM 20.03.98

Deserto aborrecido?

"O mundo, meu filho, é um deserto aborrecido", já dizia o pai do Carlos Alberto Castelo Branco, o meu querido Castelo que, às vezes, assina uma ótima coluna: *Aliás,* no *Cataguases*. Olha que língua a nossa: "assim", cheia de controvérsias! Não que a coluna às vezes seja ótima, o que implica a contrapartida de às vezes ela não ser. O Castelo é que às vezes publica a coluna, às vezes não. Sempre que às vezes sai, ela é daquelas coisas porretíssimas que o Castelo faz tão bem, ele que tem posição de titular absoluto na seleção dos melhores cronistas deste país. *Aliás*, e principalmente, quero deixar claro que não é só por ser meu amigo, não. Ora pois, também tenho o direito de escalar meus amigos na seleção, mesmo porque eles são os melhores. Taí o Castelo e pronto: sem direito a controvérsias de qualquer espécie e ponto.

Um deserto aborrecido! Que bela sacada essa do patriarca das figuras castelares, do Castelão-mór! Um tédio só, esse mundo. *Les événements m'ennuient*, lembrava Drummond na epígrafe de *Claro enigma*, citando o poeta Paul Valéry. Sim, os acontecimentos me entediam. Ou, mais simples e sucinto, como o Castelo-pai: me aborrecem, *tout court*. "Nada de novo sob o sol": o mundo hoje se repete como no novelhíssimo Eclesiastes. Pelo menos esse mundo que me chega por satélite ou pelo Correio. *Aliás*, palmas pro Correio de Cataguases, por enquanto infalível na entrega de minha correspondência, dos jornais, livros, revistas & quejandos. Mas, vamos aos fatos que povoam esse deserto aborrecido.

"Armados & Perigosos" é a manchete da Revista *Time* que recebi hoje, com data de 6 de abril: sorridente dentro de sua "roupinha pueril", cópia debilóide de um uniforme do exército americano – semelhante em tudo ao traje de qualquer soldadinho desse mundão aborrecido –, um menino que mal mudou as fraldas segura em suas "inocentes" mãozinhas um rifle imenso. Ah, esses pimpolhos americanos, que coisa mais fofinha! O molecote é o espelho ideal para a matéria que começa na página onze da *Time*, na qual ele *rides again* com a carinha matreira, seu chapéu de caubói, a camisa xadrez & o longo capote a la John Wayne. Um protótipo de pistoleiro que se confirma quando percebemos estar ele displicentemente apoiado em uma de suas três pernas, na clássica pose dos mocinhos do faroeste: a terceira perna é, naturalmente, um rifle maior que as outras duas.

Notem que chamo indiscriminadamente de "rifle" as duas armas, porque delas nada entendo, nem nunca por elas me interessei. Chamo isso de rifle, boa rima para patife. Ao lado do nosso fedelho que imita John Wayne – o mesmo que já vimos na capa da revista – em foto de igual porte, ocupando 2/3 da página, encontra-se um robusto pré-adolescente, com as faces extremamente rosadas de um típico *little boy* americano. Seus cabelos estão no rigor da moda, esse corte de marginais idiotas, ditado pela máquina de raspar nº 4 e copiada em toda a "aborrecida & aborrecente" aldeia global. Mas o que salta mesmo à vista é que, ao contrário do fedelho que vemos na página ao lado, nós não o olhamos; somos, ao contrário, mero objeto de seu olhar. Esse semiadolescente nos olha friamente, com uma inesperada arrogância que brota de seu sorriso rosado e desafiante.

Esse olhar fixo e penetrante agora nos dá medo. Agora que sabemos pertencer a Mitchell Johnson, um adolescente de 13 anos que, com seu "fiel companheiro" Andrew Golden, 11 anos – o frangote do rifle, o *little* patife da capa – foi o responsável pela chacina de várias colegas e de uma de suas professoras na escola em que estudavam em Jonesboro, no Arkansas. *The Hunter and the Choirboy* é o título que *Time* dá à matéria sobre a matança. "O caçador e o menino do coro". Quer dizer, o "patife do rifle", já nosso conhecido, e o gordote de olhar frio, o "menino do coro", assim chamado porque acabara de "aceitar Jesus e sua salvação", segundo o jovem pastor Christopher Perry (não, juro por Jesus que não é nosso "irmão" Cristóvão, mas mera cópia), ministro da Igreja Batista de Jonesboro. O jovem Mitchell – que gracinha! – deleitava os fiéis da congregação Batista de Jonesboro com a suavidade de sua voz de menino do coro.

"Eu era como um menino diante de um palco/Odiando a cortina como se ela vedasse meu sonho". *Time* usa como epígrafe de sua matéria esses dois versos extraídos de *As flores do mal*, de Charles Baudelaire, que ouso "transcriar" do inglês sempre charmoso da revista, pois meu original de *Les fleurs du mal* de Baudelaire ainda está perdido entre as caixas de livros que trouxe do Rio e sequer comecei a abrir. Uma epígrafe mais que expressiva, iluminada como se sob a luz de um *spot* sobre a cena em que explode a raiva do jovem Mitchell Johnson ao receber um fora da namorada – pano que fecha rápido, bloqueando o palco de seus anseios. Junte-se essa raiva à facilidade cotidiana no manejo das armas, qualquer arma, possibilitada a qualquer frangote, a qualquer *american (cow)boy*. Junte-se ainda essa raiva, esses rifles, ao encontro com o outro *little* patife e teremos o *script* mais do que óbvio da nova tragédia americana.

Nova tragédia americana? Não, que bobagem! Ela é novelhíssima, como o surrado Eclesiastes aqui citado. A mesma *Time* constata em outra matéria ("Através da Rota do Diabo") a aberração representada por esses massacres escolares e repete a velha e inquietante pergunta: "Por que crianças matam?". Ora, direis, para ver estrelas! Para ver reluzindo as estrelas dos xerifes do faroeste que fizeram de suas mentes.

Pearl, Mississipi, 1º de outubro de 1997: Luke Woodham, 16 anos, mata a própria mãe e dois colegas de classe com um rifle calibre 22. West Paducah, Kentucky, 1º de dezembro de 1997: armado com uma pistola Ruger calibre 22, Michael Carneal, 14 anos, abre fogo sobre os participantes de um culto religioso em sua escola, momentos antes do início das aulas. Ao ser empurrado contra uma parede por um colega que tentava impedir o massacre, Carneal lhe diz: "Mate-me, por favor. Não posso acreditar que fiz isso". Stamps, Arkansas, 15 de dezembro de 1997: Joseph Todd, 14 anos, apelidado de "Colt", é acusado de atirar "casualmente em dois colegas de escola. O xerife da localidade disse que Todd atirara a esmo, não se importando com quem pudesse atingir: "o que ele queria era ferir alguém, qualquer alguém".

Pois é, esses mal-resolvidos meninos americanos & seus rifles mais que simbólicos – eretos como não conseguem ser seus pênis murchos. Por que não se miram na eficácia do pauzinho de seu presidente? Que coisa, hein? Hein, Doutor "Fróes"?!!?! *Time* aborda também a venda indiscriminada de armamento americano usado por países que praticam a tortura; o susto & a gafe de "Clíntoris, o pinto de ouro", olheleaí, gente!, ao temer um ataque da negritude de Gana, que na verdade tentava aclamá-lo; a inesperada compra da Random House, a mais tradicional editora norte-americana, pela Bertesman AG alemã, um dos gigantes da mídia mundial. E saúda ainda em página inteira três poetas & seus novos livros: J.D. McClatchy, Yusef Komunyakaa e Deborah Garrison. Deserto aborrecido? Há controvérsias.

JM 12-04-98

Homemulher? Leonardo Boff?

Faltam menos de dois anos para a virada de um século marcado por profundas transformações. Um século mutante, em evolução. Um templo também de revoluções internas, que viu o homem mudar por dentro e, por extensão, fez com que ele tomasse consciência da força da alteridade, permitindo a percepção do outro, a magia de compartilhar a vida em sua plenitude. O homem descobriu-se soma. Porção-mulher? Porção-homem? Não. Apenas *homemulher*, porção fatalmente humana.

Foi um século de lutas, este século. Em vários fronts buscou o homem aprimorar a qualidade de vida e convivência. *Je est un autre*.. "Eu é o outro", dizia há mais de cem anos um revolucionário Rimbaud – dando um nó, traçando a sintaxe e a semântica. Coisa de "inventor", como diria Ezra Pound. De poeta, de verdadeiro poeta com suas antenas plugadas, antecipando o século XX muito antes de ele entrar em cena. Embutido no verso-ícone de Rimbaud estava também um atualíssimo conceito: a mulher em mim é o outro que sou eu.

A luta da mulher por sua afirmação atravessou este século. Nos anos vinte, ela adquiriu o direito de voto e, mais importante, o do veto. "A mulher faz o homem". Pensando bem, a ingênua – e por isso mesmo *soi-disant* – tradução brasileira da comédia "anos 40" do diretor de cinema americano Frank Capra acaba significando mais que muitas das bandeiras do *women's lib* da feminista Betty Friedan da década de 60. De Kennedy aos Beatles, de *Hair* e dos hippies à escalada no Vietnã, de Che Guevara ao Tropicalismo tupiniquim, tudo aconteceu nos anos 60, a década que virou este século de ponta-cabeça. A mulher fez o homem que faz(ia) a mulher.

Entre a pílula e a minissaia, o Festival de Cannes premia em 1966 – meu Deus, há 32 anos! – o filme *Um homem, Uma Mulher*, no qual Claude Lelouch conta aquela historinha de encontros e desencontros mascarada pelo uníssomo da melô-melosa de Francis Lai, encobrindo um gigantesco clipe do Mustang, o carro que a Ford estava lançando naquele ano. E não era pra menos: o próprio Lelouch, que além de dirigir o filme era também o seu *cameraman*, chegara ao cinema pelas portas "sofisticadas", quase digo *fashion*, do mundo da publicidade.

Em meio ao festival de tomadas caindo de frescura & *old-fashion* (não é que acabei dizendo?), Jean-Louis Trintignant pra cá, Mustang pra lá, *chá-ba-da-ba-da*, Anouk Aimée cadê você? – em meio ao charme e à chuva de apelos melódicos & visuais, quase passa despercebida uma balada de Pierre Barouh. Aquela em que o ator/autor pressente *un goût d'éternité* – "um sabor de eternidade" que ficará do relacionamento com Anouk, *l'aimée*: a mulher mais que amada, bela-belíssima, aquela delícia de (vi)uva do filme de Lelouch.

Sobra sempre um suave sabor de eternidade do verdadeiro relacionamento. Estar no mundo é estar com o outro de forma biunívoca, perene e poderosa. Na década de 1970, outra canção, esta de John Lennon (One day/At a time), passa toda a intensidade de uma ligação amorosa: "You are my women, I am your man/Nothing else matters at all, now/I understand/That I'm the door and you'are the key". Amar é estar antenado, é plugar, é religar até mesmo as próprias tomadas, todas elas, num choque mais que saudável. Uma religião no mais profundo de sua essência: re-ligare. Um completa o outro, como a chave e a porta de Lennon.

Gente, que *viagem*! Que viagem andei eu fazendo pelaí, nesse *mustang-cor-de-sangue* perdido nos anos 60! Que diabo, dirão vocês – que diabo é isso aí, meu Deus! –, que diabo está ele querendo dizer agora, em meio a esse revolto mar de controvérsias mais que controversas? *Homemulher*? Há? Não há? "A mulher em mim é o outro que sou eu"? "A mulher fez o homem que fazia a mulher"? "Eu é o outro"? "Rimbaud"? Por acaso o nosso poeta *adamou-se*? Ora, por quem sois! Há sérias controvérsias. Mas é Leonardo Boff – acreditem ou não – o culpado de tudo. Pois é, como dizíamos nos anos 60 – "podes crer, amizade". Boff, o próprio.

Vejam vocês como pequeno é o mundo, ou grande é o "planeta Cataguases" sobre todas as coisas. Leonardo Boff esteve ainda há pouco aqui conosco, brilhando numa daquelas palestras como só ele sabe fazer – aquele discurso politicamente corretíssimo, terno & *internetísimo*, sobre globalização, perdão, "mundialização", o amor planetário & por isso mesmo eterno & coisa & loisa. Uma palestra em que naturalmente não podiam faltar dois conceitos emblemáticos de seu discurso: *entusiasmo* (o Deus que trazemos conosco) e *re-ligare* (palavra-fonte de "religião").

Tamanho o entusiasmo e a empatia reinantes que Boff chegou mesmo a fazer e a repetir uma citação errada de Dante: vale a rima, mesmo não sendo a *terza rima* do florentino. O que, no fundo, não tem lá grande importância –

nem a rima, nem a citação equivocada. Mas, a bem da verdade, o verso famoso do bardo italiano na seção do "Inferno" de sua *Commedia*, e não na parte final, no *Paradiso*, como disse Boff, é "*L' amor che muove il sole e l'altre stelle*", o amor que move o *sol* e as outras estrelas. O sol, meu caro Boff, não o *céu*, coisa que naturalmente bem o mereceis. *Et pour cause*. Falar nele, era noite de muito sol, calor nas palavras e no ambiente, o que me obrigou a ficar afastado de Boff, buscando ar numa das janelas do concorridíssimo Auditório do Rotary – ai de mim!, exatamente ali onde meu guru Geraldinho Barbosa soltava com o devido *entusiasmo* suas divinas baforadas.

Que maravilha, que coisa "mais dez", "muito onze" mesmo, quase diria eu em eco com a tresloucada gíria dos meninos de hoje. Que coisa mais divina, mais diabolicamente correta & porreta ver todo mundo ali "religado", comungando seu bom-bocado com as mágicas palavras de Leonardo. O mesmo fascínio que eu experimentara um dia – aquele em que, por questões meramente profissionais, fui "obrigado" a assistir a uma palestra de mestre Boff. Exatamente quatro anos atrás, em abril de 1994, quando ele era um dos palestrantes do ciclo "*Homem/Mulher – uma relação em mudança*" que o Centro Cultural Banco do Brasil promovia na ocasião, coordenado por Maria Helena Kühner e Celina Albornoz. Eu tive que assistir e ainda por cima rever no vídeo todos os encontros, pois estava encarregado de editar e fazer a apresentação de um livro que seria publicado pelo CCBB logo a seguir – como efetivamente aconteceu – com um apanhado dos principais temas discutidos nas várias palestras.

> "Poucos acontecimentos" [dizia eu no final do texto em que apresentava o livro, cujo início já foi devidamente mostrado a vocês nos primeiros parágrafos desta crônica], poucos acontecimentos trouxeram tanto público ao CCBB em toda a sua história. A leitura de textos de autores brasileiros antecipava as palestras que, por sua vez, detonavam acalorados debates. Eternos cúmplices da aventura humana, aqui estão o homem, a mulher e suas porções. São páginas de paixão perpassando intenso *entusiasmo* que, como diz Leonardo Boff, é o erotismo em sua melhor tradução.

Naturalmente, há controvérsias. Mas, se não as houvesse, que entusiasmo, que graça teria isso tudo – mulher, homem, re-ligare, consciência-planetária, Boff, Rotary, Cataguases, CCBB & os cambaus?

JM 26-04-98

Esbofetear Minas?

Minas não é palavra montanhosa.
É palavra abissal. Minas é dentro
e fundo.
[...] A vida anterior sutilizara-se.
Um silêncio grave envolvia
todas essas casas e impregnava-as
de uma substância eterna, indiferente
à usura dos materiais e das almas

Carlos Drummond de Andrade

Só mesmo minha querida Cristina Prates, vindo só do Rio só para visitar-me: vejam só vocês que coisa mais única e só e delicada. Que belo e só e sólido unguento-panaceia! Só pra soprar o sol da solidão, cega de sonho e claridade. Só um sopro, um só e tênue sopro, mas como é bom!, como atenua o azul deste abril que se esvai espreguiçando entre as frestas do outono. Este abril voejando junto a fiapos de meio-sol, esgarçados entre o sono e a solidão. Essa aqui – solitária solidão mineira, que nem ela; solidão mineral, que nem eu; e só, só, *solita*, insólita, *solamente* a sós: s.o.s.!

Cristina veio de novo e novamente e mais uma vez, com emoção: palmeiras, sabiás e gorjeios de todos os tons, inclusive os jobins & buarques e naturalmente todas as aves todos os dias todas as aves todos os dias todas as aves todos os dias & gonçalves – mais uma vez, com emoção. É sempre muito bom rever canções de amigo(s) tendo comigo minha amiga neste monótono "In-exílio" de mineral mineiridade: "nada, Cataguases, nada me faz te amar menos" (Evoé, mon cher *Franxico Marcel Marceau Chabrol*!).

Professora de Literatura Brasileira no Rio, Cristina defendeu a poesia em sua tese de mestrado, lançando luzes de raro brilho sobre a trajetória do poema épico: foi aos gregos, ao velho Homero, para entender, situar e ampliar a épica dos poetas da modernidade. Falo de cadeira, precisamente aquela ali onde estava eu sentado anos atrás, quando assisti à sua apresentação na UFRJ. Apesar de suspeitíssimo: além de ela ter me dedicado sua tese, meu livro *Selva selvaggia* era um dos enfocados em seu trabalho, naquele segmento que Cristina denominou, com grande propriedade, de "a épica do olhar". Suspeitíssimo mesmo: é exatamente pra ela e pro meu "in-exilado" amigo & guru Francisco Marcelo Cabral que dedico meu mais novo livro de poemas, *Minas em mim e o mar esse trem azul*, que espero ver em breve nas melhores casa do ramo e – claro! – entre os secos & molhados da Casa Rama.

No momento, Cristina prepara-se para defender sua tese de doutorado. Como já era de se esperar, não fosse ela de Teófilo Otoni, minha amiga remexe dessa vez nas raízes da mineiridade. E ao escavar seus minérios mais nobres nas obras de Cyro dos Anjos, Pedro Nava, Autran Dourado, Cornélio Penna, Lúcio Cardoso e outros, acaba escavando suas próprias raízes, as mais profundas e telúricas. As raízes mais de dentro, as deles, dos Anjos, Nava, Dourado, Penna, Cardoso, as dela e as nossas raízes mais interiores: ancestrais, atávicas fortalezas em ruínas. Revolver para (nos) compreender é o enfoque de seu novo trabalho, intitulado *Ficções mineiras:* uma escritura de subsolo. Dele salta a sua história, a nossa história: vida que vem da memória, da tradição, que brota de mesmices & mesmidões mnemônicas, mineirices em nós (im)plantadas – e para sempre.

Desta vez, Cristina trouxe-me uma preciosidade: a edição comentada da *Crônica da casa assassinada*, editada pela Edusp em 1996. O que mais me interessou no livro foi um ensaio de Consuelo Albergaria, "Espaço e Transgressão", onde a Professora de Literatura Brasileira da UFRJ analisa os alicerces da chamada mineiridade. Segundo ela, "a mineiridade não se define, se desvela: as montanhas dilaceradas, cor de sangue pela presença do minério de ferro, marcam de modo profundo a paisagem de Minas". Afirma também que os escritores da mineiridade são os que praticam "aquela que Pedro Nava denominou 'a língua do *uai*': uma língua criptofônica 'comportando inflexões, cadências, jeitos de frase, uns sincopados, uns sustenidos e uns estacados [...] cujo sentido só é percebido pelos iniciados". Que maravilha! Sincopados, sustenidos e súbitos *staccatos* são coisas com as quais venho tropeçando a cada dia nessa volta a Minas, entre um e outro inesperado paralelepípedo.

"Acostumados a manter submersas suas opiniões", continua Consuelo,

> e constrangidos pelo medo atávico do comprometimento, os falantes da *língua do uai* são geralmente acusados de cautelosos e dissimulados. Por isso o hábito

> do mineiro de falar por ditados, abusar das citações, e enfileirar provérbios, cuja função é precipuamente a de preencher um vazio sem interromper, ou macular, *la chasteté du silence.*

A "castidade do silêncio"! Bravo, Consuelo! Que bravíssimo discurso, inacreditavelmente parecido com o que eu faria se fosse hoje chamado a falar de mineiridade, que denominaria modernidade do silêncio.

> Falar e não dizer [...] é o drama interior inerente à mineiridade. [...] Omitindo, ou procurando mascarar sua visão pessoal do mundo, essa linguagem praticada é antes um modo de esconder do que comunicar o que pensam e o que sentem; sua função primacial parece ser o meio que encontram para forçar uma saída para a sua solidão. A presença continuada dessa característica funciona como um código que censura a comunicação; todos falam, ou melhor, todos se repetem trazendo de novo apenas o toque pessoal da sua enunciação.

Isso aí, Consuelo: a mineiridade toda "fala pelo silêncio", todos se repetem na omissão que busca mascarar a mineral mesmice de sua (nossa) solidão.

O romance de Lúcio Cardoso ilumina bem isso tudo. De forma bastante redutora, numa lida a *vol d'oiseau*, a *Crônica* é o espelho de uma propriedade em acelerado estágio de decomposição, como seus donos. Sobre a Chácara dos Meneses e em seu entorno paira uma atmosfera pesada e sombria, desenhada por reminiscências das quais eles não querem se desfazer. É nesse ambiente sufocante, povoado pelo disse-me-disse, por dolorosos "silêncios que falam", que começam a emergir efervescentes paixões que jazem submersas. Nina, luminosa presença que vem do Rio, casada com Valdo, um dos três mais que sombrios dos irmãos Meneses, é uma das personagens mais fascinantes do romance. Ela e seu cunhado Timóteo, auto-exilado em seu quarto, permanentemente travestido com as velhas e cada vez mais exíguas roupas de sua mãe. Amante de violetas e jardineiros, controvérsias à parte, Nina é a grande metáfora lançada por Lúcio Cardoso: corroída pelo câncer, é como se seu corpo fosse a própria casa que se deteriora. Cancerosos, corpo e casa marcam o fim de uma época de falso fausto. Atenção, revisão: eu disse falso fausto, não "fausto fawcet".

Falar nisso, no disse-me-disse da mineiridade, o *Fawcet* aí de cima me lembrou a Regininha Poltergeist, que andou dançando com sua banda, a dele, Fausto, e agora quer ser a bunda *cover* da Carla Perez. Que coisa, hein? Bem, deixa pra lá. Vamos parar por aqui, com a Consuelo Albergaria, para quem a *Crônica da casa assassinada* é nada mais que o "testamento amoroso de alguém que, tendo certeza do seu amor, pôde esbofetear Minas a fim de acordá-la para o perfume das violetas". Gracias pelo livro, Cristina. Minas e Lúcio Cardoso continuam na próxima. Em silêncio, naturalmente, pois sempre há controvérsias.

JM 10.05.98

Minas, esse espinho?

"Minas, esse espinho que não consigo arrancar do meu coração" diz um angustiado Lúcio Cardoso a páginas tantas de seu *Diário*, pleno de anotações transbordantes de paixão por Minas e paixão contra Minas. Lúcio foi uma das paixões de minha adolescência. Literárias, por favor. O primeiro contato com seu romance *Crônica da casa assassinada*, feito ainda em Cataguases, no início dos anos 60, deixou-me literalmente fascinado. A saga dos Meneses habitou por anos minha memória, a Chácara exalando mofo e decadência, fruto apodrecido num pomar do passado – um subsolo em que submerge a família mineira em pleno estado de decomposição.

Amigo de Rosário Fusco e de Francisco Inácio Peixoto, em cuja casa ficava hospedado, Lúcio Cardoso foi durante um tempo *habitué* em Cataguases, onde escreveu grande parte da *Crônica da casa assassinada.* Quanto a isso, naturalmente, há controvérsias. Tantas que durante muitos anos eu e o Joaquim Branco, outro "fascinado" pelo romance, acreditávamos que a Chácara dos Meneses realmente existiu – e aqui em Cataguases. Claro: no bairro dos Meneses, esse que está ali até hoje, entre o Senai, o Aexas, o Recanto's e a Faculdade. O mesmo já não acha Paulo Cezar Saraceni, que já realizou dois filmes baseados em obras de Lúcio Cardoso, *Porto das caixas* e a própria *Crônica,* mas nunca fez sequer uma de suas locações em Cataguases. Estive há pouco com Saraceni em Ubá. Ali, sob o olhar do grande Mário Carneiro, seu diretor de arte, rodavam-se algumas cenas de *O viajante*, o terceiro longa de Saraceni baseado em Lúcio. Segundo André Mauro, seu assistente de direção, estava prevista uma filmagem na ponte de Aracati. Mas em Cataguases, que é bom... neca na boneca! Quantas controvérsias na paisagem vista de Minas!

Não conheci Lúcio Cardoso – "não o pratiquei", como dizia o Fusco –, a não ser através do que sobre ele me contava meu amigo Luiz Carlos Lacerda, o poeta e também cineasta conhecido como "Bigode", outro de seus fãs do "rol dos incondicionais". Bigode fazia um documentário com/sobre ele assim que cheguei ao Rio, aí por volta de 1965/66, e num só entusiasmo falava/citava/transpirava Lúcio Cardoso. Anos mais tarde, Bigode filmaria em Parati o belo e denso *Mãos vazias*, baseado na obra de Lúcio, que daria a Leila Diniz o prêmio de melhor atriz no Festival Internacional de Adelaide, na Austrália, em junho de 1972. De Adelaide, Bigode e Leila foram para Bangcoc. Dali, ele voou para Katmandu e Leila para Roma, via Nova Délhi: um voo que na verdade tinha a morte como destino.

Meses antes no Rio, em janeiro daquele ano, nas vésperas de meu casamento, eu e Adriana fomos presos pelo I° Exército e trancafiados num xilindró do DOI-Codi, na Barão de Mesquita, ali mesmo onde a tortura rolava feio e forte. Nada tínhamos com o peixe, muito menos com a carne. E por nada fomos presos, como, aliás, todo o mundo naqueles tempos de *pra frente Brasil*, Médici, *ame-o ou deixe-o* & outras bobagens do mesmo quilate, inclusive toda a cachorrada. Na época, Tarso de Castro, que eu conhecia do *Pasquim*, estava dirigindo um espetáculo que procurava retomar o teatro rebolado, produzido pelo Rodrigo Farias Lima, com Leila Diniz posando de vedete. Eles acabaram sabendo de nossa prisão, acredito que através do Rodrigo, que era mais chegado à gente. Não sei bem como, os três, Tarso, Leila e Rodrigo "mexeram os pauzinhos" – e mexeram bem bonitinho, pois os jovens noivos puderam estar na igreja no dia do casório, sem que ninguém soubesse do quiproquó.

O susto durou na verdade até meia-hora antes da cerimônia, quando soltaram o padrinho do casal, o nosso querido Carlos Sérgio Bittencourt, que por motivos parecidos também "entrara numa fria" e estava trancafiado nos porões do mesmo DOI-Codi. Claro, depois do tradicional chope na casa dos pais da noiva, a festa foi esticada para a boate onde Leila estrelava *Vem de ré que eu estou de primeira* e recebia os noivos como seus convidados de honra, ao lado do Sérgio Bittencourt. Não o Carlos, mas o próprio Sérgio Bittencourt, ali *Naquela Mesa*. Que diabos estava o Sérgio Bittencourt fazendo no meu casamento? Acho que a Adriana andou trabalhando com ele, nos tempos em que estava na Revista Manchete ou no Programa do Chacrinha, do qual ela participava como jurada. Há controvérsias. Lembro que o Sérgio deu uma nota do casório em sua coluna do Globo. Quanto à Leila, nem é preciso falar do festival de "carinhosas sacanagens" que ela aprontou naquela noite *primeira*, de núpcias e também *de ré*. Leila, outra das paixões do Bigode. E de todos nós.

Ponto e volto pro Lúcio Cardoso. Sua imagem surgiria também mais tarde, já na virada dos anos 60, quando passei a frequentar a casa do Rosário Fusco em Cataguases. Eram folclóricas e inesperadas repercussões vindas na voz meio embargada de Fusco, seu grande amigo:

> Um dia ele me apareceu de madrugada e devidamente bêbado. Na época, eu morava em Copacabana, num segundo andar, de frente pra rua Siqueira Campos.

Lúcio berrou lá fora e cheguei à janela. Tinha um lotação vazio, encostado no meio-fio: "Fusco, olha o que eu comprei! Que belo lotação, né?! Tô indo pra São João do Meriti, dar uma volta. Vamos?".

"Claro que não fui", me disse o imprevisível Fusco, ele que já havia comprado um bonde e circulado pela madrugada de Copacabana com um bando de amigos:

> estava escrevendo e, a bem da verdade, São João do Meriti não fazia parte do meu roteiro, pelo menos aquela noite. Três dias depois, nova madrugada, nova gritaria na calçada. Lúcio voltara de *San Juan del Merity*. Bêbado, é claro, ou não seria ele, a roupa toda esfarrapada, um mendigo de mendigo nenhum botar defeito. Mandei subir. Soluçando, contou que haviam lhe coberto de porrada e roubado o seu lotação, mas que fora tudo muito divertido. Viera a pé de *San Juan*: muito *divertente*. "O que vale é o esforço" dizia ele, numa das frases de que eu mais gostava. O Lúcio viveu intensamente, e às vezes me dá um saudade danada dele!

Meu Deus, como gostaria que permanecessem as fixações de nossa adolescência! Relido agora, o romance do Lúcio já não é o mesmo que tanto me fascinara. Sua *Crônica* está plena de imperfeições. A dicção dos personagens nos vários depoimentos é por demais empostada e soa quase sempre falsa. Por sua vez, a narrativa em contraponto – que parecia novidade na época, apesar de "chupada" de Aldous Huxley – envelheceu como a própria Chácara dos Meneses. Não existe qualquer verossimilhança na fala dos personagens, o que não é nenhum pecado capital, mas não deixa de ser incompreensível num romancista de sua estirpe e estatura.

Pior de tudo – perdão, Rosário Fusco; perdão, Paulo Cezar Saraceni; perdão, meu caro Luiz Carlos "Bigode" Lacerda; perdão, Cristina Prates; perdão Consuelo Albergaria; e, principalmente, perdão, Joaquim Branco: o Lúcio escrevia terrivelmente mal, mal de doer. A *Crônica* é um romance intenso, com um *plot* diabólico, de grande dramaticidade. Mas que se esgarça no *gran falar* de seus personagens, na falsidade de floreios vocabulares incabíveis em criaturas socadas no interior de Minas. No fundo, as narrativas são teatrais no mau sentido, pois delas Lúcio não se distancia. Por isso, parecem falsas. Que pena: é duro falar assim da *Crônica*, nosso velho mito. O que salva Lúcio Cardoso é que sempre há controvérsias.

JM 24.05.98

Leila livre? Leila vive? Viva LeiLa Diniz!

Meteoro de curso breve, estrela de rápida cintilação, ela voou veloz nessa vida, estopim de amor, verbo solto e alegria. Um nome – o que diz? Leila. Leila Diniz. Plena de plumas & palavrões ela incendiou com sua coragem os incendiários anos 60. Foram muitas as leilas sem medo forjadas por essa Leila múltipla que explodiu em pleno voo. A vida que se partiu, estilhaços que se espalham e nos chegam até hoje, os dentes de coelha num cicio que se solta, a boca, o riso aberto. Leila. Leila Diniz.

Assim começava um texto que fiz a pedido do "Bigode", o meu amigo e cineasta Luiz Carlos Lacerda, para apresentar um evento que ele iria coordenar no Centro Cultural Banco do Brasil. "Leila Diniz 50 Anos" era uma homenagem à eterna musa de Ipanema, que estaria fazendo 50 anos naquele 25 de março de 1995. Se viva fosse. Mas viva ela era e ainda é. Leila morreu? Há controvérsias. Por que me lembro disso agora? Porque falei da Leila aqui, na vez passada, e me deu uma saudade dos diabos! Porque exatamente agora aquele voo às avessas completa 26 anos. "Morre Leila Diniz na explosão de um jato sobre a Índia": a manchete de primeira página do *Jornal do Brasil* de 14 de junho de 1972 nos pegou no contrapé, assim totalmente de surpresa – e deixou todos os brasileiros chocados. Não era só a "Musa de Ipanema", mas agora era a do Brasil, musa que emudecia.

Chocado mesmo ficou o Bigode, que só soube da notícia um mês depois, em Londres, ao chegar de Katmandu. Mais terrível ainda para ele, o último brasileiro a ver Leila viva, no aeroporto de Bangcoc, antes dela embarcar para Roma e para a morte sobre a Índia. Bigode faria mais tarde, em 1987, um filme definitivo sobre a nossa musa, o longa-metragem *Leila Diniz*, com a Louise Cardoso fazendo o papel de Leila, igualzinha, impressionantemente igualzinha.

Leila livre, Leila vive. Pois é, fui eu falar aqui, quase que por acaso, daquela história de minha prisão e do casamento – sem segundas leituras, por favor – e Leila entrou de novo porta adentro, plena de vida, palavrões e rebeldia. Ainda em janeiro daquele 1972, meses antes de sua morte, estivemos juntos algumas vezes, eu ainda meio traumatizado, recém-saído dos porões do DOI-Codi. Ver Leila era uma forma de aliviar a tensão, de ir ao encontro da alegria, um desbunde geral. Eu estava de férias – merecidíssimas, após a prisão – e aparecia sempre nos ensaios do espetáculo que ela iria fazer, o rebolado *Vem de ré que eu estou de primeira.*

Sua filha havia nascido há pouco e, nos intervalos dos ensaios, eu andei levando algumas vezes a Leila para dar de mamar a Janaína, que ficava com a babá no apartamento emprestado pelo Tarso de Castro, na Lagoa, entrada do Túnel Rebouças. Era sempre uma festa. Um curto trajeto, do Leblon ao Túnel, o suficiente para que todos os motoristas buzinassem assim que a reconheciam, brincando com sua musa. Leila devolvia as brincadeiras sempre bem-humorada, sacana que nem ela. Lembro que o porteiro do prédio do Tarso era flamenguista, e o nosso time já naquela época andava mal: Leila sempre caía de gozação em cima dele, como se fosse ela própria um outro porteiro. Carioca autêntica: simples, simpática, moleca safa & safada. Até hoje, sempre que entro no Rebouças pela Lagoa, tiro a cartola e... bate outra vez com esperança o meu coração. Mas Leila não mais aparece. Nunca mais o seu riso claro. Nunca mais o charme daquelas covinhas realçando seu rosto. Nunquinha.

Engraçado como são as coisas: foi exatamente naquela área do Rio, ali ao lado da Lagoa, na Igreja de Santa Margarida Maria, que a vi pela primeira vez, num casamento de algum amigo(a?) comum, anos antes daquele 1972. Leila acabara de filmar *Todas as mulheres do mundo* e estava com um minivestido rosa e simples, nada de estrela, apenas mais uma entre as muitas meninas daquele casamento. Qual o quê! Ela era uma estrela de luz intensa – e brilhava mesmo sem querer. Da noiva, não me lembro, nem mesmo seu nome. Dela, Leila, não mais me esqueci: está aqui ainda agora, o minivestido e o maxi-riso, rosa e claro e para sempre. A partir daquela época, passei a denominar aquele lado do Túnel Rebouças de "Entrada Leila Diniz". E até hoje é assim que falo, com saudade da *Leila para sempre Diniz*, como a chamou um dia o Carlos. Qual Carlos? O Carlos, ora, o nosso poeta maior, o Carlos Drummond de Andrade. Mas vocês também, hein?!! Puxa, não conhecem ninguém, sô!

Por mais estranho que isso possa parecer, Leila me lembra igreja – Deus a tenha. Pois foram em igrejas os nossos dois primeiros encontros. Aquele do casamento na Lagoa e, dois anos depois o outro, em 1968, quando nós nos trombamos na Igreja de Congonhas do Campo. Eu voltava para o Rio, vindo de um Festival de Poesia em Divinópolis, e parei para visitar pela primeira vez os profetas do Aleijadinho. Para minha surpresa, dou de cara com a Leila, sozinha, vendo os ex-votos no Largo da Igreja, como qualquer turista. Que diabos fazia Leila Diniz em frente ao meu nariz? Leila perdida em Minas, entre Daniel, Habacuc e demais profetas de menor fama e porte? – *Madona de Cedro*! – disse a musa sorrindo, os dentinhos de coelho à mostra, como sempre. Pois é, para meu espanto Leila estava filmando a *Madona* de Antônio Callado. E no papel da própria, *of course*.

A história da mulher brasileira deveria ser dividida em antes e depois de Leila Diniz. Melhor, antes e depois da explosiva entrevista que Leila deu ao *Pasquim* no início dos anos 70. Foi a partir dali que Leila mostrou-se absolutamente revolucionária, corajosa, desbravadora. Um divisor de águas, vulcão jorrando seu magma de vida e lições de vida. Com Leila, nunca havia controvérsias. Ela era solar e saudavelmente sincera. *Solar*, aliás, era como eu a chamava no texto do CCBB, que agora me serve de despedida. À bênção, Leila.

Nunca ninguém tão garota de Ipanema, mulher-oceano, solar: "Brigam Espanha e Holanda/ Pelos direitos do mar/ Brigam Espanha e Holanda/ Porque não sabem que o mar/ É de quem o sabe amar". Nunca ninguém tão Leila Diniz: "Acho que eu sou um ponto fixo dentro de mim e um círculo ao redor. Esse ponto fixo é muito sério e as pessoas não manjam muito. Tem um negócio dentro de mim que é muito importante: a minha força, a minha verdade, a minha autopreservação".

> Leila de todos os verbos e verdades, Leila que diz: "Acho que cada um deve fazer o que lhe faz bem. O importante é amar as pessoas e sentir uma certa felicidade, apesar da zona ao redor. Não tá vendo que eu sou desafinada, de canela fina, e sou vedete? É só querer, ter coragem. Acho o palavrão gostoso e é uma coisa normal. O palavrão virou verdade em mim, e quando as coisas são verdade, as pessoas aceitam. Só me arrependo do que deixei de fazer por preconceito, problema e neurose. No fundo, sou uma mulher meiga: queria mesmo é fazer amor sem parar".

Para Bigode, seu maior amigo, Leila era uma festa do interior: andava descalça todos os dias, nadava, bebia, parecia que nunca ia parar de comemorar a vida. Um mito, o que diz? Leila. Leila Diniz. Leila que tudo transou sem pecado. O riso claro, cristalino, o biquini, o mar, a barriga ao sol. Janaína dentro e já liberta, como se pronta para a vida, no palco. Janaína já mamando, mamãe-vedete que amamenta sua cria em meio aos spots & paetês.

Leila é uma e são todas, todas as mulheres do mundo que nela se encontram e com ela aprenderam a lutar contra todos os preconceitos, como na frase que ela registrou no verso de uma foto, sua cara marota, moleca, amarelada pelo tempo: "Como eu gostaria de poder andar descalça sempre". A Leila cinquentona, o que diz? Talvez o que escreveu para Janaína, em seu último cartão-postal enviado da Austrália, com direito a canguru com filhote na bolsa e tudo o mais: "Amor, volto logo, e acho que mais bonita e feliz".

JM 07.06.98

Índios? Spielberg?

Sim, que falta ele me faz! Ele quem, ó idiotal figura? O cinema. Qualquer cinema, pô! Não. Há controvérsias. Qualquer cinema, não. Só ele. Evito passar pela praça Rui Barbosa pra não olhar pra ele. Ame-o, já dizia o Antônio Jaime-o: *Fellini e Godard no Cine Edgard*. Mas se passo por lá, olho pra outro lugar. O Grande Hotel, a Força e Luz, a Nacional, qualquer coisa pra não ver aquelas velhas e nostálgicas letras em acrílico que anunciam o nada e nada mais do que isso. Vejam vocês como controversas são as promessas desta vida. Estive outro dia em Ubá, que tem um calçadão como o daqui. Só que o deles agora tem um diferencial, um plus, uma novidade melhor que qualquer brevidade: um cinema novinho em folha, com direito a som dolby-stereo, poltronas estofadas e até ao DiCaprio.

É, o próprio: desde a semana passada o Titanic também está afundando por lá. Três vezes por dia – e todos os dias. Vejam só que humilhação pro brio cataguasense: além de servir como set de filmagens para *O viajante* do Paulo Cezar Saraceni, Ubá agora ainda tem, de quebra, sessões diárias de cinema. Já Cataguases não é mais palco de filmagens desde 1966/7/8..., quando Paulo Bastos Martins aqui realizou *O anunciador*. Muito menos plateia: a última vez que os cataguasenses puderam ir ao cinema foi há um ano, quando do Centenário de Humberto Mauro. Veio o ministro. Veio a Telemig. Aportaram políticos, starlets e, até, cineastas. Veio em peso a Funarte, veio gente de toda a parte.

Falou-se de uma retomada do cinema em Cataguases. O projeto era de o cinema voltar a funcionar como cinema. Quer dizer, que coisa mais simples e natural: o cinema simplesmente voltar a funcionar como tal. Falou-se até de filmagens na cidade, de um Festival Anual de Cinema etc. Falou-se, falou-se. E quem "falou-se" foi até mesmo eu aqui, este digitador veemente e meio quixotesco que volta a vos falar e, às vezes, a escrever. Pois é, eu fui o mestre-de-cerimônias e o mediador dos debates no palco do Cine Edgard e lembro-me de ter conclamado (Conclamado? Que coisa mais "Cine-Theatro Recreio"!) os cataguasenses a lutarem pela volta das sessões de cinema.

Cataguases podia, até, ser cachoeira. Mas, antes, tinha que (s)ter cinema. Falou-se, falou-se, e nisso mesmo ficou-se. Sem cinema e acho que sem cachoeira também. Que diacho, nem mesmo um mísero riacho? Nem vem que não tem. O Lava-Pés não vale. O Meia Pataca que se cale. E sem direito a pipoca do Oswaldo Punhalada. Nunca mais "mãos-ao-alto", mão-boba no escurinho. Nunca mais escurinho. Nunca mais imagens mágicas, nunca mais menino. Nunca mais pipoca, nunca mais *Perigos de Nyoka*.

Em Cataguases eu tive pela primeira e última vez oito anos. Era aí por volta dos inícios dos anos 50 e eu ainda não entendia direito o que se passava na tela do Cine-Teatro Edgard. Muito menos imaginava que Humberto Mauro, o pioneiro do cinema nacional, sentava-se ali, onde eu estava, para assistir aos primeiros filmes de sua vida. Possivelmente americanos e dirigidos por Griffith e Henry King, quem sabe *David, o caçula*, com toda a canastrice do Richard Barthelmess. Quanto às ruas de minha cidade terem sido set de filmagens na década de 20, para as realizações de Humberto Mauro, aí é que eu não imaginava mesmo.

Minha única preocupação era saber como, diabos, o seu Edgard conseguia esconder atrás da tela de seu cinema tantos índios e cavalos e balas e bandidos que viviam azucrinando o meu herói Hopalong Cassidy. Contei isso pro Humberto Mauro, o próprio, quando ficamos amigos na década de 70. O velho Mauro riu muito e me confessou que ele, na verdade, pensava outra coisa: como funcionava a câmera, o projetor, como os americanos conseguiam transformar a luz em imagem. O cineasta já estava desde sempre embutido no imaginário do menino Humberto Mauro.

Mais tarde, já cineasta de renome, Mauro diria não entender como os americanos gastavam "milhares de contos de réis" em produções caríssimas e sem sentido. Foi um pouco pensando nisso que escrevi certa vez sobre aquele "titanic dos dinossauros", aquele filme jurássico feito pelo não menos Steven Spielberg. Na época, eu assinava uma coluna de cinema no Suplemento Cultural da Caixa Econômica, no Rio. Meu texto sobre o filme do Spielberg ficou inédito, pois o Suplemento acabou antes que ele fosse publicado. Assim, velho que nem dinossauro, mas em absolutíssima primeira mão, com vocês *Os Tiranos & Outros Sauros*.

O Dragão da Maldade está solto e não tem mais Santo Guerreiro pra segurar a barra. A fome, essa Bronquiossaura, engole tudo & todos, todos os miseráveis e *drop-outs* de um terceiro mundo cada vez mais descentrado, mais longe de Hollywood, essa quimera. Luta desigual, essa luta: na arena ancestral, as rechonchudas, pré-históricas bochechas de Madame Brônquio investem avassaladoras contras as esquálidas, quixotescas, tristes figuras de Betinho, o fradim mais maduro do Henfil. Davi & Golias: o embate continua mesmo sem funda, mesmo levando traulitadas na rima (im)pertinente que quase acontece pelaí.

Encurralado (e valendo as "leituras" permitidas pela palavra, aliás, absolutamente dentro do contexto), um dos primeiros e melhores filmes de Steven Spielberg, era uma alegoria sobre esse combate desigual. O viajante David e seu automóvel, perseguido implacavelmente pela fúria de um motorista de caminhão devidamente ensandecido. Um imenso & feroz caminhão chamado Goliath. No filme, como na Bíblia, a astúcia de Davi acaba derrotando Golias porque, como já disse o Glauber, "mais forte são os poderes do povo". Na vida real, essa vitória parece cada vez mais distante, perdida em algum desvão da pré-história.

Os tiranossauros de Spielberg não assustam mais que a fome. Assusta, sim, a máquina mortífera de Hollywood, que gira ao contrário da vida. *Jurassic Park* rendeu 50 milhões de dólares apenas no primeiro fim de semana de exibição nos EUA. Hoje é terça-feira, 29 de junho, dia de são Pedro (*Era mesmo: só não lembro de que ano*). Os exibidores nacionais estão soltando fogos por outros motivos. Os dinossauros de Spielberg estão soltos em cinemas de todo o país desde a última sexta-feira e andam deglutindo seus milhõezinhos com a voracidade de praxe. A mídia baba & mama, penhoradamente: destaque nos noticiários de tv, capa de *Veja* & de todos os cadernos B da vida.

Spielberg dirige com rara competência seus dinossauros, recriados e destruídos pela modernidade do computador. É a pré-história *high-tech*, uma realidade tão-longe-tão-perto da gente como o hambúrguer & a coca-cola. Não por acaso os atores de Spielberg, esses humanóides, limitam-se a esgares & trejeitos idiotizados. Os tiranos, esses goliassauros, abocanham os dólares da fome. Nos EUA, apesar dos protestos dos produtores, o filme foi proibido para menores de 13 anos. Papai tirano, Spielberg já afirmou que seus baby-sauros não verão *Jurassic Park,* pelo menos por enquanto. Ainda bem: as crianças estão salvas.

JM 07.06.98

Slow-motion? Smow-lotion?

Copa do Mundo é coisa de comunista. Isto é, são sempre outros quinhentos: tanta gente tonta que compartilha alentos tantos – e tão poucos tentos. Sendo esses "tantos" aqui iguais a tantos mesmo; idem os "tão poucos"; e, naturalmente, "tentos" igual a gol, muitos gols. Não estamos em Portugal, ora pois, pá!, mas tentamos – o que já é uma forma de ampliar nossos (in)tentos. Mas qual, apesar de complicada, a frase inicial sinaliza corretamente os fluxos e refluxos de uma Copa: profusão de sofrimentos e alegrias em comum, "a pátria de chuteiras", essas coisas de um país como nenhum. O Brasil não é brincadeira: há uma bola na bandeira. De repente, estamos juntos e irmanados, "somos um, somos multidão", como no verso do poeta francês Paul Éluard. Aliás, francês e comunista, como queríamos demonstrar desde a abertura do parágrafo. Francês? Isola.

"Até que quem inventou a televisão não é lá muito burro, não é?". É perfeita a frase de tia Dalila, a Lilila, minha companheira de poltrona em algumas tardes dessa Copa do Mundo. Exatamente como aquela, dita logo após o empate entre Argentina e Inglaterra, antes dos pênaltis: "É bom assim, pois assim ninguém fica descontente, né?". Eis aí o inacreditável sentimento de solidariedade, que nos faz sofrer com os ingleses e de cambulhada até mesmo com os platinos, nossos eternos desafetos no gramado. "Está pronto pra peleja?" – Lilila irradia sua frase oficial a cada início de partida, os olhinhos vivíssimos. "Aquele goleiro bonitão, de pernas grossas (Leão), está aposentado?". "E o irmão daquele médico, como é o nome (Raí)? Ele é muito bom de serviço, né?". Ou sua máxima: "Copa de 98: puxa, vou fazer 88 anos em dezembro. Oitenta e oito: nossa, que vergonha!".

Pois é: "que vergonha", hein Lilila? Que vergonha devem sentir agora os nossos rapazes. "Com que cara eles vão voltar?", foi a frase da Lilila agora à tarde, vendo pela televisão a festa francesa, que continua desde os três a zero de ontem: quase um milhão de pessoas inundando de *bleu-blanc-rouge* os Champs-Elysées. Nunca aquele Arco foi assim de um Triunfo tão merecido. A final da Copa acabou antecipando em dois dias as comemorações do 14 de Julho, o dia nacional da França. Acho mesmo que a queda da Bastilha vai agora ser para todo o sempre comemorada a 12 de Julho. A Copa faz essas coisas. A televisão também.

Tem razão a Lilila: não é nada burro quem inventou a televisão. E muito menos quem, como os franceses, soube utilizá-la com a perfeição conseguida nessa Copa. A tv é quase sempre mero eletrodoméstico, veículo de massa, isto é, um hipermercado planetário de vendas. Até mesmo de *massas* variadas e veículos *unos*: vide os *"Gols"* com que a Globo & Co faturou 0900 bilhões dos incautos, dando uma "torcida" geral nos bolsos já mais que retorcidos de estarrecidos torcedores. Isso pra não falar de outros "deslizes & deslumbros", de *ryders, nikes & umbros.*

Mas os franceses deram outra dignidade às imagens televisivas. Nunca as transmissões de futebol, ou quaisquer outras, foram tão perfeitas quanto agora. Um show de closes, cortes, panorâmicas, produzindo imagens absolutamente nítidas, de resoluções quase inimagináveis. Câmeras em gruas, em helicópteros, em pontos estratégicos e às vezes inesperados, como vimos naquele pênalti do Júnior Baiano, um tento da tv sueca que o flagrou com inacreditável precisão.

Abre com *big-close-up* sobre o astro principal – a bola – no centro do campo. Fusão com caras dos jogadores em fila, ainda no túnel. Corta para tomada aérea, em *plongée* sobre o estádio. *Fade-out.* Um quase imperceptível *fade-in* para entrada das equipes no gramado: câmera baixa, em "contra-plongée", valorizando os craques. Volta para bola em close, pontapé inicial. Corta para plano médio, jogo em andamento. Detalhe de lance de ataque, ao vivo, câmera fechada na bola, correndo entre uma floresta de chuteiras & canelas e pés & pernas. Corta para aflição da plateia, funde com a mesma tensão no banco de reservas. Volta pro lance anterior, agora em *slow-motion* na edição simultânea. Volta pro gramado, plano americano, bola e jogadores em movimento. *Play/replay.* Tensão/relaxamento. Parecia cinema. E era. Um filme de belos enquadramentos, valorizados pela precisão da montagem.

A linguagem utilizada pela tv francesa na edição de imagens foi o gol de placa, melhor, o "gol de claquete" desta Copa. Estava pensando em escrever sobre isso desde o primeiro jogo. Aliás, a matéria mereceu capa da Revista *SuperTV*, encartada no JB de ontem, o fatal 12 de julho, que ficará para sempre em nossa lembrança, exatamente como o 16 de julho de 1950, o do gol de Gighia. Pois é, daqui a três dias estará completando 48 anos aquela derrota que se estendeu do Maracanã para todo o país. E continua viva pra quem a vivenciou, não importa o grau de intensidade – mesmo pros meninos daquele época, que nem este *menineu.*

Mas, fora a fraca artilharia francesa e a forte apatia brasileira que vimos ontem, naquela nova queda da Bastilha – e que revemos ainda agora, nesse insistente *replay* que martela nossas mentes –, o que ficará mesmo é o impacto dessas imagens. "O maior espetáculo da tela", como as intitulou o JB. Na verdade, da "tele-telinha", pois a "tela" do título usado pelo JB foi só pra fazer um jogo de palavras com o filme "O maior espetáculo da terra". Lembro de outro filme, aquele que o Murilo Salles realizou nos EUA sobre a Copa de 94. É um excelente documentário, sem dúvida, com imagens que jamais havíamos visto durante as transmissões via tv. Mas um filme que demorou quase um ano para ser montado.

Agora, não. Com a perfeita resolução de imagens, com a profusão de câmeras nos estádios e principalmente com uma edição inteligente e simultânea, os franceses levaram a Copa a todo o planeta, e ao vivo, realçando detalhes que vimos como se estivéssemos no cinema. Só que de forma instantânea, quase mágica, com a precisão e a nitidez que só se consegue com a imagem em *ralenti*, a chamada câmera lenta – o velho *slow-motion* brilhando como nunca. Ou "*smow-lotion*", como falava o Zé Maria, meu querido, patético e inesquecível personagem. Aliás, "*smow-lotion*" sempre me lembrou loção de barba, cabelo e bigode. Exatamente o que os franceses fizeram conosco. Mas, felizmente, há controvérsias.

JM 08.08.98

Ortopedista? Malabarista?

Da série "remexendo no baú". Acho entre papéis & papéis cópia de uma velha carta de 1979, que enviei a alguma "VeraLúcia"– assim mesmo, o nome junto e sem sobrenome. Não tenho a mínima ideia de quem seja a moça, nem que moça seja, embora haja indícios de ser ela poeta "não iniciada" no ofício. Uma iniciante, que possivelmente me enviou seus poemas para que eu desse uma opinião. Vício antigo, acabei "metendo o bedelho" e mandando pra nossa amiga uma carta com algumas, vamos dizer, "sinalizações" sobre o ofício do poeta – no fundo, um ofício como qualquer outro: malabarista, dentista, equilibrista, vigarista, ortopedista, eletricista, trapezista. Enfim, essas coisas que fazemos sempre na corda bamba, simplesmente pra enganar a morte. Quer dizer, fingir pra nós mesmos que não vamos morrer. Há controvérsias.

"VeraLúcia: os poemas estão lidos e devidamente anotados – velho hábito meu de marcar livros, textos, poemas. Peço que me perdoe: são coisas de *copydesk* ranzinza. Falar nisso: atenção menina, que o português arma uma cilada em cada esquina. Cuidado como o verbo haver, com os circunflexos, com as vírgulas fora de hora. Ainda: não use *jamais* em seus poemas o abominável ponto-e-vírgula ou as cândidas reticências, que ficam bem em cadernos de meninas de escola normal, mas nada têm a ver com poesia. Não force: deixe que o poema fale por si mesmo, que ele dê o tom que você deseja: sem reticências. *[Hoje, eu colocaria tranquilamente um "há controvérsias" ao final deste parágrafo].*

Você tem jeito para a coisa. Mas acredito que os poemas ainda não estejam suficientemente maduros para publicação. Eles mostram certo talento e sensibilidade, o que é bom quando a gente se lança na produção de poemas – mas não é o suficiente. É preciso técnica, aprendizado. Vale dizer: leitura. Ler, ler muito, ler atentamente todos os poetas e poemas que lhe caírem nas mãos. Mais ainda: forçar para que poetas e poemas lhe caiam nas mãos cada vez mais – e com mais constância. Ver como os poetas – os bons poetas – fazem para cortar o verso, usar esta palavra e não aquela, usar a rima (quando necessária) – enfim: como se arma o arcabouço de cada poema. Isso vai lhe tomar tempo, mas no fundo lhe dará prazer. E é o único caminho que conheço para o aprendizado – se é que você deseja produzir bons poemas. Isso porque, como já dizia o Alcorão, ou mesmo o *vosso* amigo Aiatolá Komeini: "tudo está escrito". Angústia, amor, solidão, indagações metafísicas, reminiscências da infância, liberdade, dor-de-cotovelo, causas sociais – tudo já foi tema de poetas, bons e maus.

Então, é ler para não repetir. É ler para não 'descobrir' coisas já descobertas. Um pouco de teoria também é bom para entender como trabalham os poetas. *Trabalham*, aliás, é a palavra certa. Porque vai longe o tempo em que os poetas eram tidos como seres abstratos, no mundo da lua, buscando *inspiração* para cantarem suas musas. Isso é folclore, é intriga da oposição. O poeta é um ser comum, que trabalha seu poema como qualquer operário. Exatamente como qualquer operário: utilizando-se da matéria-prima *palavra* para produzir *poesia*, como poderia produzir sapatos, pregos, móveis, automóveis e os cambaus. E, sinceramente, não vejo porque seria um melhor que o outro. O homem, qualquer homem, não vive exclusivamente de bens materiais. E o poeta nada mais é que um operário de bens espirituais, exatamente como o outro, que produz bens materiais. Se for bom artesão, tanto o poeta quanto o operário se equivalem – e são dignos de respeito. O que importa é a honestidade no fazer. Isso aí. Mas o melhor mesmo para explicar isso tudo é um poema como esse que aí vai, de Cassiano Ricardo (aliás, um poeta que você deve ler – e já.):

Poética

O que é a poesia?
uma ilha
cercada de palavras
por todos os lados.
O que é o poeta?
um homem
que trabalha o poema
com o suor de seu rosto
um homem que sua
como qualquer outro homem".

JM 23.08.98

Uma cidade do exterior mineiro: maioridade?

pressinto
cabreiro
com horror
que estou
numa cidade do exterior
mineiro

Rodoviária de Cataguases, quarta-feira, 02 de setembro, meio-dia exato. Minha filha Ulla acaba de me ligar do Rio, está vindo no sábado, pede que eu compre passagem de volta. O menino do guichê olha curioso para meus suspensórios enquanto responde: "Pro dia 07 só tem uma, a 44... lá no fundo". OK, vou querer. Ele começa a destacar a passagem, enquanto me diz: "O senhor quer uma mesmo, né?". Claro, você não falou que só tem uma? "É, mas é que se o senhor quisesse duas, aí eu não podia tirar, pois só tem uma". Corte rápido. Restaurante cataguasense, um ano atrás. Jantando com o fofo do François, a flor dos Fuscos. Fome franciscana, peço que me tragam logo pão francês, antes mesmo do filé. "Tem não senhor", diz o jovem garçom, "só tem pão de Cataguases".

São coisas assim, essas frases tresloucadas, essas pequenas "tiradas" do cotidiano de Cataguases, são esssas coisas que saem assim espontâneas desses meninos do interior e me pegam de surpresa – e me enternecem profundamente. São coisas assim, como o mesmo garçom, na mesma noite, no mesmo jantar, fechando com guardanapo de ouro sua performance. Pergunto se tem sobremesa. "Tem não senhor, só tem doce". Ó cidade, ó mocidade, ó santa ingenuidade a desses meninos a me lembrarem o menino anterior que eu fui e sou.

Cataguases completa 121 anos nesta segunda-feira, dia 07. Quer dizer, suas maioridade pós-centenária. Mas completamente sem juízo, a exemplo de seus meninos. Se não, não teria a mínima graça, não é? Uma graça de cidade-menina, que às vezes desafina – mas absolutamente sem maldade: verde e virgem. Talvez a única coisa a resistir verde e virgem em si mesma. Virgem em si mesma? Nossa! Tão fantástica, tão surrealista, tão *science-fiction* nesse virar de milênio... como de resto o foi em todo o século que se (es)vai. Ela continua sendo uma "cidade do exterior mineiro", como escrevi em meu Pomba Poema na época do seu centenário. Salve, ó linda Princesa! Ó Princesinha da Zona da Mata! Da mata que acabou. Quer dizer, Princesinha da Zona. Que os corações arrebata. Salve! Salve! Salve-se quem puder.

JM 06.09.98

Glauber/Slotti: aquela linha interrompida e retomada

Poucas pessoas são assim tão anos 60. Poucas ainda aquelas assim "ando meio desligado" como o Tuíte dos tempos do desbunde, o Sebastião Lotti de depois, esse Slotti de agora. Que ainda parece estar sempre "viajando", com a mesma cara de antes, aquela que lembra mais Salvador Dalí que o próprio. Surrealista como Dalí – sem se desligar do figurativo ao longo de sua trajetória nesses últimos trinta anos, sem se distanciar da perfeição de suas máscaras – Slotti agora e aqui homenageia Glauber Rocha com suas *Cabezas cortadas*. "A função histórica do Surrealismo no mundo hispano-americano oprimido foi aquela de ser instrumento para o pensamento em direção de uma liberação anárquica, a única possível", Glauber *dixit.*

Cabeças cortadas, esta mostra dos trabalhos atuais de Slotti, nasceu do que ele chama de "minha indignação face ao que ainda não foi feito: a reforma agrária desejada em seu sentido mais objetivo.". Os Sem-Cabeça, os Sem-Terra. Tuíte-Slotti diz que os desenhos foram surgindo naturalmente, pois ele queria que as figuras brotassem sem se policiar quanto à forma. Quando saíam acadêmicos, acadêmicos ficavam. De acordo com a emoção do momento, oscilavam entre figuras quase renascentistas e outras muito pelo contrário: absolutamente deformadas pela realidade, meio chegadas ao pop. "Pensei em terra, nos Sem-Terra. Surgiram imagens de Canudos, Lampião, essas imagens tão Glauber, tão do imaginário de Deus e o Diabo, filme que mexeu muito com minha cabeça nos anos 60". Era o mesmo Glauber que nos anos 70 escrevia "*Cabezas cortadas* é um filme contra as ditaduras, é o funeral das ditaduras. Um encontro apocalíptico nas ruínas da civilização latino-americana, que desmonta todos os esquemas dramáticos do teatro e do cinema. O cinema do futuro será som, luz, delírio, aquela linha interrompida desde *L'âge d' or*".

Conotação social, arte participante, aquele papo de engajamento. Parece um mundo antigo, efervescente e pleno de contradições, coisa defasada depois da queda do Muro de Berlim, das globalizações & outras mumunhas mais que nivelaram por baixo os anseios, refrigerando nossas vidas. Quer dizer, nossas vidas em Ipanema. Porque, de resto, a coisa continua muito Minas Gerais, i.e., "está onde sempre esteve". Estão aí os Sem-Terra e os

Sem-Mesa. E Minas não veio aqui por acaso. Lá como aqui, Slotti passou por álcool, drogas & amores mil. Mas amar só amar em Minas. O Rio de namorar: piração. Ipanema é sua praia, o mar desse mineiro de Miraí. De sua pequenina Miraí cujos códigos já transgredia aos 12 anos, naquele "Circo do Tuíte" onde era o trapezista, o diretor, o figurinista e principalmente o criador do *strip-tease* na roça: agreste, bucólico, corajoso – e precursor e pueril e patético.

Os peitinhos de Lelena tinham somente 12 anos e ficavam de fora e eram como dois limõezinhos soltos enquanto Marlene cantava "Eva me leva/ pro Paraíso agora" e os meninos de Miraí, na faixa dos 14, se masturbavam num só delírio, num gozo conjunto e total. Os moleques gritavam em uníssono enquanto a Lelena do Lalá caía no picadeiro e saía rolando pra debaixo da cortina: o maior barato. Por razões mineiras, demandas matreiras e por isso mesmo óbvias, o "Circo do Tuíte" foi fechado e seu jovem trapezista – sem peitinhos, mas também com 12 aninhos – muda-se já com seus primeiros desenhos para a cidade grande. Quer dizer, a mais próxima: Cataguases, a Princesinha da Mata Mineira, que adota, elege e erige como cidade dos sonhos. Ou pelo menos trapézio para o mundo que desconheciansiava.

Censurado no mato, censurado na praia. Na Ipanema dos anos 60, vamos encontrar o mineiro que inventou o *strip-tease* decorando as vitrines chiques do bairro, como aquelas da Bibba, um dos ícones *fashion* da década. A Bibba que lançava a moda mais *up-to-date*, as últimas vogas da *swinging London*, o que havia de mais "quente" na época. Tuíte, é claro, morava no Solar da Fossa, bicho. Pode crer. É isso aí, ali ao lado de todos aqueles artistas já meio conhecidos, aqueles Gil, aqueles Rogério Duarte, aqueles Caetano junto a quem sua timidez não deixava o papo se travar, perdão, se soltar. Ali no Solar lia Rimbaud e Jean Genet, mas ficava mesmo com o Livro Vermelho de Mao, ou *A chinesa* do Godard, impressões fortes da juventude, aquela da Geração Paissandu. Sim, ele também estava lá, ô cara!

"A arte é invenção, é o inconsciente do artista, o sonho, o imprevisto, a forma nova.". Não por acaso, a frase é também de Glauber Rocha, o mesmo cara daquele "a política e a poesia são demais para um só homem: vão se esquecer de Lênin, mas não de Maiakóvski". Aquele "Glauber, profeta alado", no dizer de Paulo Emílio Salles Gomes. Na Páscoa de 74, Tuíte utilizou alguns anjos na decoração da Bibba, ali na Maria Quitéria, onde hoje é o Empório 37 (ainda é?). Eram anjos de papelão, segurando um pássaro azul.

Como os peitinhos da Lelena do Lalá, anjos de pauzinhos de fora, umas gracinhas. A repressão nada sabia do sexo dos anjos, nem podia. Os militares aplicaram o corretivo de praxe: fecharam a loja, cobriram anjos & vitrines com jornal e abriram processo de atentado ao pudor, o que deu a Tuíte seus 15 minutos de glória no Jornal Nacional, com direito a suítes em toda a mídia do país e até do exterior. Nunca se discutiu tanto o sexo dos anjos.

Década de 60 sem Mauá não há. Slotti vai pra Mauá, a serra, e acaba no mar. Piração geral: meio desligado, troca as bolas e respectivas praias: achou que Mauá fosse a indefectível praia de Mauá, permanentemente em estado de emergência. Ficou na lama durante um ano, chafurdando com os caranguejos e achou o maior barato, que nosso artista sempre foi de boa paz: "Mauá é ótimo. É uma estação onde D. Pedro parava, na praia de Mauá, na Freguesia da Ajuda. A carruagem esperava e ele subia pra Petrópolis pela estrada do Imperador". São de Mauá os anjos em ocre, com elementos terra, sempre a presença da terra, marcante nas paisagens tropicais, bucólicas. Mas eram também trabalhos impregnados pelo surrealismo. Nada de mar, marinas. A paixão de Slotti é a terra, o verde: flor, fruta, jamelão. Ainda Glauber Rocha: "O Surrealismo para os povos latino-americanos é o Tropicalismo".

Meio desligado sim, mas em termos. Às vezes, um rebelde, antenado no acontecimento, participante. Aquele mesmo que foi preso durante o movimento estudantil, distribuindo panfletos de sua própria lavra & fabricação em plena Cinelândia. Um jovem indignado com a ditadura, trancafiado no Regimento de Cavalaria Caetano de Farias, ali onde aquele velhinho, perdão, aquele velho milico safado, pisava em seus pés e repisava, olhando fixo em seus olhos com aquele idiotal sorriso de desprezo: "Compositor, né?!!!". Não era, apesar dos cabelos compridos. Mas guardou para sempre a humilhação. A mesma que devolve agora, nessa retomada da linha de protesto, aquela interrompida.

De Miraí a Cataguases, de Ipanema a Mauá, dali a Pedra de Guaratiba, onde participa da Associação de Artistas locais, de Teresópolis a Anápolis, a Brasília. E de novo morando em Cataguases, não se sabe até quando, e agora e novamente em Ipanema. Trinta anos de Tuíte esta noite. Do expressionismo ao abstrato, é árido o mundo para esses olhos de espantalho. A expressão do que Slotti vê, o que sai de dentro si – porque quem de dentro de si não sai, bem o sabeis, vai morrer sem amar ninguém. A figura sempre predominando em todas as fases, o traço perfeito, marca, assinatura. A força, o impacto extraordinário desses olhos atônitos, semiesbugalhados, que fixam o acaso. Muitas vezes o ocaso.

Mesmo quando se fragmentam, as figuras não são aleatórias: antes resultam de uma composição pré-moldada na memória. Um amálgama de vários matizes, tons de terra e violeta. Ocre. Verde, amarelo. Esta paleta tão tropical, tão Bandeira do Brasil. A Padroeira que veio impávida & coroada. Puro *kitsch*. Lona, arte *povera*. Desenhos & óleos, aquarelas, nanquim, estandartes. Esses estandartes tão marcantes em Deus e o Diabo, em *Cabezas Cortadas*. O amarelo, o vermelho tão Glauber, a ressoar:

> "Não me exijam coerência. Não tenho resposta na boca para todas as coisas. Sou um artista, portanto meu processo é um processo dialético entre o fluxo do inconsciente e minha razão dialética. Assim, posso mudar a qualquer momento. Eu não tenho medo de criar, se tiver engenho e arte vou em frente. E é necessário não ser babaca, pois a babaquice é o maior inimigo do artista".

Jornal Cataguases 02.12.98

Com licença

1999

Cataguases? Rimini?

Com licença, que eu tô voltando. "Este é tempo de partido,/ tempo de homens partidos", dizia o Drummond de 1945, aquele de *A rosa do povo.* Lá se vai mais de meio século e as palavras do poeta mantêm-se intactas, visionárias. "É tempo de meio silêncio,/ de boca gelada e murmúrio,/ palavra indireta, aviso/ na esquina. Tempo de cinco sentidos/ num só. O espião janta conosco". Pois não é que é? Se não janta – pois afinal é também tempo de colesterol – , o espião certamente toma café conosco. Palavra que me lembra o velho amigo Parafuso, em nossa santa e *desparafusada* infância, lá se vão outros 40 anos e picos & piques: "Café num quero não. Mas vou provar um pouco desse tal de *conosco*".

Tempo de mudanças. Se o Zuenir e o Verissimo foram pro *O Globo*, tudo é possível. Por que também não posso eu voltar ao *Cataguases*, já que voltei pra Cataguases? A partir do próximo número, retomo os velhos tempos de *Bubbaloo,* aquela coluna surrealista que eu a(ssa)ssinei aqui no final da década de 80, durante mais de um ano, e com impressionante *inconstância*. Aqui e de novo no *Cataguases,* no qual comecei a escrever nos anos 60 com o terrível pseudônimo de *Roneck* – e para o qual volta-e-meia volto. Se é que os leitores me perdoam a meia-volta, pois – *com* a devida *licença* – há sempre bubbaloos & controvérsias.

O *Roneck* que o diga. Noite adentro e sem destino rolo em meu carro pelas ruas de eu-menino. Eu só e a perspectiva da madrugada. Eu só e a noite de Cataguases: minha amada, musa e namorada. Eu só e Nino Rota girando sem destino nas ruas e no toca-fitas. Este é um momento único, daqueles que mais amo: perambular à noite por Cataguases ouvindo as músicas que Rota fez para os filmes de Fellini. Velhas fitas que meu caro Carlos Moura trouxe diretamente de Rimini, a Cataguases de Federico. Cataguases é minha Rimini, *amarcord, riminiscência.*

Quer dizer, esta era uma das situações que eu mais amava, pelo menos até o último 23 de outubro, meu aniversário e doravante, ou *dorarrière*, natalício/natalino de luz e mar "de Góes Telles" do sumiço – vale a rima: e quanto pesa! – de meu carro e de todas as fitas cassete pertinentes. Inclusive as que, propriamente, nunca o foram. Nesse saco vamos incluir o velho Nino Rota, agora sim, completamente sem rota. Deu-se a melódia em plena av. Atlântica, no Rio de Janeiro, onde eu havia reunido alguns amigos & amigas para a chamada efeméride. Qual o quê. Na volta, fiquei literalmente a ver navios: aqueles que teimavam em passar pelo Leme.

Só sobrou o que soçobrou do naufrágio, uns cassetes esparsos que deixara em Cataguases – até mesmo um Nino Rota perdido/achado. Já passou, este filme já passou, como já disse o Chico Buarque: estou de novo de carro e de novo num velho Opala rodando pelas noites da cidade amada, com direito até a ouvir a música-tema de *Otto e mezzo*, aquela que mais amo, salva do naufrágio do Titanic: aquele velho/novo navio que de novo naufragou e por várias e várias noites inundou o Cine Edgard – o mesmo que, *com* a devida *licença*, adentrava com autoridade o mar do Leme na natalina noite de 23 de outubro, aquela.

Fellini, noite, Nino Rota, tudo me faz lembrar Andrea Muncini, minha amiga italiana. E de Rimini, porém & contudo: com rima & tudo. Ela foi assistente de produção do cineasta Bernardo Bertolucci – aquele de *Novecento*, do *Pequeno Buda*, do *Último Imperador* – e conhece(u) todo mundo de *Cinecittà*, do Marcello Mastroianni a Monica Vitti, passando naturalmente por Federico Fellini. Mas, fora Bertolucci, a grande amizade de Andrea era/é com Maddalena Fellini, a irmã de Federico, responsável pelo acervo do *maestro*, após sua morte e a de Giulietta Masina. Graças a ela, a elas, Andrea & Maddalena, um texto meu está hoje catalogado naquele acervo.

Em maio de 1994, programei para o Centro Cultural Banco do Brasil uma retrospectiva em vídeo, homenageando Giulietta & Federico. Fizemos um folder com uma montagem fotográfica na capa. Era dali, com uma pequena margarida nas mãos e aquele olhar patético, chapliniano, que Giulietta saltava de dentro do imenso chapéu de Federico, como num passe de mágica. Fiz também um texto de apresentação, que ilustrei com um jogo espelhado de fotos de Giulietta dialogando com o vazio em *Noites de Cabíria*. Ao começar um filme, Fellini prendia com percevejos, num painel verde, as fotos dos atores que estariam em cena. Terminado o filme, arrancava tudo e escrevia no painel: "E agora?".

Assim terminava meu texto:

> Federico Fellini morreu em Roma em outubro do ano passado. Giulietta Masina não suportou sua ausência, após 50 anos de casamento. Em março último, também desapareceu do set e da vida. *E agora?* Esta parece ser a eterna pergunta de

um fazedor de sonhos, maior mesmo que seu ídolo Buñuel. Nas mãos, o papel em branco e um atônito percevejo. Giulietta representava na verdade a soma de todas as imagens que povoavam o painel verde de Federico. Figuras que se esvanecem no fim de um *fade.*

Pois é, Andrea levou o folder do CCBB para Maddalena, que adorou a homenagem e o incluiu no acervo de Fellini. *Grazie!* E *com licença*, que já-já volto a ocupar estas páginas domingueiras do *Cataguases.* Semana que vem, semana que volto. Pois é, volta-e-meia volto. Na próxima ou na outra (qual?), pois há um bubbaloo de controvérsias quanto à minha periodicidade neste querido – *com licença* da palavra – "hebdomadário".

Jornal Cataguases 07.03.99

Era uma vez no *Estadão*

Com licença de novo, que vou retomar o papo começado aqui, há duas semanas. E já sabendo o que sequer imaginávamos, nem eu nem vocês, meus fantásticos leitores – se é que vocês existem mesmo. Hoje sim, já posso adiantar quanto às minhas aparições neste querido *hebdô*/madário, onde devo surgir a cada quinze dias. Quer dizer, número sim, número não – se é que me entendem. Nos "*números não*", teremos neste espaço a ilustre presença do controvertido Christóphoro *Fronte* Boa, ou de seu fantasma – não o do lençol branco, mas o sempre "Verde" *Fonte* Boa. Aliás, se não houvesse a Revista *Verde* talvez não houvesse Rosário Fusco, embora esta seja também uma afirmação do rol das mais controvertidas. Mas o certo é que se não houvesse Rosário Fusco não haveria Rosário François. E se não houvesse Rosário François certamente não haveria quem se preocupasse – como foi aqui publicado – com a im/possibilidade de eu soltar minha, *gracias!*, desafinada voz no belo show que o Trio do Afonsinho Vieira fez no Museu da Eletricidade. Olha que comecei a apresentação do show dizendo: "para alívio de vocês, prometo não soltar minha voz, pelo menos hoje: não sou besta de me meter a cantar no meio dessas feras". O francês não ouviu: *quel dommage!*

Posto o quê, vamos de volta ao passado, i.e., à coluna passada, onde falava de minha amiga de Rimini, Andrea Muncini, e de Fellini – assim mesmo, com todas essas rimas ini/magináveis. Foi com Andrea que há alguns anos publiquei uma série de entrevistas no *Caderno 2* do *Estadão* (pode me chamar de "O Estado de São Paulo"), focalizando personalidades do cinema italiano: atores, técnicos, músicos, diretores etc. Tudo começou com Bernardo Bertolucci, grande amigo de Andrea, e continuou por quase um ano, quando – via Muncini & Werneck – passaram pelas páginas do *Estadão* nomes como Ettore Scola, Mario Monicelli, Giuseppe Tornatore, Monica Vitti, Dino Risi, Lina Wertmuller, Ennio Morricone, o poeta Tonino Guerra, roteirista predileto de Fellini etc & etc: até mesmo o Pavarotti entrou na jogada, entrevistado por Andrea em Modena. Era assim: nós "bolávamos" um roteiro básico e Andrea voava pra Rimini – casa de sua mãe e quartel-general. De lá, ia pra Roma e outras cidades, onde realizava as entrevistas. Ela trazia as fitas gravadas pro Rio, nós traduzíamos/transcrevíamos, eu escrevia um texto de abertura sobre o entrevistado e dava a tudo um tratamento jornalístico.

Lembro que Andrea estava lá em casa no dia da morte do Mastroianni. Nossa entrevista com Marcello acabara de ser publicada e ela chorava sua morte como a do próprio pai. Eram entrevistas de grande sucesso, com "chamadas" na primeira página do *Estadão*, e que ocupavam sempre toda a capa do *Caderno 2*, às vezes vazando pelas páginas internas. No início de 97, fizemos uma proposta ao editor, Evaldo Mocarzel, para irmos ao Festival de Cannes daquele ano: Andrea havia agendado encontros em Paris com Anouk Aimée (minha eterna musa e, não por acaso, também de Fellini) e com alguns novos cineastas franceses. Só que ela não fala francês e precisava de minha ajuda na maioria das entrevistas. Mocarzel a princípio topou, mas – necas de pitibiribas. Andrea precisou viajar a Rimini para resolver qualquer-coisa-muito-doida aquela qualquer-coisa-que-dentro-mexe enquanto berro pelo Aterro gritando *Mamãe!* Não, não era bebê-à-vista, mas qualquer coisa com sua *mamma*.

Eu, por minha vez, estava completamente absorvido com outros tipos de cinema, o americano e o alemão. Acabara de ser contratado para editar o Catálogo do Rio Cine Festival e, *com licença* da palavra, me via "assoberbado" em traduzir – com Fonsim (*olheleaí* de novo!) Vieira e Cassé-Carlos Sérgio Bittencourt – e adaptar uma série infindável de sinopses de filmes do *Sundance Festival* (aquele do Robert Redford) e do Festival de Berlim, que seriam apresentados no Rio Cine. Isso sem falar na estruturação do catálogo, textos, fotos etc: tudo sob minha coordenação. Uma loucura na qual, juro, não mais embarco. E pra Cannes não embarquei mesmo. Mas ganhei uma camisa do Emporio Armani, com a palavra *Rimini*, imensa, e que até hoje, às vezes, trago em meu peito. Claro, presente da Andrea, que de lá chegou com a novidade: nos finais de tarde, alto-falantes transmitem as músicas de Nino Rota para os filmes de Fellini, essas mesmas que ouço enquanto noite adentro e sem destino rolo em meu carro pelas ruas de eu-menino. *Êhêh Ktaguáis!* Com licença, que vou parar aqui na Loura: demais. Paradoxal "Loura Moreno", *donamiga* do único bar que balança a noite e empurra a madrugada. Mas que nada! Pra vocês, um tintim diet e sem veneno: coca light, gelo e muito sereno. O meu e o da madrugada.

Jornal Cataguases 21.03.99

Prazeroso & produtivo

Durante 18 anos, de 1972 a 1990, trabalhei na *Revista Cacex*, publicação oficial da Carteira de Comércio Exterior do Banco do Brasil. Foi quando descobri como pode um trabalho ser ao mesmo tempo prazeroso e produtivo. Ali, sucessivamente, fui repórter e diagramador, tradutor e redator, *copydesk* e programador visual, chefe de redação e editor de texto. No princípio, era apenas um boletim que logo virou a *Informação Semanal Cacex*, jornal que tratávamos carinhosamente por *IS*. A *"IS"*, assim mesmo, nesse feminino puxado pela palavra "Informação", firmou seu nome no universo do comércio exterior brasileiro, mesmo porque foi o primeiro periódico de sua história. Ela resistiu até o início dos anos 80, quando ganhou novo formato, nova programação visual, capa a quatro cores e os cambaus.

Surgia a Revista *Cacex*. Sem falsa modéstia, ela foi durante os dez anos de sua existência a melhor publicação semanal sobre comércio exterior feita neste país. A redação continuava funcionando no 10º andar do Visconde de Itaborahy, o edifício-sede da Cacex no Centro do Rio, esquina das avenidas Rio Branco e Presidente Vargas. E lá ficou até 12 de outubro de 1988, quando "fomos mudados" para o prédio do antigo BNH, na avenida Chile, por motivo realmente de força maior: o Itaborahy incendiou-se com todo mundo dentro – e dali saimos enfumaçados, mas inacreditavelmente vivos e assustados e para sempre.

Não é à toa que estou me lembrando da Cacex. Semana passada, andei pelo Rio. E andando pelo Rio, passei pelo velho Itaborahy. O prédio está ali ainda agora, desativado e preso pela rede azul de proteção que o cerca ainda hoje, dez anos após a tragédia – como se quisessem evitar que ele cometa de novo o desatino de arder em chamas. Em chamas só mesmo a desatinada cuca da rapaziada da Revista. Pela redação do 10º andar do Itaborahy passaram excelentes profissionais, com aquela dose saudável de loucura que faz o diferencial das publicações inventivas – e por isso mesmo eficazes.

Eram "os artistas", como diziam os colegas dos outros departamentos da Cacex. Havia, é claro, uma ponta de despeito. Mas também um grande respeito, porque a revista fazia imenso sucesso no chamado "meio", principalmente entre empresários e entidades governamentais. Grandes figuras, os *IS boys & girls*, que sabiam como ninguém juntar forma & funcionalidade.

Jornalistas, poetas, economistas, administradores, desenhistas, pintores, romancistas, tradutores, contistas, cartunistas, críticos e até, imaginem!, bancários. Como se diz, ou dizia, uma patota da pesada.

Na época em que chefiei a redação, ficava sozinho num gabinete envidraçado, de frente para a sala dos redatores e da diagramação. Um local mais que privilegiado: uma de minhas janelas dava para a avenida Rio Branco; a outra, para a Presidente Vargas e Candelária. Foi dali que vimos, emocionados, o comício das *Diretas-Já* e outras manifestações de um país que finalmente parecia mudar. Havia no gabinete um grande sofá, algumas poltronas, e uma mesa com o *clipping* das notícias do dia, onde também se espalhavam as muitas revistas, jornais e publicações vindos de todo o país e principalmente do exterior – que serviam como fonte para muitas de nossas matérias. Claro que o local acabou virando também sala de leitura e confidências, reuniões, papos e exportação: tudo manufaturado em lamúrias, piadas e frases de efeito. Principalmente frases de efeito. Afinal, a redação era um ninho de artistas da melhor estirpe: pequenos "gênios" – ou grandes malucos, como queiram.

Tamanho o falatório, tamanha a profusão de *insights* memoráveis, que acabei montando um painel atrás de minha mesa, denominado *Frases da Semana*, para que os digníssimos "geniozinhos" pudessem gravar para a *posterioridade* suas "tiradas de espírito" e/ou citações das mais variadas – quase sempre, espúrias & estapafúrdias. Algumas engraçadas, outras surpreendentes, outras só e somente bobagem pura, autêntica idiotice pra exportação, *made in Brazil*. Vamos dizer, uma espécie meio sofisticada do besteirol que os meninos do "Casseta & Planeta" tentariam anos depois – e que insistem em fazer até hoje, que nem debilóides.

Jornal Cataguases 04.04.99

Estapafúrdico & extravagante

Ao leitor desatento & a mim mesmo: estamos nos anos 80, centro do Rio, redação da Revista *Cacex*. Atrás de minha mesa, há um painel para os tresloucados redatores (eu inclusive) registrarem as frases que saltitam de suas bocas ferino-afiadas. *O Alcorão tem razão: maldito ou não, tudo está escrito. O incêndio do MAM foi um poema futurista. O ser humano é, antes de tudo, ridículo.* Mas que frases são essas que surgem assim, estapafúrdias? Estapafúrdias? Só mesmo com a devida licença posso escrever essa palavra e frases, vamos dizer, tão estapafúrdias. É, ando eu hoje muito-sobre-o-estapafúrdico, meio-um-pouquim-extravagante, assim-assim escalafobético e, claro, totalmente excêntrico.

Andei des(arrumando) os papéis e a vida. A vida como um todo, vocês sabem, né? – essa coisa assim meio pós-contextual, meio macro, gestáltica, em que cada parte é começo, meio e fim. Essa vida assim física e sem meta, meu *break-even point* que se perdeu. Essência e existência. O sim pelo não. O todo à parte, estrutural. O todo uno, dialético, ou *dialéxico*, resultado diverso de cada componente, o salto qualitativo, vocês entendem? Pois eu não. Procurava Heródoto, o pai da História, razão do poema escrito pelo Luiz Linhares num guardanapo do Café Lamas, numa daquelas noites de papos & porres dos *homéricos* anos 70. Eis que de um envelope surgem as frases da *Cacex:* e saltam súbitas & lépidas & lampeiras. *Matérias grandes ligam o consciente criativo. Isso tudo é uma grande brincadeira. Existe a Cacex... e o Cocex.*

Não achei o poema do Luiz – o mesmo publicado depois em *Desencontros de Harvey*, seu belo *roman-à-clef*. Mas o original tá por aí, eu sei, e qualquer dia dou com ele. E, por extensão, com o próprio Luiz. Já as frases, essas, estão aqui, todas aqui ainda agora, vivas e intactas – essas nostálgicas palavras que minha mão acaricia, como se pedindo para que voltem a falar. São muitas e muito mais: parecem pulsar, essas frases vivas, vividas, vindas desse velho envelope. É como se ouvisse as vozes que as viveram, como se as vivesse a viva voz.

Elas merecem leitura e, até, atenção: falam de um estranhíssimo período por que passou este país, um tempo de siglas & slogans & total desencontro, em que imperavam frases de efeito, como *exportar é o que importa*. Epa, acho que essa é minha! Com licença, que há controvérsias, como veremos da próxima vez. Ao lado das frases, preguei no painel um "*decálogo* com 16 itens", procurando facilitar os redatores em suas frenéticas *redatorações*.

Nada de mais, nem de menos, apenas alguns tópicos elencados para aliviar o serviço do *copydesk,* no caso eu mesmo.

Amena pausa pra meditação. Quer dizer: parênteses, essas chaves tão obsoletas a impedir que se abram as portas do texto. O bom repórter não tem, necessariamente, que escrever bem: um *copydesk* esperto ajeita tudo – do português ruim ao próprio estilo, quase sempre idem. Vi coisas inacreditáveis em inacreditáveis redações. Subeditor de UH-Revista nos anos 70, num tempo em que ali brilhavam astros do jornalismo carioca, eu copidescava diariamente todas as matérias, inclusive as colunas, nas quais luziam "estrelas" de várias grandezas.

De Sérgio Bittencourt a Jacintho de Thormes, de Arthur da Távola a Raul Giudicelli, de Daniel Más a Regina Coelho, daí a Fernando Lobo, a Mister Eco: quase uma constelação. Alguns textos pediam apenas rápida olhadela antes de descerem pra oficina. Outros eram de arrepiar. Parecia que as vírgulas haviam caído do espaço, abrindo crateras nas frases, como se meteoros fossem. Afinal, eram "astros", não eram? De olho nos "desastres & destartes", eu retocava palavras estilhaçadas e impuras – enquanto repisava em meus astros distraídos. Às vezes, não havia mesmo jeito: tinha que mandar a maioria pro espaço, não fossem elas – "destarte" ou não – desastres de astros desastrados.

Um bom repórter tem mesmo é que "reportar", ora pois! Saber apurar as matérias, tirar da "fonte" o que nem mesmo ela "sabia que sabia". Como meu amigo Ricardo Boechat, hoje estrela de *O Globo* – com direito à sua própria coluna – e da Globo, na qual também é *colunista* no "Bom-dia, Brasil" do Renatinho Machado. Boechat nasceu repórter. Começamos juntos no *Diário de Notícias* e, às vezes, juntos fazíamos nossas "coberturas". Ele buscava, sagaz, o foco da notícia. Espreme daqui, espirra dali, Boechat levantava coisas que a gente imaginava para sempre deitadas, às vezes até mesmo em berço esplêndido. De volta à redação, soltava sua máxima: "pô, Werneck, agora é sua hora. Apurar é comigo, mas o escritor aqui é você, bicho". E, bicho ou não, o "escritor aqui" acabava *redatorando* a matéria. Nunca consegui apurar os fatos como o Boechat. Por sua vez, ele nunca conseguiu escrever como eu. Nem precisava. Éramos "o todo uno", uma dupla que realizou um pequeno punhado de grandes reportagens. Cada um na sua: eu bicho de redação, Boechat bicho de rua. Olhaí, foi-se o parêntese e o espaço. Com licença, mas fica pra próxima o *decálogo* & seus 16 empolgantes itens.

Jornal Cataguases 18.04.99

Breve, periferia!

Como anunciado, eis que agora surge o "*Decálogo* de 16 itens" da redação da Revista *Cacex*. É puro folclore, mas acabou funcionando: amenizou, e muito, o meu trabalho de *copydesk*. A turma, que já "*redatorava* com galhardia", passou a uniformizar seus escritos. Sem mal-entendidos, sem ninguém se levando a mal, sem isso ou aquilo: só isso aí.

1. *Cingapura* sempre com *C* de Cataguases. *Hong-Kong* tem hífen. Ou não? Há controvérsias. **2.** *Têm*, no plural, sempre com circunflexo. Ou, melhor & mais simpático, com "chapéu". **3.** *Países Baixos* jamais com hífen, a não ser em francês. Pode me chamar de *Holanda.* **4.** *RDA* é República Democrática Alemã. **5.** E, por favor, *RFA* é República Federal da Alemanha *(Ainda havia o Muro e as duas Alemanhas).* **6.** *Infra-estrutura* tem hífen, como podem ver. *Sócio-econômico* também. **7.** Por favor, por favor, *ascensão* nunca teve cedilha. Abaixo a "ascenção". **8.** Todas as siglas em "cAb" (caixa Alta e baixa): *Cacex, Fiesp, cif, fob, Otan, Gatt, Otan, Gatt, Comecom* etc. **9.** *Werneck* não tem *x*. Só a Xuxa. Entendam, entenderam? *(Com licença, mas essa nem eu entendi).* **10.** Vírgula entre sujeito e predicado dá cadeia! Escrever *outrossim* também. **11.** *Outrossim*, meu Zeus! Jamais, minha gente! Só mesmo o Blota Jr., que *falava* assim. **12.** Títulos sempre "curtos & grossos", como diz o Ziraldo. Quer dizer: claros, objetivos. **13.** Abertura de matéria de capa respeitando o espaço máximo de 15 linhas. Quando possível, menor ainda e exatamente como os títulos: "curta & etc". **14.** Procurar sempre uma linguagem cristalina: "como bola de tênis, um copo d'água", já dizia o poeta João Cabral. *Isto é, veja* & olhe a *manchete*: "sem *economês*". É preciso que o leitor se sinta atraído pelo texto, que não precisa "brilhar" intensamente. Nós já somos "brilhantes" o suficiente para incomodá-lo. O necessário é que ele capte e assimile a informação. Este é o papel e a razão de ser da Revista. **15.** Não "de leve"– mas "breve, periferia". **16.** *Auto-suficiência* sempre com hífen.

O Brasil supera a ficção. Sim, as velhas frases colocadas num painel ao lado desse *Decálogo* também precisam ser publicadas – mesmo se muitas vezes pareçam obscuras. Mas isso é por pertencerem a um contexto específico, cujo "código" tento agora desvendar para vocês, situando-as no espaço e no tempo. E, claro, dando o devido "crédito" aos autores. Merecem leitura quando muito em homenagem aos "artistas" que passaram pela redação da *Cacex*, gente da estirpe de Victor Giudice, morto recente, mas vivo, para sempre vivo: um cozinheiro de mão-cheia e um *fabulista* daqueles históricos: "Ronnie, acabo de chegar de Petrópolis. Parei no Alemão e comi dois croquetes. Sabe da maior Psss! D-e-s-c-o-b-r-i a fórmula secreta, a fabulosa receita: te convido amanhã pruns croquetes daqueles *croquetais*".

Além dos *croquetais*, Victor era também fã de cinema, de musicais da Metro e, claro!, grande sapateador. Fora "atividades *quetais*": ótimo contista, romancista de peso e talvez o mais generoso crítico de música erudita que o *Jornal do Brasil* conheceu. Ele possuía a curiosidade própria dos grandes escritores – aquele intenso poder de observação, faca de aguçado gume, que os leva a se interessarem por tudo e por todos: gente, comida, música, perfume. Giudice foi uma pessoa especial, extremamente culta e bem-humorada. E escrever "culta e bem-humorada", assim nesse feminino puxado por "pessoa", é uma forma de torná-lo vivo na memória.

Vinde, correi, Victor não era gay! Somente possuía, vamos dizer, amigos (quem não os tem?), "no meio"– ou atrás, ou à frente: tudo depende da nossa (de quem?), *sexaeróbica* geografia. O fato é que brincava assim com todo mundo, como se *afetado* fosse: "Vi ontem o concerto *da* Karajan (o maestro Von Karajan) no Municipal. *Ela* estava ótima!". *A Ronnie* (eu mesmo!) tem razão: *Oito e Meio* é o melhor filme da *Federica* (leia-se Federico Fellini). Uma peça, "*a Victória*". Tinha sempre uma frase-bomba, como: "Odeio tudo que é americano – coca-cola, chicletes, John Wayne, guerra da Secessão".

Engraçado que, tempos depois, lendo *O Observador no Escritório*, memórias de Carlos Drummond, encontro uma *boutade* parecida, que nosso poeta maior atribui a Olavo Bilac: "Detesto tudo que é alemão – Goethe, Wagner, chucrute". E não é que – cheio de coca-cola, chicletes & John Wayne – o jovem Victor, imaginem!, ganhou o 1º lugar no programa de rádio do Ary Barroso, imitando "O Cantor de Jazz"? A cara pintada de preto, *Mammy* na vitrola, em playback: nunca ninguém foi tão Al Jolson – *papel carbono*, primor de pantomima. Viola da vez, com licença que vem mais Victor aí.

Jornal Cataguases 21.06.99

Viola da vez

Nossas imaturidades seguem trajetos diversos. Viola da vez, volto ao Victor, autor dessa frase e de outros *babados* diversos. Como cantar um hilário samba-enredo sobre São Cristóvão, bairro onde nasceu e que adorava. Obra de um crioulo mais doido que o do Stanislaw, a "homenagem" era porque a palavra "São Cristóvão" – que vinha de cambulhada com um desfile de nomes de vários bairros cariocas – caía na nota mais alta da música: *elementar, elementar!* Nem bem acabava de "levar" seu samba e já puxava um papo eruditíssimo: Pierre Boulez, Stockhausen, dodecafonismo, Schoenberg, Webern, música serial, Impressionismo, Nouvelle-vague, Neo-rrealismo, Nouveau roman, & outras amenidades que a gente vai tecendo vida afora só pra amortecer a morte, fio que se desfia. Victor Giudice foi principalmente um eterno curioso, que via com compaixão o ser humano, nosso súbito oscilar entre o sublime e o ridículo – universo e matéria-prima do rico fabulário de seus livros.

Registrei num papel solto, e inacreditavelmente intacto até hoje, minha impressão sobre um insólito papo no saguão do prédio onde é hoje o Centro Cultural Banco do Brasil: *Encontro Victor Giudice no hall do BB na 1º de Março, recém-operado de fimose aos 50 anos: "Ronaldo, você nem imagina! Ontem à noite tive uma ereção e sangrei todo. Acabei baixando hospital. Estou com o instrumento envolto em gaze, todo enroladinho: veja!". E começou a abrir o zíper pra me mostrar o estrago, o saguão fervendo. Eram exatamente 13 horas de novembro, 27, 1984. Victor Giudice, fimose, ereção, zíper, BB & demais instrumentos de praxe nunca são lá muito harmônicos nem verdadeiramente de praxe.* Por essa e muitas outras, Victor Giudice foi único, inesperado – um inacreditável personagem de si mesmo, em toda a sua plenitude. Desses que fazem falta pela vida afora – e para sempre.

Temos laços, não compromissos. Mas quem se encontrava nessa redação da Cacex, quem são os autores das frases que vocês vão ler, se é que ainda me leem? Eles estão todos aqui comigo e agora, como se Cataguases, esta sala onde me acho/me perco, se enchesse subitamente com sua presença, suas vozes. "Pô, vê se não enche, Ronaldo!"– ouço alguém dizer. Quem? Todos, com certeza – esses safadíssimos e queridos moleques. Os "artistas" que agora trago à cena neste circo pleno de contradições cuja lona é esta coluna. Ou esta "colona"? Aqui onde estamos, pois neste momento – e com toda a licença – esta casa é carioca e de esquina, Rio Branco/Presidente Vargas, e estou escrevendo, como vocês já perceberam, do 10º andar do Ed. Itaborahy. Há controvérsias, é claro! E, com a patota novamente junta, seria mesmo um milagre se não houvesse. Pois é, aqui estamos nós de novo, a redação da *Revista Cacex* ao vivo, nossas vozes. Essas vozes que passo a identificar e sobre as quais dou algumas pistas, para que vocês não se percam no emaranhado dessas tresloucadas tiradas.

Devemos preservar a genuinidade vernácula da invasão lexicográfica de neologismos de má catadura. Será que devemos? Não vão aparecer aqui algumas delas, dessas *novelhíssimas* vozes, pois são de um tempo anterior/posterior ao registro das "Frases da Semana". Mas são vozes que sem dúvida teriam "rendido" belíssimas e oportunas tiradas, não pertencessem elas a gente sagaz e de muita, muita erudição, como o economista Jackson Sampaio, melômano & *mozartmaníaco*, o primeiro chefe da *Informação Semanal*, leitor de Proust, Mallarmé, Joyce, Pound, Sartre, Trotsky, Heidegger & quem mais viesse. Em 1972, eu o trouxe a Cataguases e o levei à casa de Rosário Fusco. Os dois amavam Machado, aquele "mulato magnífico" (sic Fusco) e o papo rolou noite & muitos uísques adentro.

Foi o Jack quem primeiro me alertou pra beleza do alexandrino de Jorge de Lima, aquela precisão no corte mais que perfeito, aquele "a garupa da vaca era palustre e bela" – de que tanto gosto ainda hoje. Pois era exatamente este o Jackson que "sofria" por não escrever, numa redação "coalhada de escritores". Que bobagem, a do Jack! Engraçado que eu sempre lhe falava da importância do leitor, do bom leitor. Mal sabia ele, ou eu mesmo, que logo ali, na virada dos anos 80, os alemães iriam lançar a teoria da *estética da recepção*, dando à função de ler peso e importância semelhantes àquela outra, tão solitária quanto: a de escrever. Mas, com licença, que disso & dos outros desvairados redatores da Cacex falo na próxima.

Jornal Cataguases 04.07.99

Como figurar aqui?

Como eu dizia, *sem polissemia, não há poesia.* Quer dizer, se é que eu dizia alguma coisa. Muito depois do Jackson e da tal *estética da recepção* (nada a ver com "salão pra recepcionistas", por favor!), também passou pela esquina de Presidente Vargas com Rio Branco o nosso poeta Joaquim idem, o próprio, o Quincas Branco que esteve rapidamente aqui nesta redação da *Revista Cacex*, e nos deixou como legado seus textos mais-que-perfeitos. Como também o Felicíssimo Lindoso que, com nome tão pomposo, nem precisa de apresentação. O *Feliz,* que operava nosso linotipo e nos colocava em contato com o mundo, nos fornecia as cotações mundiais da soja, do aço, o comportamento diário das *commodities* na Bolsa de Chicago. Ou a Martha, calada, calada, eficientíssima, batucando na IBM-Composer nossos tresloucados textos. Ou o melômano Aprígio Castelo Branco, *habitué* das óperas do Municipal, hábil desenhista, o Castelinho da pá-virada, endiabrado, carnavalesco, nosso diagramador que a aids levou.

O fim da vanguarda é suicidar-se. Ou ainda outro poeta, o Mário de Oliveira, esguio, de corpo magro e econômico, como seus próprios e sucintos poemas. O Mário muito branco, com aqueles cabelos inacreditavelmente avermelhados. Mário, o *Tocha humana*, segundo o Victor Giudice. O Mário que "deu uma de Rimbaud" e de repente virou pra mim dizendo que não ia mais fazer poemas. Depois de uma viagem a Ouro Preto, resolveu que seu negócio era escultura. Poema, nunca mais: agora só "nó na madeira", o material por ele escolhido. Volta, Mário. Deixa de bobagem, que a poesia te espera. Pois ela é que nem a Amélia. Moça vivida, a poesia não liga muito pra essas escapulidas, pois sabe que a gente acaba voltando. Volta, vai: vem fazer um daqueles poemas sóbrios, marcados por ritmo veloz, daqueles de corte seco e súbito.

A "IS" é cultura. E outro poeta ainda, o Afonso Félix de Souza, da geração de 45, amigo de amigos de Cataguases, como Rosário Fusco, Francisco Marcelo Cabral, Lina Tâmega Peixoto. O Afonso, casado com a Astrid Cabral, também poeta e das grandes. Eta penca de gente erudita, sô! Um senhor poeta, o mestre Afonso Félix acabara de aportar no Rio, vindo de uma temporada em Teerã – e nos deu o prazer de viver seus últimos anos de Banco do Brasil nesta redação. Confesso meu total acanhamento ao passar matérias pro Afonso fazer. Vejam só, que mundo mais maluco – ou *mameluco*, se preferirem: que "situação" a deste poetinha, passando serviço para Afonso Félix de Souza! Hábil tradutor, ele destrinchava com goiana sabedoria os destinos do comércio mundial. Afonso deu-me grande alegria quando, certa noite, chamou-me para acompanhá-lo à casa de nosso embaixador no Senegal, João Cabral de Melo Neto – seu amigo de longa data, meu ídolo, e o maior poeta vivo da língua portuguesa.

Só o fantástico é lógico. Conosco foi também o Francisco Marcelo Cabral. Quer dizer, era páreo duro: dois poetas da rua dr. Sobral – um dos anos 50, outro dos 60 – contra duas "feras" das mais legítimas da *Geração Colt 45*. Foi uma noite memorável. João Cabral acabara de chegar de Dacar e estava bem falante e muito bem-humorado, contando velhos casos do Recife. O contrário da imagem do poeta contido, fechado, taciturno, "a palo seco", que todos nós, seus leitores de cabeceira, dele fazemos até hoje. Não reclamou uma vez sequer de sua crônica e folclórica dor-de-cabeça, ele que já fez até um poema saudando a aspirina. Pelo contrário: eu e João acabamos "enxugando" na maior tranquilidade uma garrafa do melhor uísque, enquanto Afonso Félix e Marcelo Cabral se entupiam de laranjada, laranjada, laranjada: ARGH!

Que é que eu posso falar pra figurar aqui? Com licença, mas é só esperar a próxima coluna, "assim" de frases assim, desatinadas. Deixo com vocês o bilhetinho mais que simpático pregado no painel pela Mônica Waldvogel, hoje *âncora* dos jornais da TV Globo, que também aqui esteve, estagiando neste *Sedit*, o Setor de Editoração da Cacex. E arriscou uns poeminha intitulado – vejam só que danada! – *"Brevíssimo relato acerca das sensações de uma estagiária paulista depois de um mês no Olimpo, ou*

Bye Bye Sedit!

Gostar de vocês foi bem fácil
dispensa maior descrição.
Difícil é ficar à altura
de um setor desta estatura
e ah! fazer literatura.
Que patética pretensão!

Mônica

Jornal Cataguases, 11.07.99

O admirável Manuel das Neves

Com o ágil Aquiles no ardor do combate, os gregos – esses aqui – lançam-se contra as muralhas de Troia: essas que ali escondem Páris e sua presa. Agamêmnon em seu comando, o poderoso exército de gregos antigos, os aqueus, vê-se travado pela bravura, vamos dizer, indômita, do troiano Heitor, herói que defende com a vida sua cidade-pátria. Aqui, os gregos; os troianos ali: PÁ! PUM! PÁ!!!

E nesse exato momento voavam por toda a mesa cigarros Luiz XV ("os gregos") e "troianos" fósforos. Manuel das Neves, o Doutor Manuel, não se dava por logrado – catava seus Luiz XV de volta pro maço, os fósforos pra caixa, e emendava impávido: "enquanto isso Menelau imprecava contra Páris e morria de amores mal resolvidos e em vão por sua mulher Helena, filha de Zeus e de Leda, a que teve Tíndaro como pai humano, a mulher mais bela do mundo, que..."

Tanta a sua vibração, que pensávamos a história como algo presente, palpável. É como se lá estivéssemos, em meio a gregos e troianos, numa batalha daquelas fragorosas, cercados por imbatíveis cigarros sem filtro, quem sabe prisioneiros de patéticos palitos de fósforo. E estávamos. Como tempos depois, quando o jovem Alexandre apareceu de súbito e para sempre em nossas vidas, belo e audaz como um Zeus, o Grande herói do Doutor Manuel: "Alexandre, o Grande, era belo e jovem e forte e louro, muito louro, largas, larguíssimas espáduas, cinturinha fina... já imaginaram o Alexandre de lambreta na praça Rui Barbosa?... não sobraria sequer uma namorada pra vocês...". Ou quando os romanos de Júlio César começaram a expandir seu império, "porque César era um sagaz estrategista que..."... foi aí que o Eduardo-Dentuça-Vasconcellos sussurrou pra Maria Isabel-Mabel-Peixoto, sentada ao meu lado: "É, mas era bicha!...". Nós três, mais Maria Cristina, irmã da Mabel, estávamos sentados ali na primeira fila, de cara com o mestre, e não tivemos sequer tempo de esboçar um sorriso: "Bicha?!! Bicha??!!??... E o filho que ele fez em Cleópatra, não conta?!?". Manuel das Neves defendia seus ídolos como se todos eles carregassem o estandarte do seu Vasco da Gama, gregos e romanos reluzindo nas chuteiras cruzmaltinas.

Assim pensava eu naquele feio final de tarde de domingo, 11 de julho, no funeral do gentleman que dirigiu o Colégio Cataguases com sua voz mansa, afável, sensata – e que nos deu lições de extrema delicadeza no trato com o outro: nossos semelhantes, às vezes, nossos dessemelhantes muitas outras. Com a morte de Manuel das Neves, apaga-se a chama do que foi o Colégio Cataguases, pelo menos o Colégio em seu apogeu, entre os anos 50 e o início dos 60, orgulho de toda uma geração que passou por professores como José da Silva Gradim, Ophélia Resende, Antônio dos Santos Cardoso, Francisco Inácio Peixoto, Avelar Alves Maia, Lysis Brandão da Rocha e outros do mesmo quilate, até mesmo o Antônio Martins Mendes, o Doutor Tuniquim, que já entrava em sala nos ameaçando com sua voz fanhosa, o cigarro de palha caído no canto da boca meio torta: "Darei zero, registrarei matéria, comunicarei ao diretor...". Mas ninguém temia sua velha ladainha: sabíamos que o diretor não ligaria para as idiossincrasias do "Doutor". Afinal, o admirável Manuel das Neves não iria perder tempo com essa pequenas batalhas, pois César, Alexandre, Heitor, Aquiles, vocês sabem...

Jornal Cataguases 01.08.1999

Perebas psicossomáticas?

A vida real é pura fantasia. O telefone me acorda no início da manhã. A voz é do Castelinho, que já está na Redação da Revista *Cacex:* "Ronaldo, você está ouvindo? Não! Ouvindo, não: está *vindo*? Não se preocupe, mas o Evaldo, sabe, o Evaldo não passou muito bem... ainda está aqui...". Quando cheguei, Evaldo estava estendido no sofá. Infarto fulminante. Sua morte nos derrubou, "morte ao vivo", assistida pelo Joaquim (Branco), pelo Victor (Giudice), pelo Jair (Ferreira dos Santos), que tentaram em vão socorrê-lo. Virando-se pra mim, Victor jurava nunca mais fumar: Nunca mais, *Chefinho*, nunca mais. Você também tem que parar. Foi horrível!". O rabecão do IML só chegou ao final da tarde. Durante todo o dia, o corpo ficou ali naquele sofá, como se descansasse pra retomar o trabalho.

Remédio não cura saudade. E trabalho era coisa que Evaldo enfrentava com uma disposição de operário, dos operários que tanto defendia em sua militância política. Nos longos anos em que passei pela redação de vários jornais e revistas, jamais vi alguém redigir com tamanha rapidez, preenchendo laudas e laudas com um texto próximo do impecável, quase sempre prescindindo de *copydesk*. Jornalista dos mais perfeitos – editor de diversos jornais cariocas, para os quais assinou colunas como *América Rebelde,* na *Tribuna da Imprensa*, e *América Hoje*, no Jornal do Commercio –, o amazonense Evaldo Diniz viveu breves 46 anos e nos deixou um excelente romance político-picaresco: *A Trajetória de um Brabo, de Stalin a Giacominho.* Especialista em assuntos latino-americanos, o subcontinente que ele tanto defendia, Evaldo nos deixou também – além das desventuras de Giacominho – um imenso vazio, coluna jamais preenchida.

Roma me parece Terceiro Mundo. Tudo me parece Terceiro Mundo depois de Nova York. Inclusive a própria. O poeta Ivo Barroso era e é até hoje o mais sofisticado de nós todos: "E parte à luz da alvorada/ pelo mar tranquilo e mudo./ Quando chegou era tudo./ Quando partiu era nada". Não por ter morado no exterior, que outros também o fizeram, mas sim por isso estar preso à sua personalidade, casca e fruto. Mineiro de Ervália, no fundo, no fundo, ele é mesmo cidadão do mundo. Ivo possui um tipo especial de requinte que jamais encontrei em qualquer pessoa. Ivo é *dândi* de nascença: um ser fino, cordial, polido.

Rimbaud tinha tantas perebas psicossomáticas que nem Rodin conseguiu descascá-las a cinzel. Ivo Barroso voltava de um longo período na Holanda e passou alguns anos na redação da velha *Informação Semanal.* O suficiente para que ficássemos naturalmente amigos, não fosse ele também poeta e, mais que isso, ligado ao movimento paulista de poesia concreta, que eu sempre vi com bons olhos. Mas Ivo era, principalmente, um apaixonado por Arthur Rimbaud cuja vida andara pesquisando em várias bibliotecas europeias, tendo ido várias vezes a Charleville, no interior da França, onde nasceu o poeta. Não por acaso, ele é hoje quem mais entende de Rimbaud no Brasil, além de ser seu melhor intérprete em português, como se pode ver pela tradução da obra completa do bardo francês que a Topbooks vem editando.

Sem-jeitismo, ou ilações do Soneto de Arvers. Tradutor de Shakespeare, Eliot, Calvino, Hermann Hesse (milhares de brasileiros chegaram a *Sidarta* e outras obras de Hesse através de suas famosas traduções editadas pelo Ênio Silveira na Civilização), Ivo Barroso é um eterno curioso sobre as coisas literárias, com interesses amplos o suficiente para pesquisar até mesmo as várias e famigeradas versões do *Soneto de Arvers.* Meu Deus, tinha me esquecido: meu exemplar do *Soneto de Arvers* está com o Ivo! Alô, Alô, Ivo Barroso! Já, já, de volta com o soneto tenebroso! Mas enquanto seu Ivo não vem nem vê a uva, a próxima frase cai como uma luva: *não há quem não sofra a frenação estéril do rotinismo burocrático.* Mas ela, é claro, fica pra próxima. Ciao & a bênção dos velhos domingos de Cataguais, os que não voltam mais.

Jornal Cataguases 24.10.99

Frenação estéril

Não há quem não sofra a frenação estéril do rotinismo burocrático. Fechando a lista daqueles que não deixaram suas "frases da semana" no painel da Cacex, ou pelo menos não as deixaram por escrito, entra em cena, assim sem menos nem mais, o nosso Henrique de Morais. Quando não estava, como sempre, ocupadíssimo recebendo empresários, deliberando, ou até mesmo substituindo o diretor da empresa, o chefe Henrique passava sempre para um papo entremeado por três ou quatro piadas. Que, na verdade, nem sempre entendíamos muito bem, pois o caríssimo "Anrri de Morré" falava e fala ainda hoje muito baixo, para dentro, entre baforadas dos *gauloises* sem filtro que ele trazia (traz ainda?) sempre no canto da boca. Quando conseguíamos entender, eram sempre casos engraçadíssimos, principalmente os que giravam em torno do Jaguar, o próprio, primo do Henrique, e que também trabalhou no BB quando era apenas o Sérgio Jaguaribe, i.e., antes de se travestir de cartunista, dos melhores do país. Travestir? O Jaguar vai me matar por essa!

Quero entrar na lista dos "recipientes" da Informação Semanal. Quando a turma da Redação conseguia entender o que o Henrique de Morais dizia, as gargalhadas vinham de imediato, pois seus casos eram pra lá de hilários. Às vezes, até mesmo "de Gouveia". Casos do Jaguar, então, nem se fala. Antes do *Pasquim*, muito antes da *Bundas* de agora, antes de se tornar cartunista famoso, Jaguar trabalhou na seção de telegramas do Banco do Brasil, no prédio-sede da rua Primeiro de Março, onde hoje é o Centro Cultural. A seção de telegramas, onde também trabalhava o Sérgio "Stanislaw Ponte Preta" Porto, era já de *per se* um "poço de desvarios", uma coisa de louco, de loucos geniais.

Primo do Jaguar, Henrique contou que certa vez estavam num aniversário de uma das crianças da família, essas coisas de bolo, guaraná, docinhos pra lá, docinhos pra cá, enquanto a arraia miúda ficava presa naquelas ridículas cerquinhas no chão, aqueles "chiqueirinhos". Porque os mais grandinhos, vovôs, vovós, papais, mamães e vizinhos, naturalmente, se distraíam entre piadas, cervejas e salgadinhos. Deu-se que o Pedrinho, filho do Jaguar e de minha poetamiga Olga Savary, na época na flor de seus dois aninhos, – não a Olga, mas o Pedrinho, pô! – estava brigando com aquele priminho, aquele ali, já maiorzinho, que lhe deu um bom sopapo com toda a força de seus quatro aninhos. Um só bastou para Pedrinho cair na "lona", meio que desmaiado, enquanto papais & mamães corriam aflitos.

Jaguar foi mais rápido. Chegou perto do filho desmaiado e não fez por menos: apontou o dedo e começou a contar pausadamente até dez, como se fosse um juiz de luta de box. Quer dizer, a piada veio instantânea e irresistível, maior mesmo que uma possível aflição em saber se Pedrinho efetivamente se machucara ou não. Coisa de humorista profissional. Henrique contava também aquela vez em que chegou na seção de telegramas e encontrou um Jaguar aflito a lhe fazer insistentes sinais lá da mesa de telex, no fundo da sala onde trabalhava. Henrique não entendeu o que seu primo estava querendo e foi lá conferir.

Toda a "melódia" resumia-se no seguinte: Jaguar foi passar um telex para determinada agência do Banco no Paraná quando apareceram umas letras estranhas indicando o local de recebimento: "USAF HQ". Que diabos era aquilo, perguntou Jaguar ao primo Henrique, um *expert* nos mistérios para ele impenetráveis dos telex dessa vida. Henrique "matou" na hora: Pô, Jaguar, você acabou de conectar o Quartel General da Força Aérea dos Estados Unidos (*United States Air Force Head Quarter*)! Jaguar levantou-se de imediato, botou as mãos acima da cabeça, e gritou naquele seu inglês de cais do porto: "*I surrender! I surrender*". O humorista macaqueava os filmes classe B americanos enquanto soltava mais uma daquelas suas tiradas do rol das impagáveis. Tem mais Jaguar & outros bichos na próxima.

Jornal Cataguases 31.10.99

Xingo à toa: Xingu? Chuí?

Promessa é promessa: ora esta, homem! Quer dizer, *oriest'om!,* como dizia aquele personagem cataguasense – aonde anda o velho *Oriest'om?* Pois é, voltamos com uma história exemplar: naturalmente outra daquelas do Jaguar. Corte rápido. Madrugada no Café Lamas, Rio, alguns anos atrás. Não muitos, pois lembro que já bebia com toda a dignidade meus *drinks finos* (guaraná com tônica), enquanto Jaguar entornava seus steinhaggers com chopps, chopps, chopps. Não sei como, o papo foi dar no Chico Buarque, que não estava no recinto.

O nome do Chico lembrou-me uma de suas velhas charges, do Jaguar, de um Jaguar ainda pré-*Pasquim*, dos tempos da *Última Hora*. Sol de meio-dia, um crioulo desses azuis e imensos escava com sua picareta uma enorme pedreira. O suor pinga por todos os poros e chega quase a espirrar do jornal, molhando o incauto leitor. Enquanto isso, o negão do Jaguar canta alegremente: "Estava à toa na vida/ O meu amor me chamou...". Jaguar riu, riu, riu muito, enquanto me perguntava: "Mas de quem é essa charge? Ela é genial!". Quer dizer, ele mesmo não se lembrava de ter feito essa obra-prima. Grande figura, o primo Jaguar!

Havia também na Cacex uma figuraça que não ouso nomear, nosso Chefe de Divisão por um breve período. Logo vereis porque não dou seu nome. Ocorre que esse ilustre e –gracias! – passageiro colega era mesmo um "artista consagrado". Vejam vocês que certo dia ele recusou uma capa que eu havia bolado porque cismou que ela era "pejorativa". Nós estávamos programando uma edição sobre o comércio Brasil-mundo árabe e eu fiz a capa a partir de uma bela foto do deserto à noite, uma mescla de marinho que contrastava com o amarelado de uma meia-lua em "C", que se refletia na areia. E olha que a meia-lua não era por mero acaso, pois ela é um símbolo clássico dos árabes.

Mas "pejorativa" por quê?, eu lhe perguntava, enquanto atônito ouvia sua espantosa explicação. "Você não vê, Ronaldo, a lua é decrescente. Dá a impressão de que nosso comércio com os árabes está decaindo!". Foi um verdadeiro *auê* para que eu convencesse o nosso "artista" de que não era nada disso, que a figura da lua era marca registrada dos árabes e, além do mais, ela estava em "C", quer dizer, era uma lua crescente, meu Chefe! Uma lua que ia do "Oiapoque ao Xingu", e já-já conto o porquê.

O Brasil é um quiosque! Onde estávamos mesmo? Ah, sim, na Redação da Revista *Cacex*, e olha que eu quase vou me perdendo só em pensar naquele Chefe de Divisão que achava "pejorativa" a lua dos árabes. Mas, até aí, tudo bem, já que pior não podia ser. Não é que podia? E pôde, ora pois, ora por depois: foi quando fui chamado ao seu gabinete para que ele me apresentasse a uma senhora que viera de Brasília e queria propor uma matéria sobre artesanato. Ela era uma das representantes do PNA, o Plano Nacional do Artesanato e o "nosso" Chefe estava entusiasmado com a coisa. "Olha, Ronaldo, acho que dá uma matéria de capa, pois ela está dizendo que o Plano engloba todo o Brasil. Quer dizer, é uma coisa de grande dimensão, do *Oiapoque ao Xingu!*

E "do Oiapoque ao Xingu" nós fomos levando a Revista *Cacex* a todo o Brasil e principalmente ao exterior, onde ela era veiculada através das agências internacionais do Banco do Brasil. Engraçado que ainda outro dia li sobre a demarcação das novas fronteiras do país. O Oiapoque "sambou". Agora o marco do extremo norte brasileiro é o Monte Caburaí, recém-descoberto em Roraima. Mas nem assim entrou na história (ou na geografia, há controvérsias) o "Xingu" do meu velho Chefe de Divisão da *Cacex*. Nosso extremo sul ainda é o arroio Chuí, no Rio Grande. Mas, se pensarmos bem, até que ele não estava lá muito equivocado. Vocês também não acham que o Xingu, com todos os seus índios, tem mais a ver com o Plano Nacional de Artesanato que um arroio qualquer perdido nos pampas e fazendo freneticamente chuí-chuí-chui-í-í?

Jornal Cataguases 07.11.99

Sobre o autor

A Feiticeira – de Jules Michelet, tradução. 1a. Edição Bruguera, 1971. 2a. Edição Círculo do Livro. São Paulo, 1975

Contos de Hoffmann – de E. T. A. Hoffmann, tradução. Editora Cedibra. Rio, 1972

Selva Selvaggia – Um cine-poema de Ronaldo Werneck. Poemação Produções/Gráfica Vespertino. Rio/Petrópolis, 1976

Pomba Poema. Poemação Produções/Prefeitura Municipal de Cataguases, 1977

Cataguases é Cachoeira – 100 Anos de Humberto Mauro. Funarte/Prefeitura Municipal de Cataguases, 1997

Minas em mim e o mar esse trem azul. Poemação Produções/Cia. Força e Luz Cataguazes-Leopoldina/Fundação Cultural Ormeo Junqueira Botelho/Lei Estadual de Incentivo à Cultura de Minas Gerais, 1999

Dentro & Fora da Melodia – Que papo é esse, poeta? CD gravado ao vivo, com canções/poemas/parlações. Poemação Produções/Cia. Força e Luz Cataguazes-Leopoldina/Fundação Cultural Ormeo Junqueira Botelho/Lei Estadual de Incentivo à Cultura de Minas Gerais, 2001

Ronaldo Werneck revisita Selvaggia. Ibis Libris & Poemação Produções/Cia. Força e Luz Cataguazes-Leopoldina/Fundação Cultural Ormeo Junqueira Botelho/Lei Estadual de Incentivo à Cultura de Minas Gerais, 2005

Noite Americana/Doris Day by Night. Ibis Libris & Poemação Produções/Cia. Força e Luz Cataguazes-Leopoldina/Fundação Cultural Ormeo Junqueira Botelho/Lei Estadual de Incentivo à Cultura de Minas Gerais, 2005

Minerar O Branco. Editora ArtePauBrasil/Energisa/ Fundação Cultural Ormeo Junqueira Botelho/Lei Estadual de Incentivo à Cultura de Minas Gerais – São Paulo, 2008

Kiryri Rendáua Toribóca Opé – humberto MAURO revisto POR ronaldoWERNECK. Editora ArtePauBrasil/Filme em Minas/Cemig/Ministério da Cultura – São Paulo, 2009

A sair

Há Controvérsias 2 – prosa pós-patética

Impresso em São Paulo, SP, em novembro de 2009,
em papel pólen print 80 g/m^2,
nas oficinas da Corprint.
Composto em Garamond 13pt.

Não encontrando este título em livrarias
solicite-o diretamente à editora.

Manuela Editorial Ltda. (Arte Paubrasil)
Rua Dr. Amâncio de Carvalho, 192/206 – Vila Mariana
São Paulo, SP – 04012-080
Telefone: (11) 5085-8080
livraria@artepaubrasil.com.br
www.artepaubrasil.com.br